청평조
清平調詞

구름 닮은 옷차림 꽃과 같은 생김새
봄바람 난간을 스쳐 가고 이슬 맺힌 꽃 짙어만 가네
만약 군옥산 머리에서 만나지 않았다면
정녕 요대의 달빛 아래서 만날 수 있으리

雲想衣裳花想容
春風拂檻露華濃
若非群玉山頭見
會向瑤臺月下逢

동백

송백 5

백준 新무협 판타지 소설

초판 1쇄 찍은 날 § 2005년 4월 28일
초판 1쇄 펴낸 날 § 2005년 5월 8일

지은이 § 백준
펴낸이 § 서경석

편집장 § 문혜영
편집책임 § 장상수
편집 § 김민정 · 최하나

펴낸곳 § 도서출판 청어람
등록번호 § 제1081-1-89호
등록일자 § 1999. 5. 31
어람번호 § 제2-0583호

주소 § 경기도 부천시 원미구 심곡1동 350-1 남성B/D 3F (우) 420-011
전화 § 032-656-4452 팩스 § 032-656-4453
http://www.chungeoram.com
E-mail § eoram99@chollian.net

ISBN 89-5831-512-1 04810
ISBN 89-5831-383-8 (세트)

송백

松百

1부
魔道傳說
(마도전설)

5

Fantastic Oriental Heroes

백준 新무협 판타지 소설

도서출판
청어람

|목차|

■제1장■

대정신공(大定神功)

화려하지 않은 실내였다. 그리 크지도 않은 방이었고, 그 방 안에 앉아 있는 철시린 역시 수수한 복장이었다.

무엇을 하는 것일까? 가부좌를 틀고 앉아 있는 철시린의 이마에 땀방울이 맺혔다. 창을 통해 들어오던 햇살이 점점 붉은색으로 변해갈 때 철시린은 깊은 숨을 내쉬며 천천히 눈을 떴다.

'너무 어려워…….'

철시린은 땀방울을 닦아내며 생각했다. 청명심법을 수련하고 있지만 지금까지 이렇다 할 진전이 없었기 때문이다. 정신을 집중하다 보면 늘 이화의 죽음이 아른거렸다. 그 얼굴이 수련을 막고 있던 것이다. 그리고 그것이 철시린의 마음을 급하게 하였다.

"누구 있느냐?"

철시린이 밖을 향해 말하자 오래전부터 기다리고 있던 한 소녀가 안으로 들어왔다. 이화가 죽고 이런이 나가고 나서 들어온 소화(笑花)였다. 늘 밝게 웃으라는 뜻에서 지은 이름이었다. 이제 십오육 세 정도의 앳된 얼굴의 소화는 약간 붉어진 얼굴로 들어왔다. 아직까지 적응이 안 되었기 때문이다.

"부르셨습니까?"

소화가 들어오자 철시린은 소화의 얼굴에 이화의 얼굴이 겹쳐지는 기분이 들었다. 사람은 바뀌었다. 자신에게 변한 것은 결국 시비가 바뀐 것 정도였다. 겨우 그 정도였다, 이화의 죽음은. 철시린은 애써 미소 지었다.

"목욕물 좀 준비해 주겠니?"

"예, 아가씨."

소화가 나가자 철시린은 씁쓸히 웃었다. 이화와 이런, 그렇게 셋이 함께 목욕도 하며 친자매처럼 지냈던 기억이 잠깐 스쳤기 때문이다. 떨쳐 버릴 수가 없었다.

철우경이 돌아온 것은 해가 지고 저녁 식사 시간 때였다. 그가 돌아오자 소화와 함께 시비로 온 난화(蘭花)는 굉장히 어려운 듯 물러가 있었다. 말이 없는 식사 시간. 철우경과 철시린은 말이 없었다. 철우경은 무언가 생각하는 것이 있었으며, 철시린은 한동안 계속 이럴 것이다.

식사가 끝나자 난화와 소화가 그릇을 치우고 다과상을 내왔다.

"별일은 없었느냐?"

한참 만에야 철우경이 먼저 말했다.

"예, 별일은 없었어요."

"새로 온 아이들은 어떠하냐?"

"좋아요."

철시린이 긍정적으로 말하자 철우경은 미소 지으며 담담히 말했다.

"잊어버려라, 사람이 죽는 거야 어디 막을 수가 있겠느냐? 야속하게 들릴지 모르지만 죽은 사람은 빨리 잊어버려야 한다."

철우경의 말에 철시린은 고개를 천천히 끄덕였다. 하지만 우울한 눈빛은 사라지지 않았다. 철우경은 그 모습이 안타까운지 한숨을 크게 내쉬었다.

"이화의 복수를 원한다면 천하대회에 나가 중원의 고수를 이기거라. 그것도 월등한 실력의 차이로. 그것을 위해서라도 빨리 잊어버리고 수련에 집중하는 것이 좋다."

"알고 있어요. 하지만 머리에서 떠나지 않아요. 그때 그 모습이……."

철시린의 말에 철우경은 다시 한 번 한숨을 내쉬었다. 이것은 가르쳐 줄 수 있는 문제가 아니었기 때문이다. 천성 탓이다. 그것을 알기에 방법이 없었다. 오로지 답은 시간이었다. 시간이 흐른다면 서서히 잊혀질 것이다. 철우경은 그것을 알고 있었다.

하지만 천하대회를 앞두고 신교대전이 열린다. 신교대전에서 살아남으려면 이화의 죽음을 잊고 수련에 집중해야 한다. 그것이 문제였다.

"청명심법(淸明心法)은 너무도 난해하고 어려워요. 차라리 속성이지만 대정신공(大定神功)을 익히겠어요."

"흠……."

철우경의 표정이 굳어졌다. 대정신공이라는 말이 나왔기 때문이다. 대정신공 역시 신교의 비전신공 중 하나로, 알고 있는 사람은 자신 이 외에 교주 한 명뿐이었다. 그리고 익힌 사람 역시 자신과 교주뿐이었다. 교주보다 자신이 더 뛰어날 수 있었던 것은 대정신공을 뛰어넘은 청명심법의 완성이 있었기 때문이다.

"확실히… 대정신공을 익힌다면 신교대전 전에 충분히 입신지경까지 갈 것이다. 청명심법이야 다른 신공을 익혔다고 해서 못 익히는 그런 삼류의 심법도 아니니 걱정은 없지만, 나중에 대정신공을 완성했을 때 더 이상 청명심법을 익히지 못한다는 단점이 있다."

"예……."

철시린이 고개를 끄덕이자 철우경이 다시 말했다.

"대정신공을 대성한다면 분명히 교내에서도 열 손가락 안에 드는 고수가 될 것이다. 또한 중원에서도 네 무공을 뛰어넘을 사람은 열 명이 안 되겠지. 하지만……."

철우경이 고개를 저으며 인상을 찌푸리자 철시린이 굳은 얼굴로 대답했다.

"천하제일은 못 된다."

고개를 끄덕인 철우경은 심각한 표정으로 말했다.

"천하제일의 무공을 익히는 것도 물론 중요하다. 하지만 천하제일의 무공을 익힌다 하더라도 그 사람이 누구냐에 따라 다르겠지. 물론 아둔한 사람이 그 무공을 대성한다는 것 자체가 불가능할지도 모른다. 어차피 무공은 누가 익히느냐에 따라 그 정도가 다르겠지만, 기왕 익힐 거라면 위를 바라볼 수 있는 무공을 익히는 것이 좋지 않겠느냐?"

"대정신공은 분명히 뛰어난 신공이에요. 거기다 제게는 멸절검법이 있어요."

철시린이 무엇을 말하는지 철우경은 잘 알고 있었다.

"멸절검법은 분명히 천하제일을 바라볼 수 있는 검법이다. 하지만 청명심법의 무한에 가까운 내공이 밑바탕에 깔려 있어야지만 가능하다. 멸절검법을 대정신공을 바탕으로 펼친다면, 구성의 경지를 넘지 못할 것이다."

"그것만으로도 전 만족해요."

"흐음……."

철우경은 고개를 저으며 수심에 찬 표정을 지었다. 말처럼 그렇게 쉬운 게 아니기 때문이다.

"무공이 중요한 것이 아니라 사람이 중요하다고 늘 생각해 왔다. 어떤 무공을 익히든 그 사람이 뛰어나다면 그 무공은 뛰어날 것이고, 그렇지 못한 사람이 익힌다면 천하제일의 무공이라도 변변한 삼류무공이 될 것이다. 같은 사람이 같은 무공을 익힌다 하여도 그 경지가 다른 것은 그 사람들의 노력이 다르기 때문이다."

그렇게 말한 철우경은 철시린을 바라보며 담담히 말했다.

"청명심법이 어렵다지만, 언젠가는 너도 그 끝을 넘을 것이다. 그것을 지금 포기한다면 언제 그 시기가 올지 모른다. 아니, 평생 동안 안 올 수도 있다. 그것이 불안한 것이냐? 대정신공은 분명히 네 능력과 나의 힘이 보태진다면 천하대회를 압도할 것이다. 하지만 그 이후는…… 나도 장담할 수가 없구나."

"청명심법을 포기하는 것이 아니라 천하대회를 마치고 청명심법을 다시 익히겠어요."

"그건 불가능하다."

철우경은 굳은 목소리로 말했다.

"무공이 그리 간단한 것이면 세상 누구라도 다 천하제일이 되었겠다. 네 마음대로 모든 것이 다 된다고 생각하느냐? 대정신공을 익힌 네 몸이 어떻게 청명심법을 받아들인다는 말이냐? 청명심법은 그 자체가 무(無)와 같아 다른 신공을 익힌다 하여도 별 지장이 없다. 자연스럽게 다른 신공에 흡수가 되기 때문이다. 하지만 대정신공은 다른 어떠한 기운도 받아들이지 않는 강(剛)의 무공이다."

"그건… 잘 알고 있어요."

철시린은 경직된 표정으로 고개를 숙이며 조용히 말했다. 순간 철우경의 표정이 싸늘하게 변하였다.

"설마… 대정신공을 없애겠다는 것이냐?"

철시린은 그 말에 잠시 망설이더니 곧 고개를 끄덕였다.

"허……."

허탈한 웃음이 철우경의 입가를 지나쳤다.

"무공을 폐지하고 다시 처음부터 익힌다……. 그건 내가 허락할 수 없다."

"……."

철시린은 예상한 듯 고개를 숙였다.

"네가 원한다면 모든지 다 해줄 것이다. 하지만 무공의 폐지는 있을 수 없는 일이다. 대정신공을 익히거라. 내가 도와주마. 하지만 그 이후에도 대정신공을 익혀야 한다."

철우경의 목소리에 담긴 정이 철시린의 마음을 움직였을까? 철시린의 고개가 끄덕여졌다.

"그렇게 할게요."

철시린의 대답에 안심한 듯 철우경은 차를 마시며 흘러가듯 말했다.

"대정신공이 나쁘다는 것은 아니다. 단지 아쉬워서 하는 말이다. 과거 신교에는 천하제일이라 불릴 만큼 뛰어난 인재가 두 명 있었다. 그 중 한 명은 신교 제일의 무공이라 불리는 파옥공(破玉功)을 익혔다.”

“교주만이 익힐 수 있다는 그 파옥공 말인가요?”

철시린의 말에 철우경은 미소 지으며 고개를 끄덕였다.

“파옥공은 네 말처럼 지금도 교주만이 익힐 수 있는 절대의 무공이다. 그 위력은 쇠조차도 가루로 만들 정도의 강(强)을 지녔으며, 그 육체는 금강불괴가 되고 만다는 전설의 무공이지. 그리고 다른 한 명은 지금까지 아무도 익힌 적이 없다는 청명공(淸明功)을 익혔다.”

“아…….”

철시린은 뭔가 이해가 되는 듯했다. 그것을 아는지 철우경은 계속 말했다.

“파옥공은 이미 알려진 것처럼 최고의 무공이었다. 그것을 익힌 사람은 십 년이 지나 천하제일이라 불렸으며 신교의 교주가 되었지. 하지만 청명공을 익힌 사람은 십 년이 지나도록 그 자리에서 같은 걸음을 하고 있었다. 그 당시 청명공은 누가 만들었는지 모르는 그저 조잡한 심법이었다. 무엇을 말하는지, 어떻게 해야 하는지조차 모르는 그런 것이었지. 하지만 그 사람은 열심히 청명공의 말을 되내이며 생활했다. 신교의 외당에 근무하는 무사로 다시 십 년을 보냈을 때 그는 나이 육십이 되었다. 그러고 나서 은퇴했지, 교에서. 파옥공을 익힌 사람도 은퇴하고 장로원에 들어갔다. 그리고 다시 십 년이 흘렀지.”

철우경은 말을 하며 미소 지었다. 철시린이 궁금한 듯 바라보자 철우경이 말했다.

“십 년이 지났을 때 우연히 청명공을 익힌 사람을 만난 전대 교주는 단번에 알아보았다, 그가 신교의 최고수라는 것을. 청명공을 익히고 육십 년이 흘렀을 때 그는 이미 끝을 본 것이지. 그리고 그가 전대 교주와의 비무를 통해 만든 검법이 바로 전검류다. 그는 그 일 이후 교의 장로가 되었지만 이미 나이가 많았기 때문에 아는 자도 없었고, 그에게 관심을 가지는 사람도 없었다. 하지만 그는 신교제일인이 분명했지. 이백 년 가까이 살았으니까. 연세로도 최고령이 되겠구나. 하하하."

"그렇군요……."

철시린이 고개를 끄덕이며 다시 말했다.

"할아버지의 스승님은 정녕 대단한 분이세요."

"그렇다. 하지만 내가 이 이야기를 하는 진정한 이유는 인내를 가지라는 것이다. 요즘 좀 마음이 급해 보이는구나. 여유를 가지고 차분한 마음으로 무공을 익히거라. 무공은 언젠가 그 해답을 준다. 보답을 말이지."

철우경의 미소에 철시린은 오랜만에 웃을 수 있었다.

"예, 그렇게 할게요."

철시린의 미소에 철우경은 만족한 듯 수염을 매만졌다. 그 이후, 오랜만에 담소가 오갔다. 오랜만의 일이었다.

호법원에 복귀한 노호관은 한동안 혼자 지내야 했다. 모두 바빴으며, 호법원주 역시 며칠 동안 원을 비웠기 때문이다.

혼자 지내는 동안 여러 가지 생각을 하게 되었다. 아무리 생각해도 정주문의 대처가 빨랐고, 그들은 분명하게 철시린을 지목했으며 그녀를 찾았다. 자신도 바보가 아니었다. 자신이 철시린을 호위하는 일도 전날에 알았다. 중원에서 볼 때 철우경은 기필코 죽여야 하는 상대였기 때문이다. 그러하기에 철시린이 중원에 나가는 것도 기밀 중 하나였다. 아는 사람은 극소수. 그런데도 정주문은 이미 알고 있었다는 듯 나타난 것이다.

정주문 자체야 그리 겁나지 않지만, 정주문에 변고가 생기면 그 화살이 신교로 향할 것이다. 그것이 문제였기에 조심한 것이다. 하지만 결국 사람이 죽었다. 자신이 아는 사람이. 물론 정주문도 큰 피해를 입었다. 하지만 그것은 결국 타인의 죽음. 자신과는 관계없는 일이다. 자신과 관계된 사람이 죽었다는 사실이 중요할 뿐이었다.

호법원의 구층에 올라선 노호관은 원형의 복도를 따라 걸음을 옮겼다.

똑! 똑!

"노호관입니다."

문 앞에 선 노호관은 굳은 얼굴로 문을 바라보았다. 그러자 문이 옆으로 열리며 어두운 실내가 나타났다. 그리 넓은 공간은 아니었지만 사방을 감도는 알 수 없는 긴장감이 노호관의 피부를 자극했다. 이곳에만 오면 느껴지는 기분이었다. 그리고 창을 통해 들어오는 햇살에 비춰진 사십대 중반의 장년인이 눈에 들어왔다.

작은 원형의 탁자를 앞에 두고 앉은 중년인은 차를 마시고 있었다. 짧은 수염과 건장한 체격, 그리고 굵은 눈썹과 가늘게 떠지는 눈은 살기마저 풍기고 있는 듯 보였다. 더욱이 왼쪽 눈 밑에서 시작된 굵은 흉터가 턱까지 그려져 있어 보기만 해도 강렬한 위압감을 느껴야 했다.

"어서 오거라."

노호관을 바라보며 장년인이 말했다. 그러자 노호관의 옆에 서 있던 삼십대 초반의 청년이 허리를 숙이며 밖으로 나갔다. 길게 늘어뜨린 머리카락과 흑색의 무복을 걸친 그를 노호관은 알고 있었다. 같은 일급 위사이지만 자신과는 격이 다른 인물.

'마라장도(魔羅長刀)…….'

밖으로 나가며 스치듯 노호관을 바라보는 마라장도의 시선에 차가움이 보였다. 착각이었을까? 노호관의 표정이 굳어졌다.

탁!

문이 닫히는 소리가 들리자 노호관은 시선을 고정했다.

"수고했구나."

"명에 따랐을 뿐입니다."

장년인의 말에 노호관은 가볍게 대답했다. 하지만 여전히 어려운 상대라고 생각했다. 그럴 수밖에 없었다. 자신의 상관이자, 자신을 가르쳐 준 인물이기 때문이다. 그가 호법원주 유정신(有情神)이고, 신교에서의 서열은 구위였다.

"그런데 어쩐 일이지? 부르지도 않았는데?"

유정신의 왼쪽에 있는 흉터가 기묘하게 일그러지며 미소가 입가에 걸렸다. 과거 이십 년 전 천하대회에서 생긴 흉터였다. 중원 최고의 도법이라 불리는 뇌정도법에 당한 상처. 그것이 유정신의 얼굴에 긴 명예로 남아 있었다.

"다름이 아니라 철 아가씨의 중원행에서 사고가 발생해서 왔습니다."

"훗."

가벼운 웃음소리. 노호관의 표정이 굳어졌다.

"스승님이시군요."

노호관은 원주라는 말 대신 스승이란 말을 사용했다. 그래서 그런 것일까? 유정신의 표정이 굳어졌다. 노호관은 빠르게 다시 말했다.

"아가씨의 중원행은 극비였습니다. 그런데 어떻게 그들은 정확하게 아가씨를 지목했을까… 어떻게 그렇게 빨리 움직일 수 있었을까… 그 수많은 사람들 중 어떻게 일행의 수를 파악하면서까지 찾을 수가 있었을까? 그 짧은 시간 안에… 적어도 누가 알려주지 않은 이상……."

노호관의 기묘한 표정을 읽은 유정신은 의자에서 일어나 창가로 다가갔다. 구층의 고각이라 멀리까지 신교의 웅대한 모습이 눈에 들어왔다. 그러한 가운데 바람이 차갑게 몸을 파고들어 왔다.

"전에도 느낀 것이지만 호기심이 많아."

유정신은 고개를 저으며 말했다.

"호기심은 인간의 본성입니다."

노호관의 대답에 유정신은 씁쓸히 미소 지었다.

"나는 이번 중원행에서 아가씨가 죽기를 바랐다. 네 녀석과 함께……."

"……!"

노호관의 표정이 한없이 굳어지자 유정신은 크게 숨을 마시며 창틀에 양팔을 기대고는 조용히 말했다.

"사실 네 녀석이야 아까우니 살아 돌아오기를 조금 바랐지. 후후."

잠시 웃던 유정신이 다시 말했다.

"부교주님이 돌아오셨지. 그래… 그것까지는 좋아. 하지만 왜 손녀가 있는 거지? 아니, 이것은 기회일 수도 있다."

가볍게 말하는 듯하더니 유정신의 말속에 힘이 들어가기 시작했다.

"다시 부교주님이 중원에 나갈 수 있는, 아니, 전처럼 중원을 혼란스럽게 할 수 있는 유일한 기회이자 그 구실이라 생각했다. 아가씨가 죽는다면 부교주님은 분명히 그 복수를 위해 검을 들 것이다. 그것은 곧 신교의 검이 될 것이고, 신교는 그 뜻에 따라 강호를 일통할 수 있다!'

힘주어 말을 하는 유정신의 안면은 구겨져 있었다. 이빨을 강하게 문 듯 보였다.

"그게 내가 바라는 것이었다. 아니, 다른 신교의 제자들도 마음속으로는 바랄 것이다."

말을 멈춘 유정신은 곧 창가에서 시선을 떼 노호관을 바라보며 미소 지었다.

"하지만 살아 돌아왔지. 바보 같은 정주문의 녀석들은 아가씨의 털 끝 하나 건드리지 못했다. 상처라도 났다면, 아마 정주문은 부교주님의 손에 끝이 났을 것이다. 그렇게 되면 중원은 다시 부교주님을 향해 덤빌 것이고, 부교주님은 그들을 처단한다. 그리고 우리가 나서지……. 아쉬울 뿐이다."

마지막 말에 고개를 저으며 짧게 숨을 내쉬자 노호관은 인상을 찌푸렸다. 결국 교를 위해서라고 말하였다. 그것이 마음에 들지 않았던 것이다. 교를 위해서라면 사람도 팔 수 있다는 말처럼 들렸기 때문이다. 그것은 자신이 생각하는 신교가 아니기 때문이다.

"저는 스승님의 명으로 아가씨를 보호했습니다. 아가씨는 절대 죽어서는 안 될 분입니다."

노호관의 말에 유정신은 차갑게 미소 지었다.

"결국 죽지 않고 살아서 오지 않았나?"

"……."

"네 녀석도 돌아와서 기쁘다."

유정신의 말에 노호관은 허리를 숙였다. 더 이상 할 말이 없었기 때문이다.

"이만 물러가겠습니다."

"신교대전을 준비하거라."

밖으로 나가는 노호관을 향해 유정신이 말했다. 노호관은 잠시 걸음을 멈추었으나 대답없이 문을 나섰다.

문을 나선 노호관의 표정은 어두웠다. 하지만 움켜쥔 두 주먹에는 힘이 들어가 있었다.

'아가씨를 죽일 수 있는 사람은 없습니다, 스승님. 왜냐하면 제가 보호할 테니까요. 이 목숨을 바쳐서라도 보호할 생각입니다. 적이 스승님이라 하더라도. 아니, 신교가 적이 된다 해도. 기필코.'

노호관은 가슴에 남은 불안을 떨쳐 버리려는 듯 다짐하며 아래로 내려가기 시작했다.

신교의 겨울은 굉장히 춥다. 뼈가 시릴 정도의 강풍이 몰아쳤으며, 한낮의 태양도 그저 차갑게 타고 있을 뿐이었다. 신교의 본단 역시 들어오는 남문을 제외하곤 병풍처럼 산이 둘러쌌고 있다 하지만 추위를 피하지는 못한다.

외부와는 다르게 어두운 동굴의 내부에는 따뜻한 기운이 맴돌고 있었다. 길지 않은 동굴이었고, 얼마 안 가 삼 장여 정도의 작은 공간이 나왔다. 인공 동굴인 듯 벽 여기저기에는 사람의 손길이 남아 있었다. 그리고 그 작은 공간의 중앙에 한 명의 여인이 앉아 있었다. 그녀는 철시린이었다.

뒤쪽 암벽 사이에 있는 인공의 수련동이었다. 그녀는 하루의 절반을 이곳에서 보냈다. 벌써 삼 개월째 대정신공을 연성했으며, 아직도 칠성을 넘지 못하고 있었다.

청명심법을 익히면서 몸속에 잠든 공청석유의 일부가 흡수되었지만, 아직도 구 할 이상이 그대로 잠재되어 있었다. 청명심법은 자연을 그대로 받아들이는 무위지법을 그 목표로 하고 있다. 하지만 대정신공은 몸이 곧 신이라는 육체적 특화를 목적으로 둔 신공이었다. 지금의 철시린에게 가장 어울리는 신공일지도 모른다.

칠성을 넘으면서 몸에 잠재된 공청석유가 절반 가까이 흡수되었다. 단전 역시 두 번의 재생을 거쳐 넓어졌으며, 이제는 다시 포화를 향해 가고 있었다.

얼마나 흘렀을까? 철시린의 주변으로 안개 같은 운무가 깔리기 시작했다. 서서히 동굴을 감싸 도는 운무가 앞을 볼 수 없을 만큼 짙게 깔리자, 어느 순간 철시린의 육체로 흡수되기 시작했다. 가벼운 훈풍이 소용돌이처럼 서서히 불며 흡수되기 시작한 운무가 말끔하게 없어지자 철시린이 눈을 떴다.

전과는 다르게 신광이 번뜩이는 눈동자였다. 청명심법을 익힐 때는 투명한 눈동자였으나, 지금 눈동자에서 흐르는 기도는 섬광처럼 빛나고 있었다.

"앞으로 사 개월······."

철시린은 일어서며 중얼거렸다. 사 개월 후면 신교대전이 시작된다. 그때까지 어떻게 해서라도 대정신공을 완성해야 했다. 그래야만 다섯 명에 자신이 낄 수 있을 것 같았다.

철우경은 며칠 동안 계속되는 신교대전에 대한 회의에 지겨웠다. 거기다 무림맹에서 만나자는 서신까지 날아온 상태였다. 정주문의 일 때문이다. 그 일로 무림맹과 신교와의 만남이 조만간 이루어질 것 같았다. 그곳에 신교의 대표로 누가 가느냐 또한 문제였다. 적어도 서열 삼십위권 안에 드는 사람이 가야 했기 때문이다.

물론 철우경은 갈 생각이 없었다. 하지만 자신의 손녀 철시린의 일이 크게 작용했기에 참석한 것뿐이었다.

방 안에 앉아 소화가 따라주는 차를 마시며 먼산을 바라보던 철우경은 무슨 생각을 했는지 자리에서 일어섰다.

"시린은 어디 있느냐?"

"수련동에 있습니다."

소화가 깊게 읍하며 말하자 철우경은 고개를 끄덕이며 걸음을 옮겼다. 해질 무렵이었고, 이제 수련동에서 나올 시간이었다.

"저녁을 준비하거라. 오늘은 시린의 방에서 먹을 생각이니."

"예."

소화의 대답을 들은 철우경은 철시린의 방으로 향했다. 아무래도 걱정이 되었기 때문이다. 별일이야 없겠지만, 그래도 걱정이 되는 것은 어쩔 수 없는 일이었다. 전검류를 수련할 때 자신이 얼마나 가혹했던가? 철우경은 그것 또한 미안했지만, 그때보다 지금 자신이 없는 상태에서의 수련이 더 걱정되었다. 자식을 바라보는 어미의 심정이 이런 것일까.

"보약이라도 지어줘야겠어……."

철우경은 중얼거리며 철시린의 방으로 들어섰다.

다 큰 여자의 방에 함부로 들어가는 것은 실례였지만, 철우경은 그런 것을 잘 모르고 있었다. 방문을 열자 특유의 매화 향이 코를 자극했다.

'그러고 보니 매화를 좋아했지……'

철우경은 가만히 고개를 돌려 창가를 바라보았다. 바로 보이는 곳에 매화나무가 몇 그루 심어져 있었다. 하지만 마른 나뭇가지만 보였다. 그런데도 향기가 맴돌고 있었다.

'확실히… 홍매화(紅梅花)였었지……'

철우경은 중얼거리며 미소 지었다. 이곳에 도착하자 매화나무를 심어달라고 졸랐던 기억이 떠올랐기 때문이다. 그때는 그저 어린아이처럼 느껴졌다. 하지만 지금은 어느새 훌쩍 커버린 여인의 모습이었다.

"강해지고 싶어요……."

철우경은 철시린의 말이 떠올랐다. 그 말을 들으며 철시린이 생각한 것은 평범한 삶이 아니었다. 내심 철시린에게 바라는 것은 가정을 꾸민 여인의 모습이었으나 처음부터 그것은 무리였다는 생각이 들었다.

철시린의 방 안을 살피던 철우경은 침상 옆에 놓여 있는 화장대가 눈에 들어왔다. 화려하지 않은 단조로운 화장대였다. 하지만 철우경의 눈에 띈 것은 화장대 위에 올려진 책이었다.

대정신공.

"……."

철우경은 대정신공 비급을 손에 쥐며 고개를 저었다.

"이런 귀한 비급을 이렇게 함부로 두다니……. 쯧쯧."

철우경은 교주와 자신만이 볼 수 있는 학신관(學神館) 속에서 존재하는 비급을 이렇게 아무렇게나 올려놓은 것에 혀를 찼다. 학신관이 존재한다는 것도 몇몇만 알 뿐이었고, 그중에도 극소수만이 들어갈 수 있는 곳이었다.

그곳에서 빼내온 것이 바로 대정신공이다. 교주의 추천으로 받은 비급이지만, 아직까지 자세히 살핀 적은 없었다.

철우경은 대정신공의 비급을 넘기며 천천히 살피기 시작했다. 기실 철우경에게 어떤 비급도 크게 흥미를 일으키지는 못했다. 그렇기 때문에 학신관에 들어갔어도 그냥 대충 훑어보는 정도였다. 지금의 철우경에게 크게 흥미를 일으킬 비급이 존재할지는 미지수이다.

천천히 읽으며 의자에 앉은 철우경은 차를 따라놓곤 천천히 마셨다.

"흐음… 확실히… 호신강기만큼은 은연중에 뿌리고 다닐 수가 있겠군. 결함이 없는 무공인가……?"

대정신공을 읽으며 철우경은 고개를 끄덕였다. 과거 대정신공을 익히고 금강불괴가 된 몇몇이 있었다. 그들은 신교의 중추적인 인물이되었고, 또한 적을 찾기 힘들 만큼 극강한 고수가 되었다.

"양의 신공이니… 확실히 음이 강한 공청석유를 먹은 시린에게 적당한 신공이야. 이것을 익힌다면 충분히 적을 찾기 힘들겠어."

철우경은 고개를 끄덕이며 흥미로운 듯 책을 넘겼다. 그러던 어느순간 철우경의 눈동자가 굳어졌다.

사람이 서 있는 그림과 거대한 단전 하나와 배꼽 위에 작은 단전 하나, 그리고 또 하나의 원이 명치에 그려져 있었다. 이것 역시 단전이다. 하지만 철우경의 눈이 굳어진 것은 가장 큰 하단전의 밑에 또 하나의 원이 그려져 있었기 때문이다.

인체의 회음혈(會陰穴)에 해당되는 곳이었다. 그것을 본 철우경의 전신이 미미하게 떨리기 시작했다.

탁!

"……!"

문이 열리는 소리에 철우경은 책을 덮으며 고개를 돌렸다. 너무도 놀라 사람이 접근한 것조차 모르고 있었다. 철우경은 굳은 얼굴로 들어온 철시린을 바라보았다.

"할아버지……."

철시린은 놀란 얼굴로 철우경을 바라보았다. 자신의 방에 철우경이 온 경우는 드물었기 때문이다. 철시린은 철우경의 굳은 얼굴을 바라보다 그 손에 들린 비급을 발견하곤 어두운 표정으로 변하였다.

"앉거라."

철우경은 놀란 얼굴로 서 있는 철시린을 바라보며 굳은 목소리로 말했다. 자신도 모르게 목소리에 힘이 들어가 있었다.

"무슨… 일인가요?"

철시린은 의자에 앉으며 조심스럽게 말했다. 그럴 수밖에 없었다. 말을 하지 않았기 때문이다. 대정신공의 결함을, 그것도 알고 있으면서 숨긴 것이다.

"왜 숨겼느냐? 이 대정신공을 말이다."

"그건……."

철시린은 책을 탁자에 내려놓으며 말하는 철우경을 바라보다 그 눈길이 사납자 고개를 돌렸다.

"죄송해요……. 하지만 이화의 복수를 위해선 어쩔 수가 없었어요."

"무엇이 복수란 말이냐? 순결을 잃으면 대정신공은 사라지고 네 몸

까지 망가지는 이런 신공이 뭐가 신공이고, 뭐가 복수란 말이냐?'

철우경의 말에 철시린은 고개를 숙였다. 불안했던 사실을 철우경이 알게 된 것이다. 대정신공은 네 개의 단전을 형성하게 된다. 그중 하나가 순결을 잃게 되면 파괴되는 것이다. 남자 역시 동정을 잃으면 파괴된다.

"죄송해요……. 아직… 결혼할 생각은 없어요. 그러니……."

"복수가 그렇게 중요하단 말이냐?"

철우경은 안타까운 듯 말했다. 그러자 철시린이 고개를 들었다.

"이화의 죽음을 전 천하대회에서 갚을 생각이에요. 그것을 위해서라면 대정신공이 필요해요. 지금의 저에게 가장 적합한 무공이잖아요. 이미 칠성을 넘었어요. 거기다 지금은 제 몸이 제 몸 같지가 않아요."

철시린의 말에 철우경은 말릴 수가 없다는 것을 알았다. 대정신공을 칠성까지 익혔다면 몸 안에 남은 공청석유가 흡수되고 있다는 뜻이었다.

"휴. 이 비급은 태워 버리거라. 그리고 대정신공은 사라지는 것이다. 그 약점 또한 없을 것이다. 내가 잊어버릴 테니."

그렇게 말하고는 철우경은 결심한 듯 눈을 빛내며 말했다.

"내일은 수련동에 나도 가겠다."

"……?"

놀란 눈으로 철시린이 바라보자, 철우경은 크게 한숨을 내쉬며 중얼거렸다. 결국 저야 했다. 혼자 살겠다면 자신도 말릴 수가 없다 생각한 것이다. 자신 역시 평생 혼자 사는 어느 여인으로 인해 이렇게 혼자 지내지 않던가.

'그녀가 보고 싶군…….'

철우경은 오래전에 만난 듯한 얼굴을 기억하며 말했다.

"대정신공을 완성하자. 내일 내가 도와주마."

"할아버지……."

철시린은 고개를 숙여야 했다. 철우경을 볼 낯이 없었던 것이다.

추운 날씨 속에 서 있는 소화는 보기에는 따뜻해 보이는 털옷을 입고 있었다. 하지만 추위를 이기기 힘든 듯 손을 비비며 입가로 가지고 가 입김을 불어넣었다.

"이틀이나 지났는데…… 왜 안 나오시나……."

소화가 바라보는 곳은 수풀에 가려진 수련동의 입구였다. 이미 이틀 동안 자신이 모시는 두 사람이 그곳에서 나오지 않고 있었다. 걱정되는 마음에 이렇게 앞에 서 있는 것이다.

난화는 철시린이 나오면 언제라도 들어갈 수 있게 목욕물을 보고 있었다.

우우웅!

"……!"

소화는 기이한 소리와 함께 땅이 울리는 진동을 발을 통해 느껴야 했다.

사박!

풀을 밟는 소리가 들렸으며 백색의 옷자락이 바람에 휘날렸다.

"아가씨……."

소화는 고개를 들어 철시린을 바라보았다. 전과는 뭔가 다른 듯 보였다. 더욱더 피부가 고운 것 같았으며, 눈동자는 전과 달리 따뜻함이 보였다. 모든 것을 끌어안을 듯한 눈동자.

"기다렸니?"

미소와 함께 흘러나온 목소리는 소화의 마음을 따뜻하게 해주었다. 소화는 대답하려다 바람에 휘날리는 철시린의 머리카락을 바라보곤 놀라 눈을 부릅떴다. 바람에 날리며 나타난 귀밑머리만 은빛으로 탈색되었기 때문이다.

"머리카락이⋯⋯."

소화는 저도 모르게 중얼거렸다. 철시린은 미소 지으며 자신의 머리카락을 손으로 만졌다. 귀밑머리만 회색 빛이었다. 그것이 무엇을 의미하는지 철시린은 알고 있었다. 철시린은 신형을 돌려 수련동을 바라보았다. 철우경은 아직 나오지 않았다. 소모된 내공과 지친 육체를 다스리기 위해 아직까지 있는 것이다.

"할아버지⋯⋯."

모락모락 피어나는 수증기가 실내를 가득 메우고 있었다. 뜨거운 수증기 사이로 철시린의 어깨가 물 위로 보였다. 전에 있던 많은 상처들이 대다수 사라진 듯 몇 개의 상처만이 흔적만 얇게 남기고 있었다.

양손으로 맑은 물을 담던 철시린은 곧 흘러내리는 물을 바라보다 고개를 들어 천장을 바라보았다.

"⋯⋯."

천장 속에서 한 명의 소년이 서 있었다. 그리고 그 소년의 얼굴만은 검게 그을린 것처럼 보이지 않고 있었다. 대정신공을 완성하면서 잃었던 기억 중 일부가 생각났다. 하지만 정작 중요한 것은 기억나지 않았다. 그 기억 속의 일부가 눈에 보이기 시작한 것이다.

소년의 손은 거칠었으며, 입고 있는 옷은 갑주였다. 그리고 그 소년의 손에 들린 반쪽의 승룡패가 눈에 보였다.

"내 목숨이다."

순간적으로 철시린의 눈동자가 떨렸다. 한 손으로 머리를 잡고 인상을 찌푸리며 애써 기억하려 했지만 머리만 아파올 뿐 그 얼굴은 떠오르지 않았다.

소녀의 목에 걸리는 승룡패. 알 수 없는 두근거림과 두려움. 그리고 느껴지는 가슴의 고통.

"흑……."

철시린은 저도 모르게 고개를 숙였다. 볼을 타고 눈물이 흘러내렸다. 왜 이런지 스스로도 몰랐으나 대정신공을 완성한 순간 후회되었다. 자신이 왜 이것을 익혔는지…….

"미안해요……."

누구에게 하는 말일까? 그저 공허한 목소리만이 수증기에 섞여 들어갔다.

■제2장■

우리는 싸워야 한다

　화산은 여전히 하늘 높이 솟구쳐 올라가 있었으며 사람들도 여전히 많이 왕래하고 있었다. 그전에는 가난한 문파였는데, 천하대회 이후에 부유한 문파가 되었다. 그래서 그런지 건물들도 깨끗했으며, 전에 비해 문도들도 많았고 건물들도 많았다.

　화산의 소요곡은 조용했다. 과거 화산의 전설 같은 기인인 소요자(逍遙子)가 이곳에서 선경에 들었다 하여 그곳을 소요곡이라 불렀다.

　소요곡에는 작은 폭포가 몇 개 있었는데, 그중 가장 큰 곳이 대봉폭(大封瀑)이었다. 대봉폭의 밑에는 거대한 호수가 있었는데, 그곳의 물은 맑았고 깨끗했으며 깊었다. 조용한 산세의 깊은 곳에 숨어 사는 호수의 수면은 잔잔했다. 그런데 무언가 잘못된 것일까? 호수의 중심에서 공기가 올라오기 시작했다.

　부글! 부글!

얼마 지나지 않아 올라오던 기포의 수는 많아지더니 곧 끓는 물처럼 마구 뿜어냈다. 그러던 어느 순간 '펑!' 하는 강렬한 폭음과 함께 물이 하늘로 솟구치기 시작했다.

쏴아아아아!

물기둥이 삼 장 가까이 하늘로 뻗어 올라간 것이다. 물기둥은 마치 회오리치듯 똬리를 틀며 하늘로 향했다.

쏴아아아!

사방으로 물줄기를 뿜어대며 올라가던 물기둥의 높이가 사 장까지 되었을 때 기둥의 중심에서 인영이 기둥을 뚫고 나왔다. 아니, 기둥과 함께 올라간 듯 보였다.

퍼퍼퍽!

사람이 튀어나오자 물기둥은 사방으로 퍼지며 물덩이를 뿌렸고, 사람의 모습은 허공에 떠올라 해를 가렸다.

휘리릭!

올라간 인영이 몸을 틀며 회전하자 옷자락에 묻은 물방울이 마치 부슬비처럼 사방으로 퍼져 나갔다. 한순간이지만 무지개가 떠올랐다. 누가 그 모습을 본다면 물속에서 선녀가 튀어나온 것 같은 느낌을 받았을 것이다.

탁!

바위에 내려선 인영은 검을 늘어뜨리며 서 있었다. 분홍빛의 무복과 어울리지 않는 짧은 머리카락. 그리고 섬세한 눈동자를 지닌 인물이었다. 언뜻 보기에는 남자 같았지만 허공을 바라보는 그녀의 가슴은 나와 있었으며, 속눈썹도 길었다. 예쁜 얼굴이었다.

짝! 짝! 짝!

조용히 울리는 박수 소리. 그녀의 시선이 소리가 들린 곳으로 향하였다. 그녀의 시선 속에 나타난 강렬한 예기가 상대를 알아본 순간 사라지며 바위를 차고 앞으로 다가갔다.

"회룡천(回龍天)이구나."

백발의 여인이었다. 하지만 갓 삼십대처럼 은은한 미모를 지닌 여인이었다.

"시간 내에 완성할 수 있었어요."

초령의 말에 장화영은 미소 지었다. 전과는 다른 강한 예기가 은연중에 풍기는 장화영이었지만, 초령 앞에서만큼은 애가 된 기분이었다.

"무림대회 전에 오초까지 터득할 수 있어서 다행이다. 그 정도면 충분할 테니 내일 무진과 내려가거라. 무진은 벌써부터 기다리고 있었단다."

"그래요? 종사형도 출관한 건가요?"

"물론이지."

초령이 미소 지으며 고개를 끄덕이자 장화영은 눈을 빛냈다. 아직 자신의 실력에 확신이 없었다. 종무진과의 비무라면 확신이 설지도 모른다는 생각이 든 것이다.

"잘되었어요. 비무라도 해야 할 것 같아요."

장화영의 말에 초령은 고개를 저었다.

"어차피 무림대회가 곧 시작할 터인데 그리 급하게 할 필요는 없지 않느냐? 그곳에서 네 능력을 증명해 보거라."

"아……."

장화영은 잠시 실망한 표정을 지었으나 곧 허리를 숙였다.

"그렇게 하겠습니다."

장화영의 모습에 초령은 어느 정도 만족한 듯 흘러내리는 폭포를 바라보았다. 잠시 그렇게 보던 초령은 그리운 사람을 떠올렸다. 자신의 반쪽이었던 그분의 무공이 다시 보인 것이다. 장화영만큼 초령도 떨렸다. 하지만 생각을 접으며 미소 지었다.

"돌아가자. 오늘은 여러 가지 준비도 해야 하지 않겠니?"

초령의 말에 장화영은 잠시 동안 망설였다.

"저기……."

"……?"

"이 정도면 송백에게 이길 수 있을까요?"

장화영은 어느새 자신의 목 언저리까지 자란 머리카락을 손으로 만지며 물었다. 이 정도까지 자라면 늘 잘랐던 머리카락이었다. 하지만 더 이상 자르고 싶지 않았다.

초령도 장화영이 왜 머리를 기르지 않는지 알고 있었다. 그것은 그녀의 결심이었으며, 확고한 신념이었다. 그것을 알기에 초령은 솔직히 말해야 했다.

"사실 전의 백아였다면 네가 반초 정도 앞설 수도 있다. 하지만 시간은 흘렀고, 백아도 예전의 백아가 아닐 것이다. 적어도 지금은 칠초까지 익혔어야 했다. 그랬다면 네가 이길 것이라고 여겼겠지……."

"칠초……."

장화영은 그것이 얼마나 어려운 일인지 잘 알고 있었다. 오초까지 익힐 수 있었던 것도 소림의 대환단을 먹고 초령의 도움으로 임독양맥이 타동되었기에 가능했다. 하지만 육초도 아직 잘 모르는 상태였다. 갈 길이 멀었다.

장화영은 실망할 수밖에 없었다. 그러자 초령은 장화영의 머리카락을 쓰다듬으며 미소 지었다.

"하지만 너무 의식하지는 말거라. 무림대회는 바로 앞에 있지만 백아와는 앞으로 자주 만날 것이고, 자주 비무할 것이다. 앞으로 백 년을 더 살지 모르는데 그 사이에 네가 노력만 한다면 언제라도 난 네가 백아를 이길 거라 여긴다. 백아의 자질은 살(殺)을 위한 자질. 네 자질은 강(剛)을 위한 자질이다. 살은 언젠가 자신의 피를 뿌릴 것이다. 하지만 강은 자신을 보다 단련시켜 준다. 무슨 말인지 알겠니?"

장화영은 그 말을 다 이해하지는 못했지만 어느 정도는 알 것도 같았다.

"예, 명심하겠습니다."

장화영의 대답에 힘이 없자 초령은 미소 지으며 다시 말했다.

"네가 머리카락을 기르고 싶은 마음이 있다면, 백아를 이기는 방법 외에도 한 가지 방법이 있다."

장화영의 눈동자가 불타오르기 시작했다.

"무슨 방법인가요?"

초령은 백아의 어깨를 두드렸다.

"백아에게 시집가거라."

*   *   *

악양(岳陽)은 유명한 곳이고 또 크다. 거기다 동정호(洞庭湖)도 옆에 있으니 수많은 사람들이 올 수밖에 없는 명소 중의 명소였다. 너욱이 이곳은 무림인들의 중심이라 할 수 있는 무림맹(武林盟)이 있지 않던가?

무림인들부터 시작해 각양각색의 수많은 사람들이 모여 있는 곳이었다. 사람도 많고 무림인도 많으니 무림인들이 주로 찾는 병기점 또한 이곳에만 모여 있는 특색을 띠고 있다. 많은 병기점들이 늘어서 있는 북부 대로를 따라 내려가던 일행도 좌우로 늘어선 대장간의 모습에 눈을 크게 떴다.

"여기 온 김에 이 도나 한번 고쳐볼까……?"

능조운은 자신의 도를 매만지며 중얼거렸다.

"포기하는 게 좋을 거예요."

능조운의 말을 잘라 버리는 무심한 목소리였다. 능조운은 그것이 방지호의 목소리라는 것을 알기에 인상만 찌푸렸다.

"능 소협의 도는 한철 중에서도 묵철을 제조한 도예요. 세상에 그렇게 무식한 도를 만든 자도 황당하지만 그것을 그렇게 만들고 쓰는 자도 황당해요. 그 도를 고칠 사람은 이 세상에 아무도 없을 거예요."

"무림인에게서 정상이기를 바랐냐? 나도 안다고. 그냥 해본 소리야."

여행을 하면서 친해졌는지 능조운은 편하게 말하며 투덜거렸다. 늘 그랬지만 방지호는 바른 소리만 한다고 생각했다. 물론 능조운만 그렇게 생각할 뿐이었다.

"일단 말은 객잔에 풀어두고 무림맹은 걸어서 가기로 해요."

차화서가 그렇게 말하며 앞서 나갔다. 귀한 말들이라 함부로 둘 수는 없지만, 이곳에도 하오문의 손이 닿아 있었다. 그곳에 말을 두면 알아서 해줄 것이다.

"내일 맹에 가는 것인가?"

송백의 말에 차화서는 고개를 끄덕였다.

"오늘은 늦었어요. 일단 쉬기로 해요. 방도 이미 준비되어 있을 테니."

차화서가 말을 하며 빠르게 나갔다. 다름이 아니라 일주일 정도 목욕을 못했기 때문이다.

호반루(湖畔樓).

동정호 변에 자리한 호반루는 꽤 큰 곳이었다. 오가는 손님도 많아 장사가 잘되는 집으로 늘 사람들로 붐비고 있었다. 그렇다고 경치가 좋은 자리에 위치한 것은 아니었다. 단지 다른 집들이 늘 사람들로 가득 차 있기 때문에 이곳도 장사가 잘되는 집일 뿐이다.

호반루의 후원에 여장을 푼 일행은 동정호를 보기 위해 나섰다. 물론 집에 있는 사람도 있었다. 방지호와 송백이었다. 송백은 식사를 마치고 상념에 잠겨 있었다. 늘 머리는 비무를 하고 있었다. 그리고 지금도 비무를 하고 있었다.

방지호는 할 일이 많았다. 일단 지금까지의 여행을 보고해야 했으며, 여기저기 조사할 것도 있었다. 그리고 무림대회에 출전할 사람들을 조사해 그들의 무공을 파악해야 했다.

"일단 십 파 중 이 파는 출전을 안 하고, 육대세가와 개방 그런데… 태정방에서도 사람을 보냈다고요?"

방지호는 작은 실내에 마주 앉은 중년인을 바라보며 물었다. 중년인은 염소수염에 약간 통통한 얼굴을 했으며, 키도 그리 크지 않아 밀면 굴러갈 것 같은 인물이었다. 그가 하오문 호남지부장 양석불(陽石佛)이었다. 탁자 위에는 많은 책들이 올려져 있었으며 수많은 종이 조각이

쌓여 있었다.

"태정방에서 두 명을 보냈지……. 사파라고 하지만 결국 중원에 있는 문파이기 때문에 무림맹도 받아준 모양이야. 그들에게도 역시 천하대회에 나가고 싶은 젊은이들이 있을 테고… 태정방 내에서 얼마 전 몇 명을 뽑은 듯한데… 태정방과 함께 또 하나의 거대 사파인 천정문(天頂門)의 젊은이들이 몇 명 붙었고… 그들 중 두 명이 뽑혀온 것이기 때문에 예상외로 선전하지 않을까? 물론 나의 개인적인 생각이지만."

양석불의 미소 진 말에 방지호는 고개를 저으며 다른 말을 했다. 쓸데없는 예상이라고 여긴 것이다. 아무리 그들이 뛰어나도 정파의 힘을 넘기엔 역부족이라고 판단했다.

"점창과 남해가 참가 못하는 것도 이상하군요."

방지호가 다시 말하자 양석불이 인자하게 미소 지으며 말했다. 물론 그는 늘 미소를 그리고 다닌다.

"점창은 운남(雲南)의 거대 문파인 일성회(日星會)와의 원한 때문에 참가하기 힘들고… 일성회의 공격 때문에 점창은 지금 그들과 사활을 건 전쟁을 하고 있으니까. 잘 알겠지만 일성회 역시 신교에 속한 문파이지 않나? 이 일이 커지면 자칫 무림대전이 일어날지도 모른다는 목소리가 커지고 있는 상태이지."

인상을 찌푸린 방지호는 생각보다 일이 커진다는 느낌이 들었다. 가벼운 원한으로 시작해 지금은 일성회와 점창과의 전쟁과도 같은 상황이 되어버렸기 때문이다.

"해남은요?"

"해남 역시 만독문(萬毒門)과 염화곡(炎火谷) 때문에 참가하기 어려워. 뭐 이런 것도 몰랐나? 밀찰단원이면서 좀 알고 다니지, 쯧쯧. 해남과의 오랜 원한 때문에 서로 대치하고 있는 상태이지 않나.”

방지호는 인상을 찌푸리며 할 말만 했다.

“만독문과 염화곡 역시 신교에 소속된 문파가 아니던가요?”

“그렇지… 아무래도… 신교의 수작이 있지 않았나 하는 의심이 드는데… 어떤지는…….”

“뭐 그런 것까지 제가 알 필요는 없으니 여기까지만 듣죠. 그것보다 참가하는 사람들의 명단은 이게 다인가요?”

“아직 멀었어. 이틀 뒤가 마감인데, 아마 내일부터는 몰려서 신청할 걸? 지금의 인원만큼 추가되겠지.”

양석불의 말에 방지호는 아미를 찌푸렸다. 저절로 한숨이 흘러나왔다.

“으… 머리야……. 너무 많아요. 이 중에서도 중요한 사람들만 골라서 전해주세요. 언제 이걸 다 외워서 다녀요……?”

방지호의 울상 진 말에 양석불은 미소 지었다.

“많아도 어쩌겠나? 다 외워야지. 허허허.”

양석불의 웃음소리에 방지호는 주먹을 쥐었다. 한 대 갈기고 싶다는 충동이 일어났기 때문이다.

‘확! 굴려 버리고 싶다.’

방지호는 양석불의 배를 바라보며 애써 마음을 추스렸다.

*   *   *

안희명과 차화서가 따로 떨어져 악양성 내로 들어갔다. 살 것도 있고, 여기저기 구경하고 싶었기 때문이다. 능조운만이 홀로 동정호 변을 걷고 있었다. 홀로 이렇게 동정호 변을 걷다 보니 왠지 모르게 쓸쓸하다는 기분이 들었다. 마음속으로 생각하는 안희명은 늘 다른 사람을 보고 있었다.

"후… 외롭기만 하구나……."

능조운은 문득 걸음을 멈추곤 멀리 동정호를 바라보았다. 배들이 떠다니고 바람 소리에 사람들의 속삭임도 들리는 듯 느껴졌다.

호반에서 불어오는 바람이 능조운의 긴 머리카락을 휘날리게 만들어주었다. 그렇게 서 있자 능조운을 바라보는 여인들이 있었다.

길게 휘날리는 긴 머리카락과 조각 같은 얼굴은 누가 봐도 반할 것처럼 보였다. 허리에 찬 무식한 도만 아니라면 몇 명의 여인들이 접근했을지도 모른다. 하지만 무기는 그러한 접근을 막고 있었다.

그런 능조운을 바라보는 한 명의 여인이 있었는데, 그녀의 눈동자는 빛나고 있었으며 양손은 주먹을 움켜쥐고 있었다.

'저거야. 드디어 첫 번째 첩이다.'

허난영이었다. 허난영은 기수령과 함께 동정호 변에 나들이 나왔다. 날씨도 좋고 기온도 따뜻해 산책을 하기에는 더없이 좋은 날이었다. 그런 가운데 기수령이 잠깐 자리를 비웠고, 그 사이에 허난영은 한쪽에 걸어가는 능조운을 발견했다. 그가 걸음을 멈추고 서 있자, 그 모습이 햇살에 반사되어 맑게 투영되었다. 단연 미남자였다. 거기다 허리에는 무식하지만 도를 차고 있지 않은가?

무림인이라는 사실만으로도 허난영은 좋았다.

슉!

허난영의 그림자가 능조운의 바로 옆에 나타났다. 그리 멀리 떨어진

거리가 아니었다. 겨우 어깨 넓이의 거리에 서서 능조운의 옆얼굴을 잠깐 보다 다시 동정호를 바라보았다.

"무림인인가 봐요?"

허난영의 목소리에 능조운은 고개를 돌리다 빼어난 미인인 허난영을 발견하곤 약간 놀란 표정을 지었다.

"그… 그렇소……."

능조운이 어렵게 말하자 허난영은 자신이 그릴 수 있는, 최대한 가녀리고 아름답게 보일 미소를 지었다. 능조운의 눈동자가 흔들렸다.

'예쁘다…….'

"저도 무림에 살아요."

"아……."

능조운은 입을 벌리다 곧 포권했다.

"실례했소. 능조운이라 하오."

"훗. 허난영이에요."

허난영은 소매로 입을 가리며 웃음소리를 가볍게 흘렸다. 능조운은 그 모습을 멍하니 바라보았다.

"이번 무림대회에 출전하실 건가요?"

"물론이오. 그것 때문에 악양에 온 것이니."

능조운이 주먹을 움켜쥐며 미소 지었다. 그 모습에 허난영은 고개를 끄덕이며 말했다.

"강하실 것 같은데… 자신있나요?"

"자신없다면 참가를 하겠소? 물론 나와 같은 생각을 가진 사람들이 많을 테지만… 잘해볼 생각이오."

능조운의 말에 허난영은 웃으며 동정호를 바라보았다.

"능 소협은 꼭 해낼 거라 믿어요."

"하하."

능조운이 어색하게 웃자 그의 뒤로 또 하나의 그림자가 나타났다. 소리없이 다가온 그림자였다.

"누군가 했더니 능가 녀석이었군."

능조운은 급작스럽게 들리는 귀에 익은 목소리에 신형을 돌렸다. 상대를 알아본 순간 능조운의 표정이 싸늘하게 굳어졌다.

"남궁현……."

상대는 남궁현이었다. 영웅건에 남색 무복을 걸친 남궁현은 굵은 눈썹과 날카로운 눈을 하고 있었다. 그 역시 동정호에 나온 것이다.

능조운은 남궁현과의 추억이 많았다. 물론 좋지 못한 기억들이었다.

"설마 하니 네놈이 이곳에 올 줄은 몰랐어. 그냥 집에서 썩는다고 들었는데 말이야."

남궁현이 비웃듯 미소 지으며 말하자 능조운의 안면에 주름이 잡혔다.

"네놈도 나가는데, 나라고 안 나갈 이유가 있나?"

"창피당하려고 나온다면 말리지 않겠지만, 능가장의 명예를 더럽히지는 말아줘라. 그래도 우리 남궁세가의 옆집인데, 옆집이 꼴불견이라면 우리도 기분이 별로거든."

능조운은 그 말에 저도 모르게 주먹을 쥐었다. 능조운은 욕이라도 하고 싶은 마음에 한 발 나섰다. 하지만 그보다 먼저 나서는 사람이 있었다. 허난영이었다.

허난영은 기분이 안 좋았다. 실컷 어떻게 해볼 수 있는 기회였는데 그것을 방해받았기 때문이다. 그러니 입에서 흘러나오는 말이 고울 리가 없었다.

"남궁세가의 소가주라는 사람이 이렇게 경망된 인물일 줄이야. 정말 놀랄 일이군요. 그래도 후기지수 중 으뜸이라 불리는 인물이 입을 함부로 놀리다니, 창피하지도 않나요?"

남궁현은 허난영을 알고 있었다. 그녀가 누구인지. 사실 그녀와 함께 서 있는 능조운의 모습에 더욱 화가 났던 것도 사실이다. 허난영은 자신을 쳐다본 적도 없었기 때문이다. 자신이 누구던가? 현 무림맹주의 아들이 아니던가? 거기다 능조운은 어릴 때부터 싸우던 녀석이었다.

"흥! 그럼 천상음문의 소문주라는 사람이 대낮부터 남자와 노닥거리고 있는 것은 보기 좋은 모습이란 말이오?"

남궁현의 말에 허난영의 얼굴이 붉어졌다. 능조운은 그 말에 놀란 표정으로 허난영을 바라보았다.

"나는 단지 그에게 관심이 있을 뿐이에요. 관심이 있어서 서로 대화를 하는데, 그것조차도 잘못이라는 말인가요? 왜 제가 남궁소가주에게 이런 말을 들어야 하는지 모르겠지만, 둘의 대화를 방해한 사람은 당신이지 저희가 아니에요."

허난영의 차가운 말에 남궁현은 싸늘한 표정으로 살기를 피웠다. 그 소란 때문에 주변에 사람들이 모여들기 시작했다. 그것을 느낀 듯 남궁현의 표정에서 살기가 사라지며 가벼운 미소가 걸렸다.

"나 역시 방해하려던 생각이 아니었소. 그저 옛 친구에게 인사나 할까 하고 말을 건넨 것이지. 안 그런가, 조운?"

남궁현의 시선이 능조운에게 닿았다. 능조운은 인상을 씨푸리며 입을 열려고 했다. 하지만 이번에도 다른 사람으로 인해 입을 닫아야 했다.

"그만두시죠, 남궁 소협. 아버님의 명예를 이런 곳에서 떨어뜨릴 생각이신가요?"

남궁현은 옆에서 들리는 목소리에 인상을 찌푸리며 고개를 돌렸다. 하지만 사람들 사이에서 걸어나오는 기수령을 발견하자 표정이 굳어졌다.

기수령은 허난영의 옆으로 걸어오며 남궁현을 바라보았다. 기수령의 얼굴에 드리워진 차가움에 남궁현은 침음을 삼켰다. 기수령이 상대라면 이기기 힘들다. 그녀는 자신에게 특별했다.

"미안하오."

남궁현은 짧게 말하며 능조운을 바라보았다.

"온 것을 축하한다. 하지만 기대는 하지 마. 무림대회는 그리 호락호락하지 않으니까. 그때처럼 병석에 눕기 싫다면 포기하는 게 좋아. 후후."

남궁현은 짧게 웃으며 신형을 돌렸다. 그가 사람들 사이로 사라지자 기수령은 허난영과 전에도 본 적 있는 능조운에게로 시선을 돌렸다. 하지만 말을 할 수가 없었다. 능조운의 일그러진 얼굴과 움켜쥔 두 주먹이 떨렸기 때문이다.

하지만 움켜쥔 주먹은 얼마 못 가 풀렸다. 능조운은 아무런 일도 없었다는 듯 미소 지으며 허난영과 기수령을 바라보았다.

"실례하겠소."

능조운은 그렇게 말하며 그곳을 벗어났다. 능조운의 뒷모습이 허난영의 눈동자에 가득 들어왔다. 무슨 말을 하고는 싶었지만 이 상황에선 어떤 말도 위로가 될 것 같지는 않았다.

"능 소협⋯⋯."

허난영이 아쉬운 듯 바라보자 기수령이 호기심 어린 표정으로 다가왔다.

"아는 사람이니?"

허난영은 언제 들어도 차분한 목소리에 마음을 가라앉히며 고개를 끄덕였다.

"오늘 처음 봤어요. 하지만 왠지 모르게 마음에 드는데요."

허난영이 미소 지으며 말하자, 기수령은 일전에 만난 기억을 떠올리며 고개를 저었다. 그러다 그가 송백과 만난 이후 사라졌던 기억을 떠올렸다.

"능가장의 능 소협이라네요. 능가장이면 확실히⋯ 뇌정도법의 그 능가장이죠?"

"물론. 능가장이면 뇌정도법이지⋯⋯. 하지만 능가장의 아들은 몸이 아파 무공을 수련하지 못한다고 들었는데⋯ 무림대회에 참가하다니⋯⋯. 그동안에 무슨 일이라도 있었던 모양이네."

기수령이 멀어지는 능조운의 뒷모습을 응시하며 중얼거렸다.

"그것보다 어서 가요. 배도 고프고, 옷감도 좀 사야 할 것 같아요."

"그 말을 들으니 나도 허기가 좀 지는 것 같네."

기수령이 배를 만지며 중얼거렸다.

악양성 내를 한 바퀴 돌고 돌아오던 안희명과 차화서는 병장기점에 들렀다가 오는 길이라 예정보다 좀 늦었다.

"⋯⋯?"

안희명은 길을 걷다 눈에 익은 사람을 발견하곤 그 사람을 바라보았다. 전에 어디선가 만난 적이 있는 것 같은 얼굴이었다.

"왜?"

차화서가 걸음을 멈춘 안희명을 발견하곤 그녀의 시선을 따라갔다. 그곳에 두 명의 여인이 있었다. 둘다 눈에 띄는 미인이라 지나가는 남자들의 시선이 그녀들에게 한 번씩은 가고 있었다.

"아는 사람이야?"

"글쎄, 어디선가 본 적이 있는 것 같은데……."

잠시 살피던 안희명의 시선이 어느 순간 그들과 마주쳤다.

기수령도 어디선가 본 적이 있는 얼굴이라 여겼다. 기수령은 자신의 기억을 더듬으며 그녀가 누구인지 이름은 모르지만 그녀와 함께 있던 사람을 떠올렸다.

기수령은 재빠르게 안희명에게 다가갔다. 안희명은 기수령이 다가오자 잠시 어떻게 해야 할지 몰라 당황했다. 서먹했기 때문이다. 그렇다고 악감정이 있는 것은 아니었다. 빼어난 미인인 기수령에게 자신도 호감은 있었다.

차화서는 기수령을 한눈에 알아보았다. 그녀는 너무도 유명한 여인이기 때문이다. 강호의 남자들이라면 누구나 눈독을 들이는 신부감 일호였다.

'기수령……. 강호사현의 공동 전인이자 강호에서 가장 머리가 좋은 여인…….'

차화서는 언젠가 그녀에 대해 들었던 기억을 떠올렸다.

"오랜만이에요."

기수령이 먼저 말했다. 그녀의 뒤로 허난영이 붙었다. 허난영은 기수령이 처음 보는 여자들에게 다가가자 호기심에 함께 온 것이다.

"안녕하세요."

안희명은 고개를 숙이며 말했다. 왜 그런지 몰라도 기수령을 대하자 위축되는 기분이 들었다.

"송 소협을 만나고 싶어요."

기수령은 안희명과 차화서를 살피며 미소 지었다.

*   *   *

주루에 들어온 남궁현은 많은 사람들을 둘러보며 일행을 찾았다. 어쩌면 오늘 하루는 기분이 좋은 날이 되었을지도 모른다. 하지만 누구 덕에 오늘은 최악의 기분을 맞이하고 있었다.

"못난 놈, 남궁세가의 장남이 어찌 능가의 자식보다 못하단 말이냐!"

호통 소리가 현실처럼 귓가에 생생히 메아리쳤다.

"오빠."

한쪽에서 들리는 목소리에 남궁현은 고개를 돌렸다. 일남이녀가 그곳에 앉아 있었고, 모두 아는 얼굴이었다. 특히나 두 여자는 모두 자신의 동생이 아니던가.

"무슨 일이 있었나요? 안색이 좋지 않네요."

남궁현의 여동생인 남궁소가 걱정스러운 눈으로 바라보자, 남궁현은 고개를 저으며 자리에 앉았다. 오늘 기수령을 부른 것도 남궁소였고, 기수령과 남궁현의 만남도 자신이 생각했던 일이다. 우연을 가장

우리는 싸워야 한다 49

해 만난다면 더없이 좋기 때문이다. 하지만 일이 잘 안 풀린 듯 보였다.

"별일 아니다. 예전 놈을 만나서……."

남궁현은 고개를 저으며 식어버린 차를 단숨에 들이켰다. 그러자 옆에 있던 당익이 궁금한 얼굴로 남궁현을 바라보았다. 당익은 사천당가의 인물로 이십대 중반으로 보였다. 그는 남궁현과 친해지면서 남궁 자매와도 친한 편이었다.

"무슨 일이오, 남궁형?"

"별거 아니오. 잠시 옛 친구 놈이 생각나서 그렇소."

남궁현은 애써 태연하게 웃었지만 눈치 빠른 남궁소가 모를 리 없었다. 남궁혜는 무슨 일인지 그저 궁금한 얼굴이었다.

"기 언니는 만나보셨어요? 아까 지나가던데……."

남궁소가 생각난 듯 물어보자 남궁현은 고개를 저었다.

"만나기야 했지만 좋지 않은 때에 만나 금방 헤어졌다. 그것보다 능가 녀석이 왔더구나."

남궁현의 말에 순간적으로 남궁소와 남궁혜의 표정이 굳어졌다. 남궁소는 경직되었고, 남궁혜는 약간 얼굴을 붉혔다. 서로 다른 반응이었다.

남궁소는 왜 남궁현의 기분이 안 좋은지 그 말에 알 수 있었다.

"흥! 그 머저리 같은 녀석이 왔다는 말인가요? 무림대회에 출전하려고?"

남궁소의 말에 남궁현은 고개를 끄덕였다. 그러자 당익이 말했다.

"능가라면 능가장의 소가주를 말하는 것이 아니오? 듣기로는 무공을 익히지 않아 뇌정도법이 실전될지도 모른다고 하던데……."

당익의 말에 남궁소가 표정을 풀며 미소 지었다.

"주화입마로 몸을 버려 무공을 익히기 힘들다고 들었어요. 그런데 무림대회에 오다니 참으로 놀랍지 않나요?"

"물론이오. 뇌정도법은 무림의 큰 유산이오. 그것이 실전되지 않은 것만으로도 큰 복이라 할 수 있지요. 하지만 경쟁자가 늘어난 것은 좋지 못한 일인 것 같소. 하하."

당익의 말에 남궁소의 표정이 변했으나 당익은 이를 눈치채지 못하고 있었다.

'멍청한 놈. 뭐가 유산이야. 경쟁자는 또 뭐야? 솔직히 말해서 네놈의 얼굴보다는 능가 녀석의 안면이 백배는 낫지.'

남궁소의 생각을 모르는지 당익은 호방한 웃음을 지으며 말했다.

"기 소저와 잘 안 됐다면 다음에 다시 만나 이야기를 나누면 될 것이 아니오? 여자 문제야 만나다 보면 자연스럽게 풀리는 법. 뭘 그리 걱정하시오? 술이나 한잔합시다."

당익의 말에 남궁현은 인상을 찌푸렸으나 곧 표정을 풀었다.

"그렇게 합시다. 여기 죽엽청 한 병 가지고 오게나!"

남궁현은 지나가는 점소이에게 소리치며 미소 지었다. 하지만 마음 속에 남은 앙금이 풀리기엔 깊은 상처가 있었다.

짝!

볼에 피어오르는 화끈거리는 아픔은 어린 소년의 마음에도 화상을 만들었다.

"못난 놈 같으니라고."

눈앞에 서 있는 아버지는 엄한 눈으로 자신을 내려다보았다.

"능가의 도법이 그리 무섭더냐? 그리 강하더냐? 네놈은 남궁세가의 장남이다. 남궁세가의 장남이라는 놈이 다른 집안의 또래에게 패한다는 게 말이 되느냐! 네놈은 천하제일세가인 남궁세가의 장남이다!"

짝!

우당탕!

또 한 번의 격타음이 귓가를 울렸다. 무엇보다 고통이 울렸다. 그 옆으로 두려운 듯 한 명의 소녀가 무릎 꿇고 몸을 떨고 있었다.

"내 아들이 겨우 이 정도라니… 차라리 낳지 말 것을……. 쯧쯧."

"……!"

엎드린 소년의 머리 위로 거대한 아버지의 육체가 사라졌다. 소년의 주먹이 움켜쥐어졌으며 눈동자는 불타고 있었다. 전신은 미미하게 떨리고 있었다.

십 년 전의 일이었다. 그리고 남궁소도 옆에 함께 있었다.

'차라리 낳지 말 것을…….'

탁!

술잔을 내려놓는 남궁현의 눈동자에 미미한 떨림이 일어났다. 오랫동안 그 말이 마음에 상처로 남아 있었다. 그 말로 인해 지금까지 아버지와 제대로 대화를 나눈 적이 없었다. 평생 지워지지 않을 상처. 절대 잊지 못할 기억.

그것을 아는 사람은 남궁소뿐이었다. 남궁소는 왜 남궁현이 이렇게 흥분하는지 잘 알고 있었다. 평소에는 전혀 보이지 않던 모습이다.

'능가 녀석…….'

남궁소는 애써 인상을 피려 했지만 자신도 기분이 나빠졌다.

남궁현은 미미하게 떨리는 흥분을 가라앉히며 숨을 크게 내쉬었다.

'능조운……'

빈 술잔을 바라보는 남궁현의 시선이 차갑게 가라앉았다.

네 명의 여인이 걸어가자 사람들의 시선이 쏠렸다. 모두 미인인데다가, 그런 미인들이 한꺼번에 있으니 시선이 집중될 수밖에 없었다.

허난영까지 소개받은 그녀들은 안희명의 안내로 주루에 들어섰다. 허난영은 사실 별로 가고 싶은 생각이 없었으나 기수령이 관심을 갖자 호기심이 일어났다.

'기 언니가 웬일로 남자를 찾아가지……?'

지금까지 봤을 때 기수령은 남자에게 관심이 없었다. 그런데 오늘은 남자를 찾아가는 것이다. 당연히 궁금할 수밖에 없었다.

'얼마나 대단한 사람이기에 기 언니가 관심을 보이는 것일까……?'

허난영의 관심사는 이것이었다. 과연 어느 정도의 미남이기에 기수령이 찾아가는지 궁금했다. 그런 생각으로 후원에 들어섰을 때 허난영은 놀란 표정으로 앞을 바라보았다.

"어머?"

허난영은 좀 전에 보았던 능조운을 보게 되자 놀란 것이다.

능조운은 마당에 서서 뇌정도를 이리저리 한 손으로 돌리던 중이었다. 그러다 갑작스럽게 들어오는 네 여인을 보곤 놀라 자신도 모르게 뒤로 물러섰다.

"어?"

능조운을 발견한 안희명과 차화서가 다가왔다.

"송 소협은?"

"안에 있는데."

능조운이 손으로 문을 가르켰다. 그러자 기수령이 미소 지으며 살짝 인사했다. 능조운은 저도 모르게 얼굴을 붉히며 왼손으로 머리를 긁적이며 고개를 숙였다. 그 모습에 허난영의 표정이 굳어졌다.

기수령이 안으로 들어가자 차화서가 안희명에게 다가갔다.

"서로 아는 사이야?"

"그건… 나도… 잘……."

안희명이 망설이듯 고개를 저었다. 그러자 차화서의 시선이 능조운에게 향하자 능조운은 잠시 기수령이 사라진 문을 바라보았다. 그러다 차화서와 눈이 마주쳤지만 그 사이로 허난영의 얼굴이 나타났다.

"능 소협."

"아! 허 소저."

능조운은 허난영을 알아보곤 얼굴을 붉혔다. 그러자 허난영이 말했다.

"이렇게 빨리 다시 만날 줄을 몰랐네요."

"좀 전에 만나고 지금 다시 만났으니 정말 빠릅니다."

능조운이 웃으며 말하자 안희명이 인상을 찌푸리며 허난영의 뒷모습을 바라보았다. 허난영은 그 시선을 느낀 듯 미소 지으며 곁눈으로 안희명과 차화서를 바라보았다.

"능 소협은 이곳에 계신가 봐요?"

"아… 예."

능조운이 고개를 끄덕이자 안희명이 신형을 돌렸다.

'뭐가 능 소협이야……. 능 소협… 능 소협.'

안희명은 인상을 찌푸리며 차화서에게 말했다.

"나 가서 잘래."

"벌써?"

"졸려."

차화서가 아쉬운 듯 말했으나 안희명은 빠르게 앞으로 걸어나갔다. 그러자 능조운은 뭔가 이상하다는 기분이 들었다.

"어?"

능조운이 놀라 안희명의 뒷모습을 바라보자 허난영이 어느새 시선 속으로 들어왔다. 허난영은 능조운이 안희명을 의식하자 이상하다는 기분이 들었다.

'하긴… 이렇게 잘생겼는데 마음에 없겠어?'

허난영은 안희명의 행동에 속으로 미소 지으며 맑은 눈동자를 능조운의 시선 속으로 던졌다.

"능 소협… 이제 저녁인데… 같이 식사 하실래요? 둘이서……."

"예?"

능조운은 마지막 말에 놀라 눈을 크게 떴다. 순간 걸어가던 안희명의 한쪽 귀가 움직이며 발이 멈춰 섰다. 차화서도 놀란 눈으로 허난영을 바라보았다. 차화서는 어떻게 저런 말을 서슴없이 하는지 놀라워하고 있었다. 낯이 뜨거운 말이었다.

'둘… 이서…….'

차화서는 자신도 모르게 얼굴을 붉혔다. 그 순간 차화서의 옆으로 그림자가 지나쳐 갔다.

"그러고 보니 배가 고프네. 나도 저녁은 먹어야지."

허난영의 옆으로 안희명이 어느새 다가와 말했다. 허난영의 인상이 살짝 찌푸려졌으나 곧 미소가 입가에 걸렸다.

"그럼 함께 먹어요."

'첩 작업 잘 들어가고 있는데, 호박 같은 게 방해하네.'

허난영은 주먹을 쥐고 있었다.

'이건 어디서 나타난 여우야?'

안희명도 주먹을 움켜쥐고 있었다. 그렇게 서로를 바라보며 웃음을 보였다.

"화기애애해서 좋네요."

창밖을 바라보던 기수령은 안희명과 허난영의 웃음소리와 능조운과 차화서의 미소에 옅은 웃음을 보였다. 그녀의 등 뒤로 탁자 옆에 송백이 앉아 있었다.

송백은 대답없이 앉아 있었다. 기수령은 막상 이렇게 만나자 어떤 말을 해야 할지 난감했다. 물어보고 싶은 건 많았는데, 잘 나오지 않는 기분이었다.

"송가장에 가봤어요."

기수령은 신형을 돌리며 앉아 있는 송백을 바라보았다. 송백의 표정은 변화가 없었다. 하지만 송백의 그런 무심한 얼굴 사이로 송영의 얼굴이 스치고 지나쳤다. 기수령의 아미가 미미하게 움직였으나 곧 신형을 다시 돌리며 창밖을 바라보았다. 똑바로 볼 수가 없었다. 본다면 송영과의 추억이 떠오르기 때문이다.

"왜 무림관으로 바로 안 왔나요? 기다렸는데……."

"할 일이 좀 있었지."

"마정회주를 죽였다는 소문을 들었어요. 얼마 안 가 볼 거라고 여겼

는데 소식이 없더군요. 개방을 시켜 조사를 했지만 개봉에서 사라졌어
요."

"흠……."

송백은 기수령의 말에 눈을 빛냈다. 개방이란 말이 나왔기 때문이
다. 꼼꼼하다는 생각도 들었다. 그리고 자신의 뒤로 꼬리를 붙였다는
것에 기분이 나빴다.

"이런 말 하기는 뭐하지만 사실 걱정했어요."

송백은 모르지만 기수령은 걱정하고 있었다. 송영의 동생이기 때문
이다. 자신이 가장 사랑했던 남자의 동생이다. 이유라면 그것뿐이었
다.

"쓸데없는 걱정이군."

송백의 남 대하는 듯한 말에 화가난 듯 기수령이 신형을 힘주어 돌
렸다. '팍!' 거리며 치맛자락이 크게 휘날렸다.

"당신이 죽는다면 내가 슬퍼져요. 그 이유가 뭐라고 생각하나요?
송 사형의 동생이라는 이유 하나로 제가 이렇게 걱정한다고 생각했나
요?"

"……."

송백은 입을 닫았다. 말속에 담긴 의미에 그 관계가 자신의 생각과
는 다르게 깊다는 것을 알았다. 그것은 자신도 익히 느껴본 감정이었
다. 기수령은 송영에게 그런 감정을 가지고 있었다. 그런 생각이 들었
다.

기수령은 한숨을 내쉬었다.

"가족이었어요. 아니, 그것보다 더 가까운……."

기수령은 입을 닫으며 침묵했다. 무거운 공기가 실내에 흐르기 시

작했다. 순간이었지만 송백의 눈에 동방리의 얼굴이 스치고 지나갔
다.

침묵을 깨고 말한 것은 기수령이었다.

"다행이네요."

"……?"

송백의 시선이 닿자 기수령은 애써 마음을 진정시키고 미소 지었다.
포근함이 담긴 미소였다. 송백은 그것을 느낄 수가 있었다.

"전에는 쓸쓸해 보이더니 지금은 동료가 있어서 그런지 따뜻해 보이
네요."

"우연히 만났을 뿐이지."

송백의 대답에 기수령은 송백의 성격을 대충 파악한 듯 말했다.

"우연이라도, 동료가 있다면 사람은 따뜻해지고 인정이 넘치게 되지
요."

"무림의 세계에 동료가 필요한가?"

송백의 말에 기수령의 표정이 굳어졌다. 부정하는 말이기 때문이
다.

"정이 쌓인 만큼 끊기는 힘들지…… 마치 네 모습처럼."

기수령은 송백의 말이 무엇을 의미하는지 알고 있었다. 정이 든 사
람이 죽으면 고통만 커질 뿐이다. 그것을 말하고 있었다.

기수령은 인상을 찌푸리다 미소 지으며 팔짱을 끼었다.

"그런 말은 겁쟁이나 하는 말이에요."

"……?"

송백의 표정이 굳어지자 기수령이 다시 말했다.

"그런 것을 두려워한다면 살 이유가 없지 않을까요? 그 고통을 두려

위한다면 강해질 수는 없어요."

기수령이 우울한 눈동자로 작게 속삭였다. 송백은 일리있는 그 말에 저도 모르게 미소 지었다. 그리고 눈앞에 있는 기수령이 어쩌면 자신보다 강한 사람이라 여겨졌다. 무공이 아닌 인간으로서.

송백의 머리에 절벽에서 떨어지는 동방리의 눈물방울과 그 미소 진 얼굴이 그려졌다. 잊지 못할 모습이었고, 잊지 못할 얼굴이었으며, 잊지 못할 기억이었다.

'리……'

송백은 자신이 얼마만큼 그 기억에 갇혀 있는지 알고 있었다. 그리고 빠져나올 방법조차 지금은 없었다. 앞으로도 없을 것이다.

송백은 기수령과 동질감을 느끼고 있었다. 그것은 기수령도 마찬가지였다. 기수령 역시 송백의 마음속에 무언가 남아 있다는 것을 알았다. 그것은 입에 걸린 슬픈 미소가 말해 주고 있었다. 알고 싶었다.

"강한 여자군."

송백의 말에 기수령은 옅은 미소를 그렸다.

"하지만 전 여자예요. 여자의 강함은 낙엽과도 같아 바람에 떨어지는 법이에요."

송백은 기수령이 외롭다는 것을 알았다. 하지만 자신과는 관계없는 여자라고 생각해야 했다. 자신은 자신이고 형은 형이다. 송백은 조용히 말했다.

"나는 낙엽을 바라보는 사람이 아니다."

기수령은 미소를 거두었다. 잠시 멍하니 송백을 바라보다 곧 고개를 끄덕이더니 그에게 웃음을 보였다. 그 미소가 저녁놀에 반사되어 밝게 비추었다. 송백은 한순간 동방리를 보는 듯한 착각이 들었다. 하지만 흔들린 눈동자는 짧은 순간 무심히 가라앉았다.

"미안해요. 이런 말을 하려고 만나려 했던 것은 아니었어요. 단지 궁금했어요. 어떻게 지내나 하고……."

기수령은 그렇게 말하며 생각난 듯 다시 말했다.

"무림대회는 신청했나요? 이틀 남았는데."

"아직."

송백의 대답에 기수령은 인상을 찌푸리며 말했다.

"아직도 안 했단 말인가요? 말이 이틀이지 내일이면 신청하기도 힘들어요. 그리고 접수는 해가 지면 바로 끝나요. 아마 오늘도 수백 명이 그냥 돌아갔을 거예요. 거기다 무림관은 이미 오래전부터 가득 차서 지낼 곳도 없어요. 지금 신청한 사람들은 악양에서 숙식을 해야 해요. 적어도 무림대회가 열리는 본관까지 두 시진은 걸리는데, 그 거리를 걸어서 다닐 건가요? 경공을 펼칠 수도 없잖아요."

송백은 그 말에 인상을 찌푸렸다. 사실 무림대회에 젊은 무인들도 신청을 받지만 이름난 후기지수와 젊은 무인들은 모두 무림관에 방을 예약한 상태였고, 거대 문파의 젊은이들은 무림관에서 오래전부터 기거하고 있었다. 그러니 빈방이 몇 없었다. 남은 방은 선착순이었고, 한 달 전부터 가득 찬 상태였다. 그들을 제외하고는 모두 악양에서 무림대회에 출전하러 가야 했다.

"말이 두 시진이지, 그 시간이면 무림대회에서 하루와도 같은 시간이에요. 매일같이 몇 번의 비무를 치러야 하는 그 격렬한 투쟁에서 시간만큼 중요한 것도 없잖아요. 그런데 아직도 신청을 안 했다니……."

기수령은 크게 걱정하는 듯 한숨까지 내쉬며 말했다.

"방법은 없나?"

송백의 말에 기수령은 기다렸다는 듯이 미소 지으며 말했다. 사실 유도하기 위한 말이었기 때문이다. 그리고 송백은 방법을 물었다. 이제는 자신이 진정 하고자 하는 바를 이룰 수 있을 것이다.

"물론 있어요. 하지만 그 전에 한 가지 알아야 해요."

기수령은 검지를 세우며 웃음을 보였다. 그 의미심장한 웃음에 송백은 인상을 찌푸렸다. 사실 자신은 상관없었다. 두 시진이 되어도 충분했기 때문이다. 하지만 자신과 함께 온 일행은 문제가 심각할 것이다.

송백은 말이 없었지만 대답을 구하는 눈으로 기수령을 바라보았다. 기수령도 그것을 읽은 듯 입을 열었다.

"한 가지는 다른 게 아니에요. 제 부탁을 하나 들어주면 돼요. 그럼 제가 방을 구해 드릴게요. 일행분 것까지."

부탁이라는 말에 송백은 눈을 빛냈다. 굳이 들어줄 필요는 없었다. 하지만 일행이라는 마지막 말에 송백은 자신이 들어줄 수밖에 없다는 것을 알았다. 동료라는 의미는 송백에게 전우와도 같은 의미였다. 필요에 의해서는 당연히 죽일 수도 있었다.

하지만 이처럼 평화로운 강호에서 그렇게 생각할 필요가 있을까? 그저 친구이기에 송백은 씁쓸히 고개를 끄덕였다.

"그렇게 하지."

"좋아요."

"그 부탁은 뭔가?"

기수령은 신형을 돌려 송백을 바라보며 한쪽 눈을 찡긋거렸다. 다른 사람이라면 귀엽다거나 예쁘다거나 아니면 얼굴이라도 붉혔을 것이다.

하지만 송백은 그저 무심했다.

"무림관에 내일 오면 알려줄게요."

기수령은 그렇게 말하며 밖으로 나갔다. 송백은 모를 것이다, 기수령이 저런 모습을 보인 사람은 오직 송영뿐이라는 것을. 설산과 장지명에게조차도 저런 모습을 보이지는 않는다.

"참!"

기수령은 막 문을 나서다 생각난 듯 고개를 돌렸다. 송백이 바라보자 기수령이 말했다.

"그때 덤볐던 두 명 알지요?"

"물론."

송백은 처음 기수령을 만난 날 자신에게 달려들던 설산과 장지명을 떠올렸다.

"그날 이후 이를 갈면서 수련하러 갔어요. 둘이 덤볐는데도 눕히지 못했다면서."

"그런가?"

"자존심이 많이 상했나 봐요. 기대하세요. 같은 조가 된다면 호되게 혼날 수도 있어요."

기수령의 미소 진 말에 송백은 고개를 끄덕였다.

"기대하지."

"그럼 내일 뵈어요."

기수령은 그렇게 말하며 문을 닫았다. 가벼운 마찰음이 들리며 송백은 자신이 홀로 방 안에 있다는 사실을 알았다. 그리고 목련꽃 같은 향기가 맴도는 듯 느껴졌다.

문을 닫은 기수령은 양손으로 가슴을 누르며 소리없이 깊은 숨을 내쉬었다. 송영과는 너무도 다른 사람이다. 하지만 가끔 보이는 송영의 그림자가 기수령의 마음을 혼란스럽게 하고 있었다.

'송 사형……'

기수령은 허공을 바라보며 중얼거렸다.

■제3장■

열기(熱氣)

　백화원의 아침은 소란스러웠다. 여자들이 아침 일찍부터 일어나 단
장을 하기 때문이다. 허난영 역시 아침 일찍부터 일어나 운기를 한 번
하고는 수련동으로 가기 위해 백화원을 나섰다. 순간 허난영의 발걸음
이 멈춰 섰다.

　'오, 무림대회가 다가오니 잘생긴 남자들도 눈에 띄기 시작하는군.'

　허난영은 소문으로 누가 잘생겼는지 알고 있었다. 무림의 수많은 남
자들 중 가장 뛰어난 젊은이들이 모인다는 무림관이다. 그곳에서 특히
잘생긴 것으로 따지면 세 명을 말하는데, 그중 한 명이 무당파의 속가
제자인 영진호(令鎭護)이다. 영진호는 무당파에서 공을 들여 키운 젊은
기재로, 무림관에서 천하대회에 나갈 절대기재 다섯 명을 꼽을 때 그가
들어간다.

　또 한 명은 모용세가의 모용정이었다. 모용세가는 오래전부터 빼어

난 용모의 사람들이 많았다. 모용정은 모용세가의 장남으로 어릴 때부터 강남의 꽃동자로 소문난 인물이었다.

나머지 한 명이 바로 기수령의 사제인 장지명이었다.

'영 소협일까……? 아니면 모용세가의 모용정? 그것도 아니면 장 소협일까……?'

이른 아침부터 백화원의 앞에 서 있는 한 명의 백의청년을 향해 허난영은 많은 생각을 굴려야 했다.

"어? 이게 누구야? 장 동생 아니야?"

허난영이 그렇게 다가가는 것을 망설일 때 그 옆을 스치는 그림자가 있었다.

"팽 누님."

팽소련이었다. 팽소련은 호방한 성격이기에 장지명과 설산과도 친한 편이었다. 허난영은 팽소련이 자신을 지나가자 인상을 찌푸렸다. 자주 말은 안 했지만 기수령과 대화를 자주 하기에 어느 정도 알고 있는 여자였다. 하지만 남자 같아 싫어했다.

"언제 온 거야?"

팽소련이 다가오며 말했다.

"지금 왔습니다. 오자마자 누님을 보려고 온 것인데 아직 안 나오시네요."

"곧 나오겠지. 어? 허 동생."

팽소련은 백화원의 문을 바라보다 허난영이 서 있는 것을 발견하곤 불렀다. 허난영은 재빠르게 팽소련의 옆으로 다가왔다.

"일찍 나왔네. 참! 인사해. 천상음문의 소문주이고, 또 기 언니와 한방을 쓰고 있지."

"장지명이라 합니다."

"허난영이라 해요."

장지명은 기수령과 한방을 쓰고 있다는 말에 놀란 눈으로 허난영을 바라보았다. 기수령은 누구와 한방을 쓴 적이 없기 때문이다. 자신이 수련하러 떠난 사이 변화가 있었다는 생각도 들었다.

"기 누님은 아직 안 일어나셨습니까?"

장지명이 물어오자 허난영은 빠르게 대답했다.

"일어나신 것 같은데… 제가 들어갔다 올게요."

허난영이 신형을 돌리자 장지명이 빠르게 말했다.

"아닙니다. 그런 수고를 하게 할 수는 없지요. 전 그럼 제 방으로 가겠습니다. 혹시 누님을 만난다면 방에서 기다린다고 전해주세요."

"그렇게 할게."

팽소련의 말에 장지명이 가볍게 인사하며 신형을 돌리자, 허난영은 아쉬운 마음이 들었다. 하지만 붙잡고 말을 하기엔 주변에 눈이 좀 많았다. 어느새 몇몇의 여자들이 주변에 있었던 것이다. 장지명은 그 시선 때문에 간 것이다.

"나는 수련하러 갈 건데, 허 동생은?"

"저요?"

허난영은 팽소련의 말에 망설였다. 수련을 할 것인가? 아니면 기수령과 함께 장지명을 만나 어떻게 한번 눈길을 잡아볼 것인가? 그리고 결론은 빠르게 나왔다.

"저는 방에 다시 가볼게요."

"그래? 그럼 좀 있다 보자."

팽소련은 미련없이 홀로 수련동을 향해 걸어갔다. 그 모습을 보던 허난영이 신형을 돌렸다.

'눈만 뜨면 수련! 수련! 수련! 그러니 남자에게 인기가 없다구요 팽 언니는.'

장지명은 방 안에 앉아 어깨에 멘 검과 허리에 찬 도를 풀어놓았다. 지금까지 살아오면서 늘 달고 다니던 무기였다.

"강함에는 길이 없다. 마음만이 강함을 말해 주지."

스승인 한현의 말이 그동안의 수련에 힘을 주었다.

"그 무엇도 베고자 하는 마음과 그 무엇도 쓰러뜨리려 하는 신념만이 자신을 강하게 만들어준다."

장지명은 그 말을 늘 마음속에 새기며 수련했다. 하지만 자신의 허약한 마음은 늘 망설이고 있었다.

"무공은 결국 타인에게 상처를 주는 법이다……. 언젠가는 나도 상처받겠지……."

장지명은 중얼거리며 탁자 위에 풀어놓은 자신의 애병을 응시했다.

"지명아! 나다!"

쾅!

큰 외침성과 함께 문이 벌컥 열리며 반가운 얼굴이 장지명의 눈앞에 나타났다. 헝클어진 머리에 수염이 덥수룩한 청년이었다.

"설사!"

"망할 기생오라비가 일 년 만에 보는 얼굴에게 보자마자 설사냐!"

설산은 소리치며 장지명에게 달려들었다. 장지명의 얼굴에 환한 웃음이 걸렸다.

"오늘이나 내일쯤 올 거라 생각했는데 시간에 맞추었구나."

"물론이지. 그동안 내가 칼을 간 것만 생각하면 이가 갈린다. 뭐, 이제는 네놈도 단 삼 초에 아작을 낼 수 있다고 자신하니 다행이지만."

"하하! 허풍은 여전하군. 그래도 그런 자신감이 생겼다면 충분하겠지."

장지명의 말에 설산은 옷을 갈아입기 위해 바지를 풀렀다.

"아… 한 달 동안 옷을 안 갈아입었더니 속이 다 가려워. 내 옷이 어디 있지?"

설산은 바지를 내리며 웃통도 벗어 던졌다. 그 순간이었다, 모든 시간이 정지한 것은.

벌컥!

"드디어 돌아왔구나, 이 녀석들!"

반가운 여자의 목소리가 울리며 두 명의 여인이 들어왔다. 순간 고개를 돌리던 설산의 얼굴이 굳어졌다.

"엇!"

"엄마야!"

허난영이 양손으로 눈을 가렸으나 손가락은 벌려 있었다. 설산의 얼굴에 멍함이 어렸다. 순간 기수령이 신형을 돌렸다.

"가려."

"추한 놈 같으니라고! 꼭 일을 벌려요, 일을. 어떻게 어른이 되어서
도 변한 게 없냐?"

탁자에 앉은 기수령이 인상을 찌푸리며 말하자, 설산은 붉어진 얼굴
로 고개를 숙였다.

"내가 옷 갈아입을 때 들어온 건 누님인데……."

"시끄러워! 가서 얼른 씻고 수염도 깍아! 추하게 그러고 다닐래? 어
서 나가!"

기수령의 외침에 설산은 고개를 숙인 채 천천히 걸어나갔다.

"젠장. 내가 보이고 싶어서 보였나……."

작은 목소리였다.

"뭐!"

기수령이 고개를 돌리며 소리치자 강렬한 바람과 함께 설산의 그림
자가 문밖으로 사라졌다. 허난영은 이런 기수령의 모습을 처음 보기에
그저 놀란 눈을 하고 있었다. 그리고 이 모습이 기수령의 본모습일지
도 모른다고 여겼다.

"숙부님들은?"

"다들 정정하시던데요. 하하. 그것보다 누님, 별일없었습니까?"

"별일은 없었지… 단지……."

"……?"

장지명이 궁금한 듯 바라보자 기수령은 손으로 몇 올 흘러내린 머리
카락을 쓸어 넘기며 말했다.

"송 소협을 만났어."

"아……."

장지명은 곧 인상을 찌푸리며 말했다.

"나온답니까?"

"물론. 아마 오늘 무림관에 들어올 거야."

"그렇군요."

장지명이 고개를 끄덕이자 기수령이 다시 말했다.

"자신은 있지?"

"물론이지요. 그런데 일단 조가 다섯 개이니 그중에서 만나야 할 텐데……. 만난다면 좋지만 확률로 따지면 얼마 안 됩니다. 만나 마주치게 돼도 문제지만 안 만나도 왠지 서운하고……. 하하. 그렇네요."

장지명이 웃으며 대답하자 기수령도 미소 지었다. 허난영은 무슨 이야기인지 잘 몰라 그저 멀뚱거리며 앉아 있었다. 단지 눈앞에 앉은 장지명을 바라보며 좋아하고 있을 뿐이었다.

"산이 녀석도 각오가 대단하니 둘 중 한 명은 만나겠지. 만나면 코를 뭉개 버려 알았지?"

"물론입니다."

기수령이 주먹을 한 번 휘두르며 말하자, 장지명은 웃으며 고개를 끄덕였다. 그러다 생각난 듯 말했다.

"누님도 만나면 코를 뭉개줘야 하지 않겠습니까?"

"나? 글쎄. 솔직히 자신없어……. 건방진 걸 보면 뭉개고 싶은데… 왠지……."

기수령은 말을 하고는 탁자로 시선을 던지며 고개를 저었다. 그러자 허난영이 궁금한 듯 말했다.

"누구를 말하는 거예요?"

"하하. 좀 사나운 사람이 있습니다. 그러고 보면 허 소저도 출전하실 텐데, 저와 만나면 좀 적당히 봐주시면서 하시기 바랍니다."

"그럴 리가 있나요? 당연히 최선을 다해서 이겨야지요. 그러니 장소협도 독하게 마음먹고 상대를 만나면 이겨주세요."

허난영의 말에 장지명은 그저 가볍게 미소만 지었다. 장지명이 무슨 생각을 하는지 알 수는 없었으나, 기수령은 왠지 좀 변한 것 같다는 생각이 들었다. 조금 성숙해진 기분이었다.

*　　　　*　　　　*

해가 중천에 떠서야 무림맹으로 향하는 길에 오른 송백은 일행과 함께 걷고 있었다. 계획을 바꿔 방지호도 참가하기로 했다. 그렇지 않으면 무림맹에 들어갈 수 없기 때문이다. 방지호는 머리카락을 양 갈래로 땋아 위로 말아 올렸다. 둥글게 두 개의 포자를 붙인 것 같은 머리를 하곤 붉은 무복을 걸치고 있었다. 그렇게 하자 십대 중반의 소녀로 보였다.

"의외로 잘 어울린다."

출발하면서 차화서가 한 말이었다. 하지만 다른 사람들이 볼 때는 그저 인상 쓰는 소녀로 보였다.

만양산의 초입에 들어서자 수많은 사람들이 맹을 향해 가고 있었다. 모두 젊은 무인들로 몸에는 병장기를 휴대한 인물들이 대다수였다.

"사람들이 생각보다 많군."

능조운이 주변을 둘러보며 말했다. 길을 가득 메운 것은 아니었으나 눈에 띄게 무림인들이 많았다. 하지만 그중에 특별히 눈에 들어오는 사람은 없었다. 거기다 뒷골목 한량 같은 인물들도 다수 보였다.

"무림대회가 뭐 별거있어? 그냥 가서 다 패주면 그만이지."

"하하하하!"

앞서 가는 한량들의 웃음소리와 말소리가 크게 들렸다. 그 모습에 차화서가 인상을 찌푸렸다. 보기 좋은 모습이 아니었다. 길을 걸으며 가래를 뱉는 모습도 보기 흉했다.

얼마 정도 가자 무림맹의 무복을 걸친 인물들이 길의 중앙을 막고 서 있었다. 그들의 어깨에는 맹(盟)이라는 글자가 적혀 있었으며, 그 밑으로 붉은색의 오(五)라는 글자가 적혀 있었다. 무림맹 제오무단(第五武團) 소속이라는 것을 말해 주었다.

"무림맹의 제오무단이에요. 무림맹은 총 열다섯 개의 무단이 있는데, 위로 올라갈수록 고강한 인물들이 소속되어 있어요."

방지호의 말에 모두 고개를 끄덕였다. 그들의 좌측으로 큰 샛길이 있었는데, 그들은 오는 사람들을 그리로 인도하고 있었다. 무림관으로 가는 길인 듯 길 옆에는 '무림관'이라는 큰 팻말까지 붙어 있었다.

"무림대회의 본선은 무림맹에서 하지만 예선은 무림관에서 치르게 되어 있어요. 그리고 무림대회에 나가려면 모종의 심사에도 합격해야 하는데, 아마 오무단이 오늘 있는 것으로 보아 심사관은 오무단주가 아닐까 하네요."

방지호는 다시 설명했다. 그 말을 들으며 어느 정도 걷자 저 멀리 정문이 보였고, 그 앞에 줄을 선 채 늘어선 수많은 사람들이 보였다.

"줄을 서시오!"

오무단의 단원들이 길 양옆으로 늘어서며 오는 사람들을 줄을 서게 하고는 인도했다. 정문에서 방지호가 멈춘 곳까지 족히 이백여 명은 서 있는 듯 보였다.

"휘유~ 대단하네. 사람이 왜 이렇게 많아."

능조운이 놀라 휘파람을 불었다. 그 뒤로 송백이 섰으며, 능조운의 앞으로 안희명과 차화서 방지호가 서 있었다.

"하나의 무단은 백 명의 인원인데, 그 인원이 다 나온 듯하네요."

방지호가 줄을 선 사람들 사이로 맹의 무인들이 날카로운 눈동자로 지나치며 살피자 굳은 목소리로 말했다.

"새치기하는 사람들을 잡으려는 것이겠지."

"그것도 있겠지만 수상한 사람들을 조사하겠지요. 아무래도 마교도들이 숨어 들어올 수 있으니."

"그렇겠군."

능조운은 고개를 끄덕이며 앞을 바라보았다. 자신까지 오려면 한참 남았다. 그리고 자신들의 뒤로도 사람들이 늘어서기 시작했다.

"언제 끝나려나……."

능조운은 한숨을 내쉬며 자리에 앉았다.

"아… 지겨워."

무림맹 제오무단의 단주인 한무록은 한숨을 내쉬며 자신의 앞에 놓인 탁자를 바라보았다. 그곳에 방명록이 펼쳐져 있었으나 오늘은 아무도 적혀 있지 않았다. 자신이 이곳을 맡은 지 벌써 삼 일째였다. 그동안 불과 다섯 명의 이름만 적혔을 뿐이다. 이미 어느 정도 되는 인물들은 모두 오래전에 받은 상태였다. 지금 받는 사람들은 혹시라도 있을지 모르는 고수를 뽑기 위한 일이었다. 하지만 그게 어디 쉽게 나오던가?

탁!

"탈락!"

수하의 외침에 한숨을 다시 내쉰 한무량은 옆을 바라보았다. 그곳에 무림관의 입구를 막으며 서 있는 바위가 보였다. 사람 키만한 바위였는데, 장정 세 명이 양팔을 벌리고 잡아야 다 잡을 수 있을 것 같은 크기의 바위였다. 그런 바위가 무림관의 담을 두고 오십여 개나 옆으로 펼쳐져 있었다. 그 사이를 두고 이십여 명의 무인이 눈을 빛내며 서 있었다.

　"저 돌은 다 어디서 구해온 건지 몰라."

　한무록은 중얼거리며 기지개를 켰다.

　"물 좀 가지고 와라."

　한무록은 뒤에 서 있는 수하에게 말하고는 턱을 괴고 탁자를 검지로 두드렸다. 심심했기 때문이다.

　"탈락!"

　또 한 명이 바위에 손을 대다가 탈락했다.

　"개나 소나 다 무림인이군."

　보기에도 한량 같은 청년이 바닥에 침을 뱉으며 몸을 돌렸다. 그 순간 그 한량이 몸을 돌리며 수하에게 소리쳤다.

　"그게 말이 되는 소리야! 어떻게 저런 바위를 부셔! 말도 안 되는 소리 좀 작작해라! 별 거지 같은 심사를 다 보겠네. 사람이 그게 가능하냐!"

　청년의 외침에 무심히 청년을 바라보던 삼십대 초반의 청년이 싸늘한 눈으로 말했다. 오무단의 부단주인 장욱(長郁)이었다.

　"반 정도 금이라도 가면 합격이다. 그런데 넌 금조차 가게 하지도 못했잖나? 그럼 탈락이다. 어서 집에 가서 발이나 씻고 잠이나 퍼 자."

　장욱의 싸늘한 말에 청년의 표정이 급격하게 일그러졌다.

"이런 씨바랄! 말이 무림맹이지 순 사기꾼들만 모인 곳이잖아!"

순간 장욱의 안면에서 살기가 맴돌았다. 그렇지만 검을 뽑지는 못했다. 한무록이 다가왔기 때문이다.

"이런 썩을 새끼를 봤나? 야! 너 미쳤냐? 무림대회가 어디 애들 놀이인 줄 알아!"

순간 소리치며 한무록이 오른손으로 바위를 강하게 내려쳤다.

쾅!

강력한 폭음 소리가 사방으로 울리며 거대한 바위가 산산히 부서져 나갔다. 주변에 있던 무인들은 이미 일찌감치 몸을 피한 듯 보였다.

뚜둑!

바위를 친 한무록의 오른손이 청년의 앞으로 올라가며 주먹을 움켜쥐었다.

"무림대회가 네놈 같은 놈들이 와서 장난치는 곳인 줄 알아! 이런 바위조차 가루로 만들지 못할 놈들이 여긴 왜 왔어! 여기가 동네 뒷골목인 줄 아느냐! 마음 같아서는 쳐 죽이고 싶지만 사람들이 많아서 참는다. 당장 꺼져."

한무록의 살벌한 목소리에 놀란 청년이 몸을 돌리며 달려갔다. 그러자 그 목소리를 들은 수많은 사람들이 서로의 눈치를 보더니 몸을 돌리며 돌아갔다. 자신없는 사람들은 포기한 것이다.

"어중이떠중이 다 모이니……."

한무록은 자신의 자리로 가서 앉으며 턱을 괴곤 흘러가는 바람에 눈을 감았다.

"졸리군."

"급격하게 줄었네."

능조운은 그 까마득했던 줄이 한순간에 십여 명만 남자 즐거운 듯 웃음을 보였다. 그 뒤로도 그 모습을 본 사람들이 돌아가고 있었다. 하지만 좀 전의 일을 못 본 지금 온 사람들의 줄이 다시 조금씩 이어지기 시작했다.

"고수군."

송백은 이십여 명 정도 남은 앞을 바라보다 미미하게 중얼거렸다.

"응?"

그 말에 능조운이 고개를 돌렸다. 송백의 시선을 따라 앞을 바라보자, 조금 큰 덩치의 인물이 눈에 들어왔다.

"나도 그렇게 생각했지."

능조운은 고개를 끄덕였다. 자신도 처음 보았을 때 고수 같다는 생각이 들었던 것이다. 특히 양손에 낀 장갑이 눈에 띄었다. 검은 가죽에 손가락의 첫 마디부터는 잘려 있는 장갑이었다. 검은 가죽 위에는 쇠붙이가 붙어 있었다. 권사(拳士) 같은 기분이 들었다.

"저런 장갑도 처음 보고……."

능조운이 말하자 송백이 다시 말했다.

"아니, 그 뒤."

능조운은 그 말에 시선을 모았다. 덩치 큰 청년의 뒤로 사람에 가려 잘 보이지 않았지만 한 명의 여자가 눈에 들어왔다. 그저 뒷모습만 슬쩍 보였을 뿐이다.

"이걸 부수면 된다는 말이오?"

"그렇다. 반 정도만 균열이 가도 합격이다."

장욱은 눈에 보이는 덩치 큰 청년을 바라보며 건조한 어조로 대답했다. 이십대 중반으로 보이는 청년은 소매가 없는 짧은 옷을 입었으며, 잘 단련된 팔 근육이 눈에 띄었다.

"훗."

청년은 입 꼬리를 말아 올리며 장갑을 낀 주먹을 들어 보였다.

"주먹으로 해도 상관없소?"

"마음대로."

장욱이 뒤로 물러서자 청년은 바위 앞에 다가가 바위를 왼손으로 두드려 보았다.

탁! 탁!

그렇게 두 번 정도 두드리던 청년은 왼 손바닥을 바위에 붙인 채 오른손을 뒤로 뺐다.

"하아…… 압!"

기를 모으는 듯 안정된 자세를 취하며 주먹을 뒤로 빼던 청년은 곧 주먹을 옆으로 비틀듯 힘주어 돌렸다. 그런 주먹이 미미하게 떨리기 시작하자, 청년의 주먹을 중심으로 회오리 같은 공압이 넘실거렸다.

"……?"

졸던 한무록도 그 기운을 느낀 듯 눈을 뜨며 청년을 바라보았다. 순간 청년의 안면이 일그러지며 큰 함성이 터져 나왔다.

"합!"

쉬악!

바람이 일어나며 청년의 주먹이 바위에 박혀들었다.

퍽!

"오……."

장욱은 주먹이 손목까지 바위에 박혀들자 고개를 끄덕이며 청년을 바라보았다.

"훗."

청년은 다시 미소 지으며 박힌 주먹을 옆으로 비틀었다.

뿌득!

가벼운 균열이 바위에 퍼져 나갔다. 순간 십여 줄기의 균열이 바위를 중심으로 이어져 나갔다.

와르르르!

순식간에 바위가 무너지듯 수십 조각으로 분해되며 땅바닥에 쌓였다. 부순 것이 아니라 무너뜨린 것이다.

"좋군."

장욱이 고개를 끄덕이며 말하자 청년은 이빨을 보이며 빙긋거렸다.

한무록은 탁자 앞에 앉아 자신을 바라보고 있는 청년을 바라보았다.

"좋은 내가권이로군. 어디 출신인가?"

"언가장입니다."

"오호라, 언가장이었군. 그래서 그런 권경(拳經)을 보여줄 수 있었군. 좋아, 좋아. 이름은?"

한무록은 서책에 출신을 적으며 고개를 끄덕였다. 언가장이라면 충분히 높이 살 만한 곳이었다. 권법의 명문가였기 때문이다.

"언기학이라 합니다."

"어언… 기이… 하악……."

붓을 끄적이며 오랜만에 이름을 적어보는 한무록은 웃으며 고개를 들었다.

"무림대회에 출전하게 된 것을 축하하네. 안으로 들어가면 바로 앞에 본당이 있을 것이야. 그곳에서 수속을 밟고 대기하면 사람이 안내해 줄 것이네."

"알겠습니다."

언기학이 대답하자 한무록은 손짓으로 문을 열게 했다. 그러자 십여 명의 무인들이 지키던 문이 열렸다. 언기학은 그 안으로 빠르게 들어갔다. 그러자 수많은 사람들의 부러움이 언기학에게 향했다. 곧 문이 닫혔으며 아쉬운 사람들의 소리도 잠잠해졌다.

"다음."

백색의 무복을 걸친 여자가 장욱의 앞으로 나오자, 장욱은 저도 모르게 굳은 표정을 지었다. 아름다운 외모보다 그 눈동자에서 피어나는 서릿발 같은 차가움이 몸을 얼게 만든 것이다.

'고수······.'

저도 모르게 장욱은 그런 생각을 했다. 아닌 게 아니라 한무록도 그 칼날 같은 예기에 놀라 백의여인을 바라보았다.

"안 하나요?"

"아··· 바위를 치시오."

장욱은 차갑고 낮은 목소리에 저도 모르게 대답했다. 백의여인은 신형을 돌리며 바위를 바라보았다. 여인과 바위와의 거리는 삼 장 정도였다. 바위가 두 개나 깨졌기에 그 옆에 놓인 바위를 깨야 했다.

"가까이 가시오."

"그럴 필요 없어요."

장욱의 말에 여인은 냉담하게 대답하며 검을 잡았다. 순간 백색의 기운이 마치 채찍처럼 검과 함께 번뜩였다.

쉬악!

아지랑이 같은 기운이 바위의 중앙으로 지나쳐 간 것이다.

"헉!'

철컥!

백의여인의 검이 다시 검집에 들어가자 장욱은 저도 모르게 놀란 표정을 지었다. 한무록은 저도 모르게 자리에서 벌떡 일어섰다.

"검··· 기······."

한무록의 시선이 여인에게서 바위로 향하는 순간 '쿠쿵!' 하는 거대한 소리가 울리며 마치 수박이 좌우로 쪼개지듯 바위가 쪼개졌다.

"이럴 수가······."

장욱은 바위의 절단면을 보곤 놀라 여인과 바위를 바라보았다. 마치 얼음장처럼 깨끗하게 잘린 절단면이 그의 마음을 차갑게 만들었기 때문이다.

"보타산 냉유리."

냉유리는 한무록의 앞으로 어느새 다가가 그렇게 말했다. 한무록은 자신의 앞에 언제 나타났는지 모를 그 목소리에 벌린 입을 닫으며 재빠르게 책자에 출신과 이름을 적었다.

"보타산에서 왔다면 굳이 이리 안 들어와도 될 터인데······."

"제 마음이에요."

냉유리의 대답에 한무록은 인상을 찌푸렸다. 하지만 달리 반박할 말이 없었다. 더욱이 이런 무공을 견식했는데 더 이상 무슨 말이 필요한가? 실력이 없는 자가 말하는 것과 실력이 있는 자가 말하는 것은 크게 차이가 난다. 그리고 그녀는 실력이 있었다. 자신에게 건방지게 말해도 될 실력이.

"들어가시게."

한무록이 말을 하며 신호를 보내자 놀란 눈으로 냉유리를 보던 무인들이 문을 열었다. 곧 냉유리의 신형이 그 안으로 사라졌다.

"빙검(氷劍)……."

차화서의 중얼거림에 안희명은 그 소문을 들은 듯 고개를 끄덕였다.

"이야, 정말 무섭네."

능조운은 좌우로 갈라진 바위를 열심히 치우고 있는 무림맹의 무사들을 바라보며 중얼거렸다. 바위의 절단면이 마음을 차갑게 만들었다. 말로만 듣던 검기도 눈으로 직접 보게 되었다.

"붙고 싶지 않군."

능조운은 솔직한 심정으로 중얼거렸다. 저런 여자와 한조라면 절대 살아남지 못할 것 같은 기분이 들었다. 그것은 안희명과 차화서도 마찬가지였다.

"이기기 힘든 상대 같아……. 설마 무림대회에는 저런 괴물들만 모인 게 아닐까?"

안희명이 걱정되는 듯 말하자 차화서가 고개를 저었다.

"빙검은 특출난 여자잖아. 그럴 리가 있겠어?"

능조운이 그 말에 끼어들었다.

"빙검과 화도는 쌍벽을 이룬다더니… 화도는 팽가의 팽소련일 거고……. 저런 여자가 둘이나 있다는 것도 문제가 되겠네."

능조운의 말에 안희명과 차화서가 인상을 찌푸렸다. 여고수도 생각보다 많기 때문이다.

"제 차례입니다."

그녀들의 대화에 끼어든 방지호가 말하며 앞으로 나갔다.

"잘해."

"통과만 할게요."

방지호는 그렇게 대답하며 장욱의 앞으로 다가갔다.

냉유리는 문을 넘어서자 앞에 보이는 본관을 향해 걸어갔다. 길은 넓었으며 좌우로 은행나무들이 심어져 있었다. 그런 나무들 사이로 한 명의 덩치 큰 청년이 팔짱을 낀 채 나무에 기대어 서 있었다. 냉유리가 청년의 옆을 지나치자 청년이 입을 열었다.

"통과할 줄 알았소."

냉유리는 그 목소리에 발을 멈추었다. 하지만 시선은 앞을 바라보았고, 그저 눈동자만이 옆으로 흘러갔다. 그리고 눈에 보인 인물이 누구인지 알 수 있었다.

"후후……."

팔짱을 푼 언기학은 기댄 몸을 일으키며 냉유리의 옆으로 다가왔다. 순간 냉유리의 손이 검의 손잡이를 잡았다.

"나는 언가장의 언…… 흡!"

턱!

어느 순간이었을까? 언기학은 걸음을 멈추며 턱을 들었다. 순간적으로 얼어붙을 것 같은 차가운 살기가 전신을 억눌렀다. 그리고 턱밑에 닿은 서릿발처럼 차가운 한광의 검날.

"무… 무슨……."

언기학은 어떻게 손이 움직였는지, 어떻게 자신의 목에 검날이 닿았는지 볼 수가 없었다. 하지만 자신의 목에 검날이 닿아 있었고, 전신을 팽팽하게 얼게 하는 차가움이 느껴졌다. 갑자기 춥다는 생각이 들었다.

"더 이상 다가오면 죽인다."

"......!"

언기학의 눈동자가 흔들렸다. 머리 속을 하얗게 하는 거대한 섬광이 눈앞에 들어왔기 때문이다. 하지만 그것은 착각이었다. 그저 눈동자만 보았을 뿐이었는데 느껴지는 살기. 그것은 진담이었다. 언기학은 정말 죽을지도 모른다는 생각을 했다.

슥!

검이 거두어지며 냉유리는 시선을 돌려 앞으로 걸었다. 하지만 언기학은 얼어붙은 듯 자리에 멍하니 서 있었다.

꾸욱!

어느 순간 정신을 차린 언기학은 주먹을 굳게 움켜쥐며 몸을 떨었다.

"내가… 이… 내가……."

무림관에 들어오자마자 자존심에 상처가 난 것이다. 언기학은 충격을 이기기 위해 노력했다.

멍하니 서 있는 언기학을 사이에 두고 몇 명의 사람들이 지나쳤다. 본관 안으로 들어간 송백과 일행은 앞에 서 있는 냉유리의 뒷모습을 볼 수 있었다. 냉유리의 앞에는 큰 탁자와 함께 앉아 있는 중년인이 있었다.

"......?"

냉유리는 갑자기 들리는 발소리에 뒤를 돌아보았다. 그녀의 시선이 닿은 곳은 송백이었다. 자신이 들은 발소리 중 그만이 달랐기 때문이다.

"잠시 뒤에서 기다리게."

무림관의 총관을 맡고 있는 금선서생 마자항은 뒤를 보며 말하곤 다시 냉유리를 바라보았다. 방을 알려주기 위함이다.

"방은 이미 준비되어 있으니 그리 가게나."

"예."

냉유리가 가볍게 목례하며 신형을 돌렸다. 냉유리의 시선은 송백에게 향하고 있었다. 송백은 자신을 바라보는 냉유리의 시선 속에 담긴 차가운 살기를 볼 수 있었다. 하나의 병기 같은 기분이 들었다. 그리고 중원에서 느껴본 적이 없는 긴장감을 느낄 수 있었다.

'마치… 전장에 온 기분이군.'

송백은 냉유리를 바라보며 생각했다. 그녀는 그가 지금까지 중원에서 만난 사람들과는 본질이 다른 사람 같았다.

슥!

냉유리가 옆으로 지나치며 송백을 힐긋거렸으나 곧 빠르게 사라졌다.

"이렇게 한꺼번에 많이 오는 경우는 또 처음이군. 그런데 어쩌나, 빈방이 없는데……."

마자항의 난색을 표하는 말에 안희명이 말했다.

"기수령 소저가 방을 준비했다고 들었어요."

"아! 그런가? 자네들이었군. 가만있자……."

마자항은 그 말에 반색하며 무언가를 뒤지기 시작했다. 그러다 목패를 두 개 꺼내 안희명의 손에 건네주었다.

"이것을 받게. 방 번호이니 그리 가서 쉬면 될 걸세. 모두 일행일 테니 독방을 줄 수가 없어. 불편하더라도 함께 방을 쓰게. 청실은 남자고, 홍실은 여자네. 설마 이런 기본적인 상식도 모르는 것은 아니겠지?"

"그럼."

일행이 인사하며 밖으로 향하자 마자항은 양손을 깍지 끼며 밖으로 나가는 송백을 바라보았다.

"송가장이라······."

마자항의 눈이 빛나고 있었다.

객실이 모자라기에 방지호와 안희명, 차화서는 같은 방을 써야 했다.

"보룡문(保龍門)은 정말 존재하는 문파야?"

차화서와 방지호가 보룡문이라는 문파를 밝히며 들어왔기에 안희명이 침상에 누우며 물었다. 차화서는 고개를 끄덕였다.

"문도는 그리 많지 않아. 우리 하오문에서 오래전부터 만든 문파였지. 이런 일에 쓰게 될 줄은 몰랐지만."

차화서가 어깨에 메고 있던 가죽 가방을 내려놓으며 안에 든 물건을 꺼냈다. 이수장을 나올 때부터 가지고 있었지만, 그 안에 무엇이 있는지 아무도 묻지 않았다. 차화서 역시 한 번도 보인 물건이 아니었다.

스릉!

"응?"

안희명이 고개를 돌리다 탁자 위에 놓인 네 조각의 쇠몽둥이를 보곤 호기심 어린 시선을 던졌다.

"지호야, 날은?"

"여기요."

방지호가 차화서의 말에 자신이 메고 있던 배낭을 풀어 그 속에서 가죽에 감싼 물건을 꺼내놓았다.

턱!

탁자 위에서 육중한 소리가 울렸다. 곧 차화서는 쇠뭉둥이를 조립하기 시작했다.

"봉?"

"아니."

차화서는 안희명의 물음에 고개를 저으며 방지호가 꺼낸 가죽을 풀었다. 그러자 튀어나온 차가운 은광이 안희명의 눈을 가득 메웠다.

철컥!

"창!"

"물론."

차화서는 눈을 빛내며 완성된 창을 바라보았다.

며칠이라는 시간은 금방 흘러간다. 그리고 조를 추첨하는 날이 밝아오자 무림관은 소란스럽게 변해갔다.

무림관 안에 있는 소연무장에 모인 사람들은 족히 오백여 명 정도였다. 전국에서 모인 젊은이들로, 모두 꿈을 안고 이 자리에 모인 것이다. 그들이 바라보는 정면 앞에는 만든 지 얼마 안 된 반 장 정도의 단상이 크게 자리했다. 그 중앙에는 여섯 개의 의자가 있었고, 중앙에 하나만이 비었으며 다섯명이 앉아 있었다. 다섯 명의 중년인들은 모두 맹의 인물들로 서로 이야기를 주고받고 있었다.

"무당의 명풍(明風) 도장이 중앙에 있고, 우측으로 화산의 운풍수

사(雲風修社) 엽리강(葉理强)과 태산파의 장문인인 유훈검객(遺勳劍客) 이막동(李莫東)이 있군."

누군가의 목소리에 송백 일행은 고개를 끄덕였다. 송백은 자신의 앞에서 이야기하는 남루한 옷차림의 거지를 바라보았다. 말은 그 거지에게서 나온 것이다. 거지의 주변으로 꽤나 고풍스러운 옷차림의 인물들이 있었다.

"좌측으로 앉은 저 여자는 아미파의 연화강녀(蓮花强女) 하태희(何太熙)고, 그 옆에 앉은 사람은 벽씨세가의 벽군(壁君)이군."

거지 청년의 말에 주변 사람들은 놀란 표정으로 고개를 끄덕였다. 그런 가운데 거지를 향한 싸늘한 목소리가 흘러나왔다.

"우리 숙부님의 함자를 함부로 부르는군."

거지가 놀라 고개를 돌리자 어느새 옆에 서 있었는지 백의청년 한 명이 뒷짐을 진 채 거지를 노려보고 있었다. 거지의 안색이 파랗게 변하였다.

"하하! 벽형이 있을 줄이야. 내 사과하지."

"흥!"

거지가 웃으며 말을 하자 벽도(壁道)의 눈썹이 꿈틀거리며 움직였다. 인상을 쓴 것이다. 하지만 그 이상 어떠한 행동도 하지 않았다.

벽도와 거지의 행동을 보던 중 한 명의 장년인이 단상에 올라갔다. 모두의 시선이 그 장년인에게 향하자, 인상 좋고 젊었을 때 미남이란 소리를 들었을 것 같은 장년인이 연한 미소를 그렸다.

"이렇게 무림대회를 위해 달려오신 여러분을 보니 반갑소. 나는 무림관주를 맡고 있는 제갈사랑이라 하오."

작은 목소리였으나 작은 연무장을 울리고도 남을 만큼 모두의 귀에 생생하게 전달되는 목소리였다.

제갈사랑이라는 말에 순식간에 장내는 소란스럽게 변하였다. 그만큼 그 이름이 주는 무게는 무거웠다. 무림관에서 수련하고 있던 거대 문파의 젊은이들은 몇 번 보았기에 별 감흥이 없었으나, 그렇지 못한 젊은이들이 대다수이기에 모두 호기심 어린 눈이었고, 감회에 젖은 눈이었다.

제갈사랑을 바라보는 송백의 눈 또한 미미하게 번뜩였다. 강하다는 느낌이 은은한 공기를 통해 전달되었기 때문이다. 그리고 강호에 얼마나 많은 강자들이 있는지 조금씩 느껴가고 있었다.

"무림대회는 이곳에 모인 여러분이 만들어가는 것이니 모두 최선을 다해주길 바라오. 그리고 마교도들의 야욕을 꺾을 천하대회에 나갈 젊은 영웅이 탄생하길 바라겠소."

제갈사랑이 그렇게 말하고 뒤에 앉은 중년인들과 수인사를 나누었다. 그사이에 삼십대 중반으로 보이는 인물이 단상에 올라갔다. 그의 뒤로 두 명의 청년이 큰 상자를 들고 올라왔다.

"나는 무림맹 제오무단의 단주인 한무록이다. 모두 잘 들어라. 지금부터 호명하는 사람은 앞으로 나와 저 상자에 들어 있는 종이를 꺼낸다. 종이에는 목화토금수(木火水金土)라는 글자가 적혀 있다. 화 자의 종이를 꺼내면 화조가 되고 목 자를 꺼내면 목조가 된다."

그렇게 말한 한무록은 상자를 내려놓은 젊은 청년이 책자를 건네자 그것을 손에 쥐었다. 그리곤 그 책자를 들어 보였다.

"여기에는 모든 참가자들이 적혀 있다. 총 오백사십오 명이 참가했다. 모두 자신이 있기 때문에 참가했을 것이고, 또한 결격 사유가 없는 인물들이다. 너희도 알겠지만 마교도 천하대회를 위해 준비 중이다.

그러니 그들이 우리 무림대회에 첩자를 파견하는 일은 당연하다. 너희는 그런 조사와 심사를 모두 거친 깨끗한 인물들이다."

한무록은 잠시 숨을 고르며 연무장에 모인 젊은이들을 둘러보며 다시 말했다.

"일의 공정성을 위해 이 안에는 총 오백사십오 장의 종이가 들어 있으며, 호명한 사람은 그것을 꺼내 위로 들어 보인다. 그리고 옆에 있는 다섯 개의 책자 중 자신이 속한 조에 이름을 적고 뒤에 보면 다섯 개의 깃발이 있다. 그중 자신이 속한 깃발 뒤에 서 있는다."

한무록의 말에 뒤에 서 있던 청년들이 상자의 옆으로 빈 책을 놓았다.

"한 사람이 일을 끝내야지만 다음 사람을 호명한다. 공정함을 위한 일이니 협조하기 바란다. 만약 실수를 해서 다른 조에 자신의 이름을 적는다면 당장 탈락이니 그리 알아라. 또한 두 장의 종이를 뽑아도 탈락이다."

한무록의 말에 젊은이들이 웅성거리기 시작했다. 한무록은 인상을 찌푸리며 소리쳤다.

"조용!"

한무록의 외침이 터져 나오자 모두의 입이 닫혔다. 곧 한무록이 다시 외쳤다.

"지금부터 이름을 호명하겠다. 잘 듣고 실행해 주기를 바란다."

한무록은 곧 책자를 넘기며 이름을 호명하기 시작했다. 장내의 소란스러움이 긴장감으로 변해갔다.

"같은 조에 유능한 인재들이 다 모인다면 그것도 문제가 되지 않겠소?"

명풍의 말에 옆에 앉은 제갈사랑은 미소 지었다.

"그렇게 된다면 그것 또한 운명이지 않겠습니까? 어차피 뽑힐 인물이라면 강하고 대담하며, 어떠한 어려움도 이겨낼 수 있는 영웅이 되어야 할 것입니다. 그러니 그런 조를 헤치고 올라온 인물이 천하대회에서 질 수 있겠습니까? 그런 인물이라면 필시 영웅이 될 것입니다."

제갈사랑의 말에 명풍은 수염을 매만지며 고개를 끄덕였다. 사실 말도 많았고 탈도 많은 무림대회의 준비였다. 각파의 의견을 수렴해야 했는데, 모두 자파의 이득만 챙겼다. 그런 가운데 강호사현이 등장했고, 제갈사랑의 의견을 모아 무림대회를 추진하게 되었다.

"모두 이 대회를 위해 아낌없이 노력했습니다. 그러니 우리는 이들을 믿고 바라보는 것이 도리라고 여깁니다. 그것이 강호의 선배로서 후배에게 해줄 일이 아니겠습니까? 하하하."

제갈사랑이 옅은 웃음을 보이며 말했다. 모두 그 같은 마음이었다. 하지만 사람의 마음이란 알 수 없는 것이다.

송백은 따가운 시선을 느끼고 있었다. 그것이 좋은 시선이면 편했을지 모르나 그리 좋은 시선은 아니었다. 시선을 돌려 바라보자 그녀가 누구인지 알 수 있었다.

장화영은 종무진과 함께 서 있었다. 그리고 사람들 사이에 서 있는 송백을 발견할 수가 있었다. 혹시나 해서 찾아보니 역시나 와 있었다. 조금 늦게 도착했기에 많은 사람들의 후미에 서 있었다.

"왔군요."

장화영의 딱딱한 목소리에 종무진은 누구를 말하는지 몰라 두리번거렸다.

"누가?"

"그 녀석."

장화영의 시선을 따라 고개를 돌린 종무진은 곧 송백을 발견하곤 고개를 끄덕였다.

"머리를 잘랐다더니… 사실이네."

장화영은 자신의 옆으로 다가온 세 명의 여자를 발견하곤 인상을 찌푸렸다. 하지만 그녀들도 장화영의 눈동자에 비치는 은은한 섬광에 다가오다 걸음을 멈추었다. 전과는 너무도 다른 기도였기 때문이다.

남궁소와 당혜, 악화지는 굳은 표정으로 장화영을 바라보았다. 육대세가와 십대문파는 서로 앙숙지간이었다. 물론 젊은 세대 역시 마찬가지다. 안 보이는 자존심 싸움이 치열했던 것이다. 그중에 화산파의 장화영은 그녀들에게 가벼운 대상이었다. 하지만 일 년 넘게 안 본 사이에 사람이 변한 것이다.

"실력이 안 되니 사내처럼 보이겠다는 거야?"

남궁소가 안 보이는 기도에 이기려는 듯 턱을 세우며 말했다. 그녀의 미모와는 다르게 흘러나오는 말은 고운 말이 거의 없었다. 남자들이 볼 때는 그것도 매력이라 하지만 같은 여자들이 볼 때는 그리 좋은 모습이 아니었다.

장화영은 인상을 찌푸리며 검을 들었다. 어깨에도 천으로 감은 검이 있었지만, 그 검을 쓸 이유가 없었다. 자신의 검으로도 이들은 충분했다.

"검으로 대답해 줄까?"

장화영의 말에 남궁소는 인상을 굳히며 신형을 돌렸다.

"흥!"

악화지와 당혜도 장화영을 노려보다 남궁소의 뒤를 따라 저만치 물러섰다.

"송가장 송백!"

순간 들려온 목소리가 장화영을 귀를 때렸다. 관심 가는 상대이기에. 그동안 불린 이름들은 귀에 들리지도 않았었다.

송백은 일행 중에 자신이 가장 먼저 불리자 앞으로 나섰다. 자신의 앞에 오십여 명 정도가 이미 조를 정하고 뒤에 가서 선 상태였다. 이제 자신이 뽑을 차례였다.

송백이 앞으로 나서자 그를 아는 기수령과 설산, 장지명의 눈이 빛나고 있었다. 또한 냉유리 역시 신경을 쓰는 듯 팔짱을 끼었다.

한무록은 송백을 기억하고 있었다. 하지만 특이한 사항이 없기에 눈여겨본 인물이 아니었다. 그렇지만 한무록의 뒤에 앉아 있는 제갈사랑은 눈을 빛내며 낱낱이 살피듯 송백을 훑어보고 있었다.

'령아가 말하던 아이가 저 아이란 말이지…….'

제갈사랑은 무언가를 알아보기 위해 노력하며 바라보았다. 하지만 자신 역시도 별 특이한 구석을 찾지 못했다.

송백은 사람들의 시선을 느끼며 단상 위로 올라갔다. 그리고 상자에 손을 넣으며 종이를 잡았다. 곧 종이를 잡곤 상자에서 손을 꺼내었다.

"화(火)."

송백이 가볍게 말하며 손을 들었다. 종이에 쓰인 화 자가 선명하게 사람들의 시선 속으로 들어왔다.

"화조란 말이지."

설산은 눈을 빛내며 오른 주먹으로 왼 손바닥을 탁! 하고 쳤다.

"오분의 일의 확률이지만 화에 걸어보자."

설산의 투기에 기수령은 고개를 저었다. 장지명 역시 눈을 빛내며 뒤로 빠지는 송백을 바라보았다. 자신의 검을 가볍게 받아낸 인물이다. 또한 설산과의 합공도 견디었고, 반격까지 했다.

"능가장 능조운!"

능가장이란 말에 순간적으로 주변이 시끄럽게 변하였다. 능가장의 명성 때문이다. 그 소란스러움을 느끼며 능조운이 머리를 긁적거리곤 단상 위로 올라갔다. 사람들의 시선 또한 능조운을 따라갔다. 그만큼 능가장의 명성은 높았다.

'제발 화조만 걸리지 마라.'

능조운은 속으로 그렇게 염원을 빌며 종이를 잡았다.

"목(木)."

종이를 올리며 능조운은 가슴을 손으로 쓸어 내렸다.

"휴우……."

능조운이 빠지자 안희명과 차화서, 방지호의 이름이 연이어 불려졌다. 안희명과 차화서는 운이 안 좋게도 같은 수(水)조에 걸렸다. 방지호는 금(金)조에 걸렸으며, 그 뒤로 여러 사람들의 이름이 거론되었다.

시간이 흐르고 뒤에 걸린 각 조에 사람들도 점점 늘어나고 있었다. 그리고 서른 명 정도가 남았다. 명문대파의 인물들만 남은 것이다. 모두 침묵했고, 서 있는 그들도 입을 닫은 채 서로를 의식하고 있었다.

연무장에 흐르는 공기도 가라앉았다. 남은 사람들이 모두 의식해야 할 존재들이기 때문이다. 흥미로운 눈으로 남은 사람들을 지켜보며 자신의 조에 들어올 사람들을 생각했다. 이중에는 원하는 상대도 있었고,

원하지 않는 상대도 있었다.

"보타산 냉유리!"

"우오오오!"

모두의 얼굴에 놀람이 빛나며 한쪽에 서 있던 냉유리가 위로 올라갔다. 모두 그녀가 누구인지 생각했다. 무림관에 모인 명문의 사람들은 서로를 어느 정도 알고 있었기에, 남은 사람 중 그녀와 다른 몇 명이 도대체 누구인지 생각하고 있었던 것이다. 그리고 가장 강력한 우승 후보 중 한 명의 이름이 불렸다.

"빙검……."

누군가의 속삭임이었다. 그녀는 보타산에서 이미 수차례 거론되었던 인물이었다. 무림맹에서도 검의 천재라는 소리를 들은 여인이었고, 빙검(氷劍)이라는 별호까지 이미 가지고 있는 여자였다.

"수(水)."

냉유리가 종이를 들자 한동안의 소란이 일어났다. 수조에 속한 인물들의 표정은 굳어졌으며 그 외에 다른 조의 사람들은 안도의 숨소리를 흘렸다.

냉유리가 수조로 가자 다시 사람들의 이름이 거론되었다. 하지만 냉유리만큼의 소란은 없었다. 그리고 이십여 명 남았을 때 또 한 번의 소란이 일어났다.

"무당파 영호진."

영호진의 이름이 불려지자 수많은 사람들의 시선이 단상으로 올라가는 청년에게 향하였다. 백의 무복에 검을 어깨에 멘 준수한 외모의 청년. 여성스러운 얼굴이었으며, 백옥 같은 피부의 미청년이었다. 또 한 명의 우승 후보가 거론된 것이다.

"화(火)."

영호진의 종이에 쓰인 글씨가 크게 눈에 띄었다. 화조의 인물들은 서로를 바라보며 소란을 피웠다.

송백은 영호진을 바라보며 가볍게 미소 지었다. 소문을 들어 이미 알고 있는 인물이었기 때문이다. 적당한 상대가 있다면 그것만큼 즐거운 것도 없을 것이다.

"장지명!"

또 한 번의 이름이 불려지자 소란스러움이 다시 이어졌다. 단상에 오른 청년은 영호진과 함께 우승 후보로 거론된 장지명이었다. 어깨에 걸친 세 개의 검과 허리에 찬 세 개의 도가 사람들의 눈에 띄었다.

"금(金)."

금조가 뽑히며 장지명의 신형이 그리로 향했다.

계속해서 유명한 사람들의 이름이 거론되었으며, 그들은 각자 자신의 조로 향하였다. 그런 가운데 가장 수가 적었던 토조에 사람들이 몰렸다. 허난영도 토조였으며 운이 없게도 기수령 역시 토조였다. 또한 남궁세가와 모용세가, 그리고 화산의 종무진 역시 토조에 속하게 되었다. 당가의 당혜도 토조였으며, 백리세가의 백리후 역시 토조였다.

"설산(雪山)."

설산의 이름이 거론되자 설산은 도를 손에 쥐곤 단상으로 올랐다. 종이를 뽑아 든 설산의 눈이 번뜩이며 빛났다. 원했던 종이를 뽑았기 때문이다.

"화."

"훗."

소란스러움이 이는 가운데 유력한 우승 후보 중 한 명이 다시 화조에 들어갔다. 영호진의 눈동자가 싸늘하게 굳어졌다.

"화산파 장화영."

장화영은 검을 굳게 움켜쥐며 단상에 올랐다. 순간 사람들의 소란스러움이 커졌다. 짧게 자른 머리카락 때문이다. 그녀를 알고 있던 사람들도 막상 그녀의 이름이 불려지자 그것을 확인하곤 놀라고 있었다.

"화."

그녀의 손에 들린 종이에 적힌 화라는 글자에 장화영은 눈을 빛냈다. 운명적인 만남이란 생각이 들었다.

'이기겠어.'

장화영은 차가운 얼굴로 단상을 내려와 화조로 향하였다. 그렇게 조편성이 이루어지고 있었으며 마지막 한 명이 남게 되었다.

청수는 영호진을 알지만 그저 수인사만 했을 뿐 대화를 하지는 못했다. 청수가 영호진을 꺼렸기 때문이다. 청 자 배 중 이십대가 있다는 사실만으로도 강호는 놀랄 것이다. 청수는 그 만큼 알려진 인물이 아니었다. 단 한 번도 사람들 앞에 모습을 보인 적이 없었기 때문이다.

영호진을 꺼리는 이유는 다른 게 아니라 장문인의 제자라는 것 때문이다. 표면적으론 자신이 제자였지만, 무당 장문인은 자신에게 그저 몇 수 훈수를 주는 정도였다. 하지만 청수에게는 모든 것을 물려주었다.

사람들은 마지막 남은 한 명의 도사를 보곤 도대체 누구인지 궁금한 얼굴들이었다. 무림관의 모든 사람들 역시 처음 보는 그가 마지막까지 남자 의문이 든 눈으로 바라보았다. 소림의 제자들도 이미 이름이 불린 상태였다.

한무록 역시 마지막 책장을 넘기며 남은 한 사람을 바라보곤 놀란 눈을 하고 있었다.

"무당파 청수 도장!"

"무당!"

"청수?"

순간 수많은 사람들의 입에서 놀란 음성이 튀어나왔다. 그만큼 청수의 이름은 뜻밖이었다. 청수는 도호를 외우며 단상에 올랐다. 그 모습을 보던 제갈사랑이 눈을 빛내며 무당의 명풍 도장을 바라보았다.

"듣기로는 무당에서 보물을 숨겨놓고 있다던데… 그를 두고 한 말인 듯합니다."

"허허. 보물은 무슨……."

명풍 도장은 수염을 만지며 고개를 저었다. 그러자 제갈사랑이 다시 말했다.

"남은 조는 아마 가장 고수들이 많은 토조일 터인데 도장께서는 걱정이 없는 듯 보입니다."

"토조라……. 마지막 종이가 토조라는 확신도 없지 않소?"

명풍의 말이 끝나는 순간 청수의 손에서 마지막 남은 종이가 들렸다.

"토."

청수는 명풍에게 도호를 외우며 단상을 내려갔다. 명풍의 얼굴이 제갈사랑에게로 향하였다. 아무리 인원이 정해져 있다 하지만 마지막 종이가 무엇인지 알기란 쉬운 일이 아니었다.

"아마도… 토조에서 살아남은 사람이 천하대회에서 확실한 승리를 가져다 주겠지요."

"그럴 것이오. 가장 고수들이 많이 몰렸으니……."

"걱정이 앞서네요."

태산파의 이막동과 아미파의 하태희가 걱정스러운 표정으로 중얼거렸다. 아미파와 태산파는 특출난 인재가 없었기 때문이다. 내심 기대는 하고 있었지만 어느 조 하나 할 것 없이 치열할 것 같았다.

■제4장■

혈기(血氣)

"모든 것은 비무로 이루어진다. 한마디로 무공이 고강한 자만이 남는다는 뜻이다. 총 육십네 명을 뽑을 것이다."

화조의 인솔과 지휘를 맡게 된 제오무단의 단주인 한무록은 그들의 앞에 서서 말했다. 소연무장에 남은 화조의 주변에는 다른 조의 모습이 보이지 않았다. 모두 모종의 장소로 이동한 것이다.

화조의 사방으로는 제오무단의 무사들이 열을 지어 서 있었다.

"오직 비무에서 승리한 자만이 육십네 명에 들 것이다. 처음은 번호를 뽑아 상대를 정한다. 그리고 이기는 자는 육십네 명에 들게 될 것이다. 총 백구 명이 있으니 오십네 명만 뽑힌다. 그리고 백구 번을 뽑은 자는 운으로 일차전을 통과하게 해준다. 나머지 패한 자들은 다시 번호를 뽑아 아홉 명이 남을 때까지 비무한다. 무슨 말인지 알겠나!"

"예!"

외침 소리를 들은 한무록은 고개를 끄덕이며 옆에 선 수하를 바라보았다. 수하의 손에는 상자가 들려 있었다.

"일 번과 이 번이 대전하고, 삼 번과 사 번이 대전한다. 그렇게 홀수와 짝수가 대전하는 것이다. 이 상자에는 정확하게 백구 장의 추첨권이 들어 있다. 사기는 있을 수 없으며 요령도 있을 수 없다. 종이에는 특수한 무늬가 그려져 있으니 다른 곳에서 번호를 적어 가지고 와도 소용이 없다. 또한 다른 사람과 번호를 바꾸면 그것 역시 탈락이다. 번호에 따라 명부에 이름이 작성되기 때문이다."

그렇게 말한 한무록은 사람들을 바라보며 미소 지었다.

"이제부터 번호를 뽑을 것이다. 앞의 사람부터 뽑을 것이다. 그리고 비무는 내일 아침부터 하게 되니 그리 알도록. 질문 있나!"

한무록의 외침에 입을 여는 사람은 없었다. 조용한 침묵이 이어지자 한무록은 만족한 듯 다시 말했다.

"번호를 뽑고 이름을 적으면 숙소로 돌아가서 내일의 비무에 대해 생각해라. 아침을 먹고 나면 바로 이곳에 모여야 할 것이다. 화조의 비무는 이곳 연무장에서 하게 된다. 명심하도록."

한무록은 그렇게 말하고는 수하들을 바라보며 물러섰다. 그러자 기다렸다는 듯이 몇몇 무사들이 사람들에게 다가와 인솔하며 진행하기 시작했다.

"삼십팔 번……."

송백은 자신의 번호를 상기하며 자리에 앉았다. 내일 상대는 삼십칠 번이다. 번호로만 알고 있지 상대가 누구인지 아직 잘 모르는 상태였다. 물론 알고 싶다는 생각도 없었다. 그저 지금의 자신을 시험하고 싶다는 생각만 들었다.

끼익!

문이 열리며 능조운의 신형이 들어왔다. 능조운은 꽤나 심각한 표정
이었다.

"제기랄!"

송백이 바라보자 능조운은 자리에 털썩 앉으며 중얼거렸다.

"남궁세가의 여자들과 한조라니…… 좀 꺼림칙하군."

능조운은 남궁혜와 남궁소를 생각하며 중얼거렸다. 남궁혜는 능조
운에게 말을 걸 생각이었지만 남궁소의 눈치로 그렇게 하지 못하는 상
태였다.

"어떻게 해서라도 천하대회에 나가야 하는데……."

"나갈 거야. 최선을 다한다면."

송백의 대답에 능조운은 인상을 찌푸렸다.

"여유있는 자의 독백처럼 들리는군."

능조운의 말에 송백은 별 변화 없는 얼굴로 고개를 끄덕였다. 능조
운이 볼 때 송백은 대단히 여유있어 보였다. 단지 사람들에게 알려지
지 않았을 뿐이지 화조의 우승은 송백이라 생각했다. 만약 그가 진다
면 그것은 충격일 것이다. 그런 기분이 들었다. 그는 절대 누구에게도
패할 사람처럼 보이지 않았던 것이다.

"천하대회에 나가겠지?"

"물론."

송백의 가벼운 대답에 능조운은 인상을 찌푸리며 고개를 저었다. 당
연하다는 듯이 말하는 그 대답에 저도 모르게 울화가 치민 것이다.

"역시 방에 계셨군요."

안희명의 신형이 문에 보이며 그녀가 들어왔다. 그 뒤로 차화서와 방지호가 들어왔다.

"일단 각 조에 속한 중요 인물들에 대해 숙지할 필요가 있을 것 같아 왔어요. 능 소협도 들어야 하고… 송 소협은… 안 들어도 되어요."

방지호의 말에 송백은 가볍게 미소 지으며 일어섰다.

"잠시 볼일 좀 보고 오겠네."

송백이 나가자 방지호는 곧 각조의 고수들에 대한 특성을 빠르게 이야기하기 시작했다. 모두의 관심이 방지호에게 향하였다.

송백은 방을 나와 무림관의 정원으로 향하였다. 인공으로 만든 거대한 정원이었다. 산책로도 있었으며 큰 호수도 있었다. 호수의 중앙에는 정자가 세워져 있는데, 배를 타고 가야 하는 곳이었다. 물론 날아가도 상관은 없다.

주변으로 지나가는 사람들은 적었다. 대다수가 자신의 방에 틀어박혀 수련하는 중일 것이다. 내일의 결전을 위해.

"어디 가나?"

송백은 옆으로 다가오는 청년의 말에 걸음을 멈추었다. 설산이었다.

"오랜만이군."

설산이 다가와 말하자 송백은 고개를 끄덕였다.

"제대로 소개를 못했군. 설산이다. 누님은 네놈을 동생처럼 생각할지 모르지만 난 아니야. 그저 내 형을 뺏어간 존재일 뿐이다."

설산은 그 말을 남기며 송백의 옆을 지나쳤다.

"무림대회에서 너와 만날 때 백옥도를 받겠다."

설산이 멀어지자 송백은 그 뒷모습을 바라보다 곧 호수를 바라보았다. 설산에게 송영은 형이었다는 말이 마음에 남았다.

손에 들린 백옥도의 도집은 이미 다른 것으로 바꾼 상태였다. 너무 눈에 띄는 도집이기 때문이다. 사람들 또한 송가장의 송영으로 아는 것이 아니라, 적소 담오의 제자 송영으로 알기에 송백은 이곳에서 그리 눈에 띄는 존재가 아니었다. 마정회주를 죽이고 배언신을 죽였다고 하지만 알려진 것은 그저 젊은 무인이 죽였다는 정도가 다 였다.

아직 이름까지는 이곳에 전해지지 않은 것이다. 소문은 그저 소문의 꼬리만이 풀렸을 뿐 다른 것은 없었다.

"적이 많은 것인가, 아니면… 내가 적을 만드는 것인가……."

송백은 흘러가는 바람에 몸을 맡기며 조용히 말했다.

얼마만큼의 시간이 흘렀을까? 해가 서서히 지고 있자 사람들의 모습이 보이기 시작했다. 식사를 하러 가는 것이다. 무림관의 대식당에서 차려주는 음식도 먹을 만했다. 송백이야 무얼 가리는 성격이 아니니 아무거나 상관없었다. 송백은 식당으로 가야 할 것 같은 기분이 들었다.

"혼자 있네요."

송백이 식당으로 가기 위해 오랫동안 멈춰 있던 발을 떼어낼 때 고운 목소리가 그 발을 잡았다. 기수령이다.

기수령이 다가오며 미소 지었다. 바람에 머리카락이 휘날리며 몇 올이 얼굴을 가리자 기수령은 긴 머리카락을 뒤로 넘겼다. 그 모습이 송백에게 여성스럽게 다가왔다.

"화조는 어때요? 제가 속한 토조는 고수들이 많아 어려울 것 같은데?"

"포기하는 건가?"

송백의 말에 기수령은 고개를 저었다.

"그렇지 않아요. 포기한다는 생각을 하는 순간 지게 될 테니까……."

"무공은 둘째 문제야. 문제는 마음이지. 이기겠다는 집념."

송백은 담담히 말했다. 기수령도 수긍하는 듯 고개를 끄덕였다. 그러다 생각난 듯 말했다.

"식사는요?"

"아직."

"함께 가요."

기수령은 잘됐다는 듯 미소 지었다. 하지만 송백은 고개를 저었다. 주변에 지나가는 젊은이들이 쳐다보았기 때문이다.

"아니, 혼자 가지."

송백은 손으로 기수령을 막으며 걸음을 옮겼다. 기수령은 실망한 듯 아미를 찌푸리다 다가오는 허난영과 팽소련을 발견하곤 그녀들과 함께 갔다.

"저자는 누구지?"

식당으로 향하던 남궁현은 기수령과 말을 하던 송백을 발견하곤 눈을 빛냈다.

"글쎄, 처음 보는데……."

옆에 서 있던 백리후가 고개를 갸웃거리며 말했다.

"기 소저가 아는 사람이 이곳 무림관의 무인들 외에 있었던 가……?"

남궁현이 인상을 찌푸리자 백리후의 옆에 서 있던 사천당가의 당익이 웃으며 말했다.

"있을지도 모르는 것 아닌가? 기 소저가 무림관에 오기 전 알던 사이일지도 모르지. 그녀라고 꼭 무림관에 있던 사람들만 알라는 법이 있나?"

"장형과 설형에게 물어보면 알지 않을까? 그들은 기 소저와 남매처럼 지내니 말이야."

백리후가 다시 말하자 남궁현은 고개를 끄덕였다. 왠지 마음에 안드는 녀석이었다. 기수령의 표정 때문이다. 무엇 때문에 그런지 마음에 안 들었다. 그저 그것뿐이었다.

"뱃가죽이 등에 붙겠군. 어서 가세."

당익이 먼저 말하며 앞으로 걸어나갔다.

다음날이었다. 아침부터 무림관의 소연무장에는 젊은이들로 소란스러웠다. 상대를 아는 사람도 있었고 모르는 사람도 있었다. 번호를 뽑으면 바로바로 숙소로 갔기 때문이다. 상대를 아는 사람들은 그 상대를 의식하며 살피고 있었다. 그리고 상대를 모르는 사람들은 자신의 상대를 찾기 위해 눈을 돌리고 있었다. 하지만 대다수의 젊은이들이 피하는 사람들도 있었다.

한쪽에 서 있는 설산과 영호진이었다. 그들은 화조에서 가장 유력한 우승 후보였다. 이곳에서 남은 한 사람만이 천하대회에 나가는 것이다. 그들을 제외하고는 다른 거대 방파의 인물들이 그 다음 순위로 만나기를 꺼려했으며, 사람들은 그들과 함께 의외의 한 사람도 의식했다.

바로 강남 최대의 사파라 불리는 태정방(太政幇)의 소방주였다. 임형신(林馨新)은 볼에 한 치 정도의 칼자국이 나 있었다. 물론 싸우나가 입은 상처였는데, 상대는 바로 부인이었다. 태정방의 소방주라는 직책을 포기하면서 얻은 부인이었다. 하지만 부인보다 더 사랑하는 것이 있었는데, 그것이 바로 박투(搏鬪)다. 우풍투사(牛風鬪士)라는 별호처럼 마치 미친 소가 달리는 광풍처럼 난폭하다는 뜻이었다.

임형신은 볼에 난 상처를 쓰다듬으며 한쪽에 서 있었다. 굵은 검미와 날카로운 눈매는 사내다웠다. 얼굴도 미남에 호색한이라 본부인을 제외하고도 첩이 두 명이나 있었다. 그런 그가 무림대회에 온 것이다. 물론 할아버지인 태정방주가 시킨 이유도 있지만, 다른 이유는 여자였다.

무림대회에 몰려드는 천하절색의 미인들이 그를 끌어들이게 한 것이다. 소문이 무성한 강호의 오미들도 볼 수 있는 기회였다. 하지만 자신이 속한 화조에는 이렇다 할 빼어난 미인은 없었다. 그게 문제였다.

"지루하군."

임형신은 곧 시작될 비무를 앞두고 하품하며 기지개를 켰다. 상대가 누구인지 신나게 패주면 그만이라는 생각도 들었다.

슥!

기지개를 켜던 임형신의 옷자락 사이로 번호를 표기한 종이가 떨어져 내렸다.

"음."

떨어진 종이를 줍기 위해 임형신은 허리를 굽혔다. 임형신의 눈으로 번호가 들어왔다.

십일.

곧 한무록과 제오단의 단원들이 소연무장을 메우며 나타났다. 그리고 무림관의 총관인 금선서생이 참관인으로 단상에 올라앉았다. 그 옆에 앉은 사람은 무림관 백화원주인 연서린이었다. 그 둘이 앉자 비무는 한무록의 진행으로 시작되었다.

승자와 패자는 늘 나누어진다. 패자는 허탈감과 패배의 현실을 잊으려 한다. 승자는 무엇을 느낄까?

영호진은 승자였다. 세 번째로 비무를 시작해 단 삼 초 만에 상대를 제압했던 것이다. 이것으로 이틀 간은 쉴 수가 있었다. 그리 긴장하지도 않았지만 승리했다는 기쁨이 마음을 가득 메웠다.

"운이 좋았군."

영호진이 설산의 옆으로 다가오며 말하자 설산은 팔짱을 끼며 미소 지었다.

"운이 아니라 실력이지. 상대가 운이 나빴던 것이고."

설산은 영호진의 상대가 재수없었다고 생각했다.

"자네는 언제 하나?"

"훗."

영호진의 물음에 설산은 웃으며 번호표를 보여주었다.

"백구 번……."

"운이지."

백구 번을 뽑은 사람은 비무없이 그냥 올라간다. 그리고 설산이 그 번호를 뽑은 것이다.

"쉬지, 그럼 왜 나왔나? 상대도 없을 터인데."

"사전 답사라는 말이 있지."

설산의 말에 영호진은 가볍게 미소 지었다.

"중요한 인물이라도 있다는 말인가? 자네만 조심하면 될 것 같은데 말이야."

영호진의 말에 설산이 굳은 얼굴로 고개를 저었다.

"승부는 모르는 일이야. 나 역시 자네를 피하고 싶지만, 자네보다 더욱 피하고 싶은 사람이 있다."

"호오, 그게 누군가?"

영호진이 관심있는 얼굴로 말하자 설산은 눈을 빛냈다.

"사형."

"응? 사형? 사형이라면… 이미……."

영호진은 죽었다는 말을 하려다 설산의 앞에서 말하기엔 좋은 말이 아닌 것 같아 입을 닫았다. 그러자 설산이 말했다.

"사형의 동생, 송가장의 송백."

"송가장… 송백?"

영호진은 모를 수밖에 없었다. 송영은 유명해도 그가 송가장 출신이라는 것은 알려지지 않았기 때문이다. 사람들이 알기론 그저 강호사현 중 한 명인 담오의 제자로 알고 있었다. 그의 출신에 대해서 아는 사람은 드물었다.

"자네도 조심하는 게 좋아. 웬만해서는 본선에서 만나는 것도 좋겠지."

설산은 미소 지으며 비무하는 사람들을 바라보았다. 순간 설산과 영호진의 인상이 찌푸려졌다. 피가 튀었기 때문이다.

퍼퍽!

안면을 강타한 주먹에 피가 튀었다. 자신의 주먹이 아니라 상대의 주먹이었다. 이미 승부는 난 것이다. 하지만 임형신은 미소를 머금으며 쓰러지는 상대에게 달려들었다. 그리고 상대의 어깨를 향해 내려치는 장권.

픽!

"으악!"

어깨가 함몰되어 들어가자 비명성이 메아리쳤다. 하지만 임형신은 멈추지 않고 다시 달려들었다.

"그만!"

옆에서 지켜보던 한무록이 놀라 임형신의 앞을 가로막자 임형신은 그제야 손을 멈추고 서 있었다. 번들거리는 눈동자가 거품을 물고 쓰러진 청년에게 향하고 있었다. 몇 번인가 일어나는 경련과 뒤집어진 눈동자에 사람들 역시 놀라고 있었다.

한무록은 자신이 좀 늦었다는 생각을 했다.

툭!

떨던 몸이 멈춰지며 고개가 옆으로 쓰러졌다. 한무록은 인상을 찌푸리며 고개를 돌렸다.

"하하하하! 사고입니다, 사고. 비무를 하다 보면 죽을 수도 있지 않습니까? 그리고 일부러 그런 것도 아니니 너그럽게 봐주십시오."

임형신은 웃으며 단상에서 놀라 일어선 연서린과 금선서생을 바라보았다. 연서린의 아미가 찌푸려졌으며, 금선서생 역시 굳게 입을 닫고는 인상을 찌푸렸다. 실수가 아니라 살인을 하고 싶어한 것이었다.

"어떻게 하시겠습니까?"

한무록이 굳은 얼굴로 단상에 다가왔다. 그러자 평소에는 인상조차 찌푸리지 않던 연서린이 싸늘한 어조로 말했다.

"사고라 해도 살인을 저질렀으니 규정에 어긋난 것은 당연하다. 무림대회는 무공뿐만이 아니라 인품까지도 겨루는 대회이니 당연히 탈락이다."

순간 웃음을 머금던 임형신의 얼굴이 굳어졌다. 설마 하니 이런 말을 들을 줄은 몰랐기 때문이다.

"무림대회는 무공의 고하를 겨루는 대회가 아닙니까? 실력도 없는데 인품이 좋다면 천하대회에서 어떻게 마교도를 이긴다는 말입니까!"

"무공도 높고 인품도 높은 그런 사람만이 천하대회에 나갈 수 있다."

연서린이 딱 잘라 말하자 임형신은 미미하게 몸을 떨었다.

"이런 개 같은 무림대회!"

임형신이 살기를 뿌리며 외치자 순간 주변에 서 있던 십여 명의 무림맹 무사들이 번개처럼 달려들었다.

차차차창!

십여 개의 검날이 순간적으로 임형신의 목 주변을 둥글게 말았다. 삽시간에 일어난 일이다. 임형신은 저도 모르게 침을 삼키며 인상을 찌푸렸다.

"네놈 같은 놈이 있기 때문에 사파를 사파라 한다."

연서린이 싸늘한 눈으로 말하자 임형신은 더욱 몸을 떨었다. 그러자 연서린의 옆에 서 있던 금선서생이 금색의 섭선을 피며 미소 지었다.

"목숨을 내놓고 서로 자웅을 겨루는 비무이니 그의 승리를 인정합시다."

금선서생이 그렇게 나오자 연서린은 인상을 찌푸렸다. 설마 하니 그가 이렇게 말할 줄은 몰랐기 때문이다. 연서린이 입을 닫자 금선서생은 한무록을 바라보며 말했다.

"한단주의 의견은 어떤가? 자네의 판단으로 결정하게."

한무록은 그 말에 굳은 표정의 임형신을 바라보았다.

"승자로 인정한다."

한무록의 말이 떨어지자 무사들의 검날이 임형신의 목에서 사라졌으며 웅성거리는 소리가 연무장에 울렸다.

"살인을 저지르다니……."

장화영은 송백의 옆에 서서 그렇게 속삭였다. 그 작은 목소리를 송백이 듣지 못했을 리 없었다. 송백이 고개를 돌리자 장화영의 굳은 얼굴이 송백을 바라보았다.

"태정방 놈들은 모두 썩었다고 하더니 정말 썩었군. 다음에 내 손에 걸린다면 사지를 분질러 버릴 테다. 이곳이 어디라고 감히 살인이야."

장화영의 말에 송백은 가볍게 입을 열었다.

"그 말을 나에게 하는 이유는?"

"옆에 있으니까."

장화영이 싸늘히 말하며 다음 비무자들을 바라보았다.

"머리카락은?"

"그때 말했잖아. 이길 때까지 안 기른다고."

장화영의 싸늘한 말투에 송백은 고개를 끄덕였다.

"그렇게까지 승부에 매달릴 필요가 있나?"

"승부보다 더 중요한 내 의지와 신념을 보이는 것뿐이야. 자고 일어나 내 머리카락을 보면서 늘 포기하려던 마음을 다잡았지. 새로운 각오를 다지고 지금까지 이겨왔어. 보여줄 테니 절대 패하지 마."

장화영은 싸늘히 중얼거렸다. 그 말속에 담긴 장화영의 의지가 송백에게도 전달되는 것 같았다.

순간이었다. 장화영과 송백의 주변으로 지독한 악취가 풍겨왔다.

슉!

송백의 옆으로 한 명의 봉두난발 거지가 지나쳐 갔다. 등에 멘 검은색의 대나무 막대기가 눈에 띄었으며, 포대 자루도 둘둘 말아 메고 있었다. 송백은 그가 누구인지 기억났다. 자신의 앞에서 조를 추첨할 때 말하던 거지임을 안 것이다.

"개방의 소방주인 한 소협도 화조였지."

장화영이 코를 막으며 중얼거렸다.

"개방의 봉법은 소림보다도 높다고 하던데……?"

송백의 말에 장화영은 인상을 찌푸리며 고개를 끄덕였다.

"타구봉법이야 천하제일봉법으로 유명하니 당연하겠지."

그렇게 말한 장화영은 숨을 크게 내쉬었다. 어느 정도 냄새가 사라진 것이다.

개방의 소방주인 한주문(漢朱門)은 낙천적인 성격의 소유자이다. 개방이라는 특성상 잘 안 씻어서 그렇지 스스로는 깔끔하다고 자부하고 있었다.

"거룡회(巨龍會) 마장전."

한무록의 외침에 덩치가 좀 큰 청년이 나오자 한주문은 웃으며 상대를 바라보았다. 절대 비웃는 것이 아니었다.

"잘해봅시다."

한주문이 포권하며 미소 짓자 마장전의 표정이 굳어지며 손으로 코를 막았다. 인상 또한 찌푸려졌다.

"냄새 지독하네……."

한 손으로 코를 막으며 한 손으로 부채질을 하자 한주문은 미소 지었다. 하지만 그건 표면일 뿐이었다.

'냄새 안 나는 동물이 세상에 어디 있냐? 너도 한 일 년 동안 안 씻으면 이런 냄새가 나게 되어 있어. 내 무림대회를 위해 특별히 더 드럽게 살았지.'

한주문이 무림대회를 위해 일 년 넘게 안 씻은 것은 사실이었다. 다름 아닌 냄새로 상대를 혼란스럽게 하기 위해서였다. 무공을 쓰려고 하는데 지독한 냄새 때문에 호흡을 못한다고 생각해 봐라! 그만큼 난감하고 어려운 일도 없을 것이다. 한주문은 그것을 노린 것이다.

"시작!"

한무록이 뒤로 물러서며 소리쳤다. 곧 한주문의 신형이 한 발 앞으로 나서자 자세를 잡던 마장전의 큰 덩치가 뒤로 물러섰다. 고개를 저으며 인상을 더욱 사납게 찌푸렸다. 순간 한주문의 손이 코를 후비며 코딱지를 검지와 엄지에 끼었다. 그 모습에 주먹을 쥐던 마장전의 눈이 흔들렸다. 지금까지 살아오면서 이렇게 힘든 비무는 처음인 듯 이마에 땀도 흘렀다.

'숨… 쉬고 싶다…….'

숨을 쉬면 구토가 올라올 것 같았기 때문이다.

"받게나."

그 마음을 모르는지 한주문은 코딱지를 마장전에게 던졌다.

"윽!"

그저 평범하게 튕긴 것이다. 하지만 마장전의 신형이 놀라 물러섰다. 순간 마장전의 눈 속으로 거대한 신형이 잡혔으며 정신을 잃을 것 같은 냄새가 후각을 자극하며 폐부로 들어왔다.

"흡!"

마장전의 신형이 비틀거리는 순간 한주문의 주먹이 마장전의 안면으로 날아들었다. 하지만 한주문의 주먹은 상대를 칠 수 없었다.

털썩!

마장전의 신형이 쓰러졌기 때문이다.

"응?"

한주문은 뻗은 주먹을 앞으로 한 채 무안한 듯 머리를 긁적였다. 마장전은 이미 정신을 잃은 상태였다. 충격이 아닌 냄새 때문에 질식한 것이다.

"승리."

오 장여나 떨어진 자리에서 한무록이 코를 막으며 말했다.

"무섭군."

"끔찍하다……."

영호진과 설산이 굳은 표정으로 중얼거렸다. 무공이 문제가 아니었다. 원초적인 감각이 문제였다. 설산과 영호진은 심각한 표정으로 한주문을 만났을 때 어떻게 대처해야 할지 고민하기 시작했다.

"개방에서 이번 무림대회를 위해 새로운 무공을 개발했다고 하던데 설마… 악취 무공은 아니겠지……."

장화영이 인상을 찌푸리며 중얼거렸다. 만약 자신이 한주문을 상대해야 한다면 분명히 피할 것이다. 냄새를 견디며 싸우기란 쉬운 일이 아니기 때문이다. 의외의 상대가 나타난 것이다.

"송가장 송백!"

송백은 자신의 이름이 불리자 천천히 앞으로 걸어나갔다. 손에는 백옥도를 쥐고 있었으며, 어깨에는 검은 상자를 메고 있었다. 백옥도의 도집은 평범한 갈색 도집으로 바뀐 후였다.

"절강성 영도문(影刀門) 이화태."

한무록의 외침에 백색 무복을 잘 차려입고 영웅건을 둘러쓴 이십대 초반의 청년이 나왔다. 손에는 도를 들고 있었는데, 기형의 반월도 같았다. 쾌도를 구사하는 인물 같았다.

수인사를 하고 나자 한무록은 시작을 알렸다. 그 순간 바람 소리와 함께 이화태의 도가 도집에서 뽑히며 신형과 함께 허리를 베듯 상체를 숙이며 달려들었다.

쉬아악!

의외의 급작스러운 전개였다. 순간 송백의 손에서 섬광이 피어났다.

"……!"

달려들던 이화태의 눈동자가 굳어졌다.

땅!

"큭!"

이화태의 신형이 뒤로 일 장여나 물러섰다.

윙! 윙!

손에 든 도가 좌우로 파르르 떨고 있었다. 그것뿐만이 아니라 손목에서 느껴지는 통증이 아픔을 전하였다. 이화태가 굳은 눈동자로 고개를 들어 송백을 바라보았다. 송백의 손에는 어느새 빼어 든 백옥도의 새하얀 도신이 빛을 발하고 있었다.

"백옥도!"

이화태는 놀라 저도 모르게 소리쳤다.

"백옥도다!"

"헉!"

백옥도라는 말에 모두 놀란 얼굴로 송백을 바라보았다. 백옥도가 누구의 무기인지 잘 알기 때문이다.

이화태는 놀란 눈으로 송백을 바라보며 도를 들었다.

"그 도는 어디서 난 것이냐?"

이화태의 싸늘한 말에 송백의 눈동자에 빛이 순간적으로 어렸다. 순간 이화태의 눈동자가 미미하게 떨렸다. 자신도 모르게 주눅 든 것이다. 지금까지 느껴보지 못한 존재감과 위압감이 전신을 압박하기 시작했다.

"송가장의 신물이 백옥도다."

송백은 무심히 말하며 이화태를 향해 한 발 다가섰다. 이화태는 저도 모르게 그 기도에 눌려 뒤로 물러섰다.

"죽은 송영이 사라져 버린 송가장 출신이었군."

이화태의 굳은 목소리에 송백은 가볍게 도를 들었다. 순간 송백의 신형이 흔들리듯 움직였다. 그 모습에 이화태의 표정이 더없이 굳어졌다. 그리고 왼쪽에서 느껴지는 기운에 고개를 돌리며 도를 돌렸다. 그곳에 흐릿하게 나타나는 송백의 모습이 눈에 들어온 순간, 송백의 백옥도가 이화태의 턱밑으로 들어왔다.

슥!

"……."

이화태의 전신이 미미하게 떨렸다. 애초에 자신은 상대가 안 된다는 것을 지금에서야 느낀 것이다.

"마정회주를 죽인 사람이 백옥도를 든 인물이라더니… 당신이었군."

이화태는 흘러내리는 땀방울을 의식하며 중얼거렸다. 송백은 이화태를 바라보다 곧 도를 거두었다. 누가 패자고 누가 승자인지 확연히 구별되었다.

도를 넣은 송백은 물러섰다. 그러자 송백을 의식하는 듯 사람들의 웅성거리는 소리가 여기저기서 들렸다. 마정회주를 죽였다는 것이 그들에게는 큰 사건인 듯 놀라는 목소리가 흘러나왔다.

"알려지는 것보다 알려지지 않는 것이 더 좋을 텐데……. 아쉽겠다."

장화영이 다가오는 송백을 바라보며 중얼거렸다. 송백은 그저 가볍게 미소만 지었다. 굳이 알려질 생각도 없었으며, 또 남이 알아준다고 해서 달라질 것도 없었기 때문이다.

"저 아이가 마정회주를 죽였다는 말이군요. 거기다… 송가장… 백옥도……."

연서린은 굳은 얼굴로 중얼거렸다. 금선서생 역시 약간 놀라고 있었으나 이미 알고 있는 듯 곧 미소를 머금었다.

사람들의 입에서 오르내리는 소문은 무림관 내에서도 많았다. 또 우승 후보들이 누구일 것인가에서 누가 올라갈 것이라는 자기들만의 주관으로 내기를 하는 일도 많았다.

그리고 오늘 떨어진 사람 중 패자부활선을 포기하고 나가는 사람들도 꽤 되었다. 쟁쟁한 고수들 틈에서 이길 자신이 없었던 것이다. 차라리 그럴 바에는 창피를 당하는 것보다 포기가 낫다고 판단한 사람들이다.

저녁이 되어서야 일행이 모였다. 능조운과 차화서, 안희명은 통과했지만 방지호는 떨어졌다. 운이 없게도 상대가 고강한 인물이었던 것이다.

"운이 없게도 아미파의 강혜금이 상대였지요. 그녀는 아미파에서도 가장 촉망받는 고수예요. 아미파도 그녀에게 기대를 걸고 있다고 들었어요."

방지호의 변명이었다.

"변명치고는 궁색하군."

차화서가 중얼거리자 능조운도 고개를 끄덕였다. 안희명은 피곤한지 잠을 자러 갔다. 수면 시간이 줄었다고는 하지만 아직까지도 정상인과 함께 생활하기에는 부족했다. 얼마간의 이야기가 오고 간 후 방지호와 차화서가 나가자 능조운과 송백만 남았다. 능조운은 의자에 앉아 도를 이리저리 휘두르며 좀 더 익숙하게 익히기 위해 노력했다.

"어땠어?"

능조운이 도를 이리저리 휘두르며 물었다. 송백은 대답없이 침상에 누워 눈을 감았다.

"눈여겨볼 상대는 있었던 거야?"

"별로… 먼저 자겠네."

송백은 그렇게 말하며 잠을 청했다. 아직 해가 진 지 얼마 안 지났지만 자고 싶었다. 능조운은 고개를 저으며 혼자만의 수련에 몰입했다.

"천하에 이름을 알린다……. 좋은 일이지 않느냐?"

꿈이라고 생각했다. 함께 마상에 앉아 있는 사람은 분명 죽은 인물이었다. 하지만 모영(毛永)은 함께 가고 있었다.

"전쟁에서 이름을 날리는 일도 좋겠지……. 하지만 지금의 전쟁에서 과연 이름을 날릴 수가 있겠느냐?"

사막처럼 황폐한 평원이 지평선 끝까지 이어지고 있었다.

"난세만이 영웅을 만든다. 하지만 전쟁은 끝나지 않아. 영웅이 전쟁을 끝낸다고 생각하겠지만, 전쟁이 영웅을 만들고 영웅이 전쟁을 만든다. 평화란 애초에 존재하는 것이 아니다."

모영의 말이 조금 앞으로 나아가고 있었다. 송백은 담담히 그 모습을 지켜보았다.

"제가 원하는 평화는 그저 사는 것입니다."

"영웅이 아니고?"

모영은 미소 지으며 그렇게 말했다. 그런 모영의 말이 빠르게 앞으로 달려나가기 시작했다. 저 멀리 지평선 너머로 작게 사라질 때까지 송백은 그 모습을 바라보았다.

"중원은 평화롭다……."

송백은 눈을 뜨며 자리에서 일어섰다. 아침이 밝아오고 있었다. 옆 침상에 능조운이 코를 골며 자고 있었다.

"오랜만이군."

송백은 흑의 무복을 걸치며 중얼거렸다. 모영이 나오는 꿈은 몇 년 만이었기 때문이다. 자신에게 많은 영향을 준 사람이지만 잊어야 할 사람이었다. 백옥도를 손에 쥐고 검은 상자를 어깨에 멘 송백은 밖으로 향하였다.

이른 아침이라 사람들의 인기척은 적었다. 송백은 무심히 발걸음을 옮겼다. 목적이 있어서 가는 것이 아니라 그저 발길 가는 대로 따라갈 뿐이었다.

발길 따라가다 보니 정원의 안쪽에 있는 대나무밭에 오게 되었다. 그곳에 들어서자 기이한 소리가 귀를 간질였다.

붕! 붕!

대나무 사이로 악취가 풍겼으며 그 속에 움직이는 형상이 눈에 들어왔다. 죽장을 휘두르는 한주문의 모습이었다. 이른 아침부터 구슬땀을 흘리며 봉술을 연마하고 있는 것이다.

송백은 잠시 바라보다 예의가 아니기에 모르는 척 몸을 돌렸다. 한주문만이 아니라 다른 사람들도 이른 아침부터 수련에 박차를 가하고 있을 것이다. 그런 생각을 하며 정원을 거닐다 거대한 호숫가의 한쪽에 섰다. 느티나무의 그늘이 떠오르는 햇살을 가려주고 있었다.

사박!

송백의 귓가로 들려오는 낮은 발소리, 송백은 고개를 돌렸다. 그러자 차가운 눈동자와 마주치게 되었다.

"……."

"……."

냉유리의 눈동자가 서늘하게 한기를 뿌리고 있었다. 아마 자연스럽게 그렇게 된 듯 투명한 눈동자였다. 송백은 잠시 냉유리를 바라보다 호수를 바라보았다. 냉유리 역시 신형을 돌렸다. 무슨 생각을 한 것일까? 냉유리의 눈동자가 잠시 동안 반짝였다. 그것은 잠시 마주한 시선에서 느낀 위압감 때문이다. 사람을 굽어보는 그 시선이 냉유리의 신경을 자극시킨 것이다.

송백은 만인을 지휘하던 장군이었다. 그런 송백에겐 다른 사람에게서는 찾을 수 없는 하나가 있었다. 그것은 만인을 압도하는 기도였다. 자연스럽게 배어버린 그 서늘한 기도가 사람들의 접근을 막고 있었다. 물론 예외도 존재했다.

"아침부터 산책인가요?"

사박!

또 한 번의 가벼운 발소리와 함께 들려오는 부드러운 음성.

송백은 자신도 모르게 시선을 돌렸다. 그곳에 서 있는 기수령의 미소 띤 얼굴이 마음을 자극했다.

기수령은 아침에 일어나 이렇게 정원을 산책하는 것을 좋아했다. 매일같이 하던 일과로 오늘도 이른 아침부터 돌던 것이다. 그리고 송백을 발견했다.

"아침의 공기는 시원하면서도 차갑지."

"맞아요. 그래서 사람들은 아침에 모든 것을 시작하지요."

기수령이 옆에 다가와 섰다. 떠오르는 햇살이 둘의 그림자를 비추었다. 서늘한 바람이 호수의 수면에 파장을 일으키며 머리카락을 날리게 해주었다.

"전에 말한 부탁… 기억나요?"

"물론."

송백은 무림관에 숙소를 마련해 주면서 했던 약속을 생각했다. 곧 기수령이 말했다.

"내일 묘시(卯時:오전 5시경)쯤 이곳으로 와주실래요?"

"묘시?"

송백은 이른 새벽이라 의문을 표하며 기수령을 바라보았다. 그러자 기수령은 미소 지으며 말했다.

"그때 나오시면 제 부탁을 말할게요. 꼭 나오실 거라 믿어요."

기수령은 그렇게 말하며 몸을 돌렸다. 급한 일이라도 있는지 그 말만을 남겨놓고 간 것이다.

송백은 멀어지는 기수령을 바라보며 부탁이 어떤 것일지 생각했다. 하지만 달리 떠오르는 것이 없었다. 자신 역시 남에게 부탁을 강요한 적이 없기 때문이다.

식당으로 향하는 길에 들어서자 옆쪽에서 걸어오는 몇 명의 여성들을 볼 수 있었다. 그중에 눈에 띄는 이가 장화영이었다. 다른 두 명은 누구인지 송백도 몰랐다. 장화영도 송백을 발견했으나 시선을 돌렸다.

"화조에 속한 송백이란 사람, 만나봤어? 그 사람 죽은 송영의 동생이라면서? 마정회주도 죽였고, 백옥도를 들고 있다고 하던데."

아미파의 수제자인 강혜금이 장화영을 향해 생각난 듯 물었다.

"화조도 의외로 복병이 많구나."

강혜금의 말에 백리세가의 맏딸인 백리선이 고개를 끄덕이며 말했다. 백리세가주의 딸답지 않게 수수한 옷차림의 백리선은 선한 인상의 이십대 중반의 여인이었다.

"우리 조도 의외의 복병이 있을지 모르겠네……."

강혜금이 그 말에 고개를 끄덕이며 말하자 장화영은 어떤 말을 해야 할지 망설였다. 송백을 알고는 있지만, 안다고 말하면 분명히 이상하게 볼 것 같았기 때문이다.

"송영은 꽃미남이라는 소문이 있었는데, 그 동생도 분명히 미남이겠지?"

백리선이 미소 지으며 식당에 들어섰다. 그리곤 남자들을 바라보며 중얼거렸다. 그러자 장화영이 인상을 찌푸리며 말했다.

"미남은 무슨 얼어 죽을."

"응?"

백리선이 그 말에 의문의 눈길을 보냈다. 순간 강혜금의 눈동자가 가늘게 변하며 장화영을 노려보았다.

"너 만났지? 누군지 알지? 대화까지 해봤지? 예전부터 알던 사이 아니야? 그렇지 않고는 그런 반응이 있을 수가 없잖아."

강혜금의 말에 장화영은 자신도 모르게 얼굴을 붉혔다.

"무슨 얼어 죽을, 그놈만 생각하면 머리끝이 곤두서는 느낌이야. 죽여 버리고 싶다고."

장화영의 말에 강혜금은 눈을 더욱 가늘게 뜨더니 곧 의미심장한 표정으로 팔짱을 끼었다. 백리선도 장화영을 의심 어린 눈으로 바라보았다.

"뭐, 그렇다면 그렇겠지……. 그런데 천하의 장화영이 남자에게 놈이라……. 언제부터 입이 그렇게 험해졌지?"

강혜금의 말에 장화영은 입을 닫으며 식당 안으로 먼저 들어갔다. 그 뒤로 강혜금이 고개를 저으며 따라갔고, 백리전은 느릿한 걸음으로 들어섰다.

대식당 안에는 사람들의 시끄러운 소리가 여기저기에서 울리고 있었으며, 음식을 나르는 일꾼들도 보였다. 일꾼이라기보다는 고용된 점소이들이다. 악양성에서 가장 큰 음식점을 통째로, 주방장부터 점원까지 데리고 온 것이다. 이곳에서 나오는 식비는 모두 무림맹에서 지불하고 있었다.

"어머, 냉 소저네."

백리선이 의자에 앉으며 한쪽 구석에 홀로 앉아 있는 냉유리를 발견하곤 눈을 빛냈다. 백리전은 그렇게 남을 의식하는 사람이 아니었다. 그녀에게 붙은 별명이 느림보였고 곰이었다. 그만큼 신경이 둔하다는 뜻이다.

"그러고 보니 같은 수조였지?"

강혜금의 말에 백리선은 고개를 끄덕이며 울상을 지었다.

"난 포기했다고……. 냉유리에, 벽 소협에, 거기다 모용 소협에, 어제 보아하니 몇 명 눈에 띄는 고수들도 있고……. 나 어떡하지……. 본선에도 진출 못하면 아버님이 대노하실 텐데……."

"어쩔 수 있니? 그래도 가문의 명예를 위해 최선을 다해야지."

강혜금이 말하자 장화영도 고개를 끄덕이다 한쪽에 홀로 앉은 송백을 발견했다.

'외로운 놈인가……?'

장화영은 문득 함께 밥을 먹던 기억이 떠올랐다. 화산에서 불과 며칠이었지만 그때는 울컥해서 머리카락을 잘랐던 일을 후회했었다. 하지만 지금은 길러야 할 시기가 아니었다. 그때의 치욕을 가슴에 품고 지금까지 수련한 것이다.

"화영이는 머리카락을 자른 후 좀 변한 것 같아."

"응?"

장화영이 강혜금의 말에 고개를 돌렸다.

"전에는 그래도 여자답고 차분한 분위기였는데… 지금은 왠지 사나워 보여. 표정도 그때보다 예민한 것 같고……. 기도 역시 칼날처럼 차갑게 느껴지니… 분위기 탓인가?"

강혜금은 머리카락을 자른 장화영의 모습이 확 바뀌어 처음에는 누구인지 분간도 못했었다. 문득 장화영의 표정에 어린 미미한 살기에 신경이 쓰였던 것이다.

장화영은 대수롭지 않게 손을 저었다.

"기분 탓이겠지."

곧 점소이가 다가오자 음식을 주문한 그녀들은 다른 대화를 하기 시작했다.

■제5장■

그림자를 따라가다

송백에 대한 소문은 무림관을 비롯해 무림맹에도 알려졌다. 물론 그에 대해 어느 정도 아는 사람들도 있었다. 그리고 무림맹을 잠시 방문한 담오 역시 송백의 이야기를 듣게 되었다.

"영아의 동생이라고? 그게 사실인가?"

담오는 눈을 부릅뜨며 눈앞에 앉은 제갈사랑에게 물었다.

"수령이에게 듣지 못한 듯하군요. 백옥도도 그 아이가 지니고 있다고 합니다. 거기다 마정회주를 죽인 장본인이지요. 그뿐이 아니라 개방의 소식통을 통해 알아보니 배언신도 죽인 것 같습니다."

"허허……."

담오는 자신도 모르게 웃음을 흘렸다. 그렇게 찾던 사람이 느닷없이 나타났기 때문이다. 그리고 송영이 무공에 진념하지 못했던 그 근본이 나타나게 되었다.

"영아의 동생이라면 내게도 손자 같은 것을… 한번 만나보고 싶구나."

담오의 말에 제갈사랑은 미소 지으며 고개를 끄덕였다.

"손을 쓰겠습니다."

담오는 그 말에 수염을 쓰다듬으며 깊은 숨을 들이마셨다.

*　　　*　　　*

능조운은 다른 사람들보다 아침을 늦게 먹었다. 눈을 뜨면 뇌정신공부터 운용하기 때문이다. 안희명 역시 늦잠으로 능조운과 함께 아침을 먹고 있었다.

우걱! 우걱!

생김새와는 어울리지 않게 밥을 구겨 넣는 능조운과 안희명은 어떻게 보면 닮은 점도 있는 것 같았다.

"어떻게 네가 이렇게 무림대회에 나올 수 있었던 것일까……?"

능조운은 등 뒤에서 갑자기 목소리가 들리자 밥알을 한 움큼 넣은 상태로 고개를 돌렸다. 볼에 밥알이 하나 붙어 있었다.

능조운을 내려다보는 남궁소의 표정은 굳어 있었다. 빼어난 미인이라는 것에는 부정을 못할 얼굴이었다. 하지만 능조운은 남궁소를 알아보자 대꾸도 없이 그냥 고개를 돌려 밥을 퍼먹기 시작했다. 안희명도 잠시 눈을 주다 고개를 숙이며 밥 먹는 것에 열중했다.

"이……."

남궁소의 전신이 미미하게 떨렸다. 자신이 누구인데, 이렇게 무시를 당해야 한다는 것에 화가 난 것이다.

"어릴 때부터 네 녀석은 그렇게 나를 무시했지. 잘난 것도 없으면서."

남궁소의 말이 끝나는 순간 능조운과 안희명의 눈동자에 불이 번뜩이며 탁자 위의 젓가락이 요란하게 번뜩였다.

타타닥!

남은 생선을 집기 위해서였다. 그 싸움에 남궁소는 다시 한 번 전신을 떨더니 곧 살기를 피우며 신형을 돌렸다.

"흥!"

남궁소가 그렇게 물러서자 뒤에 서 있던 남궁혜가 걱정스러운 표정으로 능조운을 바라보다 곧 미미하게 입을 열었다.

"언니를 조심하세요."

"응?"

그제야 능조운은 고개를 돌려 남궁혜를 알아보곤 미소 지었다.

"뭐 하고 있어?"

걸음을 옮기던 남궁소가 뒤돌아 말하자 남궁혜가 놀라 신형을 돌렸다.

"……."

능조운은 그녀들의 모습을 가만히 바라보았다.

"누구야?"

안희명은 음식을 씹으며 자신이 봐도 예쁜 남궁소의 뒷모습을 바라보다 능조운을 바라보며 물었다.

"그냥… 옛… 친구라고 해야 하나……?"

능조운이 고개를 돌려 다시 밥을 퍼먹으며 중얼기렸다. 안희명의 눈동자가 빛났다. 남궁소의 행동이 뭔가 이상했기 때문이다. 그저 여자의 직감이라고 해야 하나? 안희명은 고개를 끄덕이며 식사에 열중했다.

    "망할 새끼."
    식당을 빠져나오며 남궁소는 저도 모르게 중얼거렸다.
    "언니……."
    뒤따라 나온 남궁혜가 걱정스러운 표정으로 다가왔다. 그러자 남궁소의 표정이 더욱 싸늘하게 변하였다.
    "죽여 버리고 말겠어."
    "언니."
    남궁혜는 그 말에 놀라 눈을 부릅떴다. 그러자 남궁소는 자신이 잠시 흥분한 것을 알곤 곧 표정을 풀며 앞으로 걸었다.
    "왜 그렇게 능 가가를 싫어하세요?"
    남궁혜가 걱정스러운 표정으로 다가오며 말하자 남궁소의 눈동자에 살기가 피어났다.
    "알 필요 없어. 단지 죽일 놈이라고만 생각해."
    남궁소는 그렇게 말하며 다시 걸어나갔다. 그러자 고개를 숙이던 남궁혜가 다시 말했다.
    "저는 잘 모르겠어요. 왜 언니나 오빠가 능 가가를 그렇게 싫어하는지……."
    휙!
    순간적으로 바람 소리가 일어나며 남궁소의 신형이 남궁혜를 정면으로 바라보았다. 그런 남궁소의 눈매가 사납게 번뜩였다.
    "내 앞에서 능 가가란 말은 하지 마."

"언… 니……."

남궁혜가 자신도 모르게 뒤로 한 걸음 물러서며 미미하게 몸을 떨었다. 살기가 전신에서 뻗어 나왔기 때문이다. 남궁소는 곧 표정을 풀며 몸을 돌렸다.

"미안해."

짧게 말하고는 남궁소는 빠르게 걸어나갔다. 멍하니 남궁혜가 그녀의 뒷모습을 바라보고 있었다.

"언니……."

앞으로 걸어나가는 남궁소의 눈에 정원이 들어왔다. 문득 정원을 바라보자 한 소년이 뛰어가는 모습이 보였다. 그리고 그 소년의 뒤로 자신이 뛰어가고 있었다.

"능 가가……."

남궁소는 자신도 모르게 입을 열다 스스로 놀라 입을 닫으며 인상을 찌푸렸다.

"개자식."

자신이 왜 그렇게 화가 났는지 그녀도 알지 못했다. 왜 그렇게 살심이 일어났는지……. 능조운은 그저 알지도 못하는 여자와 함께 밥을 먹고 있었을 뿐이다. 단지 그것뿐이었다.

남궁혜는 수련동 쪽으로 발걸음을 옮겼다. 이럴 때는 모든 것을 잊어버리게 한바탕 검무를 추는 것이 좋다는 생각이 든 것이다. 그렇게 추다 보면 잊어버릴 것 같았다.

방으로 돌아와 잠시 명상에 잠겨 눈을 감고 있던 송백은 다가오는 발소리에 눈을 떴다. 송백은 눈앞에 서 있는 의외의 인물을 발견하곤 눈을 빛냈다. 설산이었다.

설산은 찌푸린 인상으로 송백과 눈이 마주치자 신형을 돌리며 말했다.

"따라와."

송백은 곧 눈을 감았다. 굳이 그 말에 따를 필요가 없었기 때문이다. 그러자 막 문을 나서던 설산이 놀라 되돌아왔다.

"야! 따라오라고! 만나고 싶다는 사람이 있단 말이야."

송백이 그 큰 소리에 다시 눈을 뜨자 순간적으로 설산의 표정이 굳어졌다. 눈동자에 어린 강렬한 위압감 때문이다. 그것은 살기가 아니었다.

"사람을 부를 때는 정중해야 하는 법이 아니던가?"

송백의 차가운 목소리에 설산은 헛기침을 하며 인상을 찌푸렸다.

"험! 그… 그렇지……. 에이! 왜 나한테 이런 심부름을 시키고 지랄이야."

설산은 바닥을 한 번 차더니 곧 송백을 향해 억지스러운 미소를 지었다. 마치 울 것 같은 얼굴이었다.

"송형, 저기 시간이 있으면 함께 가주지 않겠소……? 만나고 싶어하는 분이 계시는데……?"

설산의 말에 송백이 일어섰다. 그 모습에 설산은 미소를 거두었다.

"안내해."

설산은 재빠르게 신형을 돌리면서 안면을 구기며 주먹을 떨었다. 왜 이렇게 열받는지 스스로도 모르고 있었다.

설산을 따라 무림관의 뒷문을 벗어났다. 무림맹으로 향하는 길이 아니었다. 송백은 인상을 찌푸렸다.

"어디로 가는 거지?"

"은림원(隱林院)이라고, 뭐 무림에서 다 늙어빠진 늙다리들이 오면 쉬라고 만든 곳이 있어. 별로 가고 싶지 않은 곳이지."

그 말에 송백은 고개를 끄덕였다.

곧 담이 나오며 작은 장원 같은 집이 보였다. 주변은 조용했으며 산들바람이 가볍게 불고 있었다. 송백은 과연 누가 자신을 찾는지 궁금했다. 그리고 늙어빠진 사람 중에 자신이 아는 사람은 없었다. 하지만 설산을 보고 예상은 할 수 있었다. 적어도 설산과 관련된 사람일 것이다. 그렇지 않고는 설산이 저렇게 심부름을 하지는 않았을 테니.

무림관에 모인 젊은이들은 각자 자파가 모인 곳에서 식사를 했고, 무공을 수련하기도 했으며, 홀로 수련동에 들어가 수련하기도 했다. 무림관의 대식당에 있는 사람들은 결국 무림맹에 연고가 없거나 외부에서 들어온 사람들이 많았다. 그런데도 대식당으로 사람들이 가는 것은 다른 문파에 아는 사람이 있기 때문이다. 그들과 함께 식사를 하고 싶다면 그리로 가야 했다. 주로 저녁때 서로 약속을 정하고 가는 경우가 많았다.

설산 역시 무림관이 아닌 은림원에서 식사를 했다. 그곳의 밥이 더 맛있고 좋기 때문이다. 물론 어른들이 있다는 것은 문제였다.

은림원의 안쪽으로 들어가자 작은 별채가 몇 채 있었고, 그 앞으로 텃밭이 보였다.

"나는 여기까지."

설산은 그렇게 말하며 신형을 돌렸다. 송백은 무심히 앞을 바라보며 걸음을 옮겼다. 그러자 막 문을 열고 나오던 연서린과 마주했다.

"어서 오너라."

연서린을 본 송백은 그녀가 누구인지 알기에 그리 놀라지 않았다.

"송백입니다."

송백은 윗사람이라는 것을 알기에 포권하며 다가갔다. 그러자 연서린이 방으로 안내했다.

방에 들어온 송백은 한 노인이 앉아 있는 것을 볼 수 있었다. 곱게 진 주름과 영롱한 눈동자의 노인이었다. 달리 보면 학자 같은 그 모습에 송백은 깊게 읍했다.

"송백입니다."

"나는 담오라고 한다. 앉거라."

송백의 모습에 담오는 고개를 끄덕이며 자리를 권했다. 그 말에 송백이 의자에 앉자 그 옆으로 연서린이 앉아 차를 따랐다.

쪼르륵!

찻잔에 김이 피어나며 푸르스름한 찻물이 채워져 갔다. 그 미묘한 침묵 속에 담오의 눈이 순간적으로 번뜩이다 사라졌다.

"과연……."

담오는 고개를 끄덕이며 수염을 쓰다듬었다.

"내가 누구인지 알겠느냐?"

"처음 뵙는 분입니다."

송백의 대답에 담오는 웃음을 보이며 고개를 끄덕였다.

"그렇지… 오늘 처음 만났지……."

연서린도 가볍게 미소 지었다. 곧 담오는 부드러운 얼굴로 말했다.

"내가 영아의 스승이네. 그 아이는 늘 말했지, 동생을 찾아야 한다고."

송백의 눈동자가 잠시 흔들렸다. 하지만 본래의 신색으로 돌아왔다. 찰나의 순간이었다. 그리고 그가 누구인지도 알게 되었다. 눈앞에 절대라는 말이 붙은 인물이 앉아 있다는 것을 깨달았다.

"오래전에 네 형을 만났지……. 북경에서… 비가 내렸고… 네 형은 죽어가고 있었던 것 같구나……."

송백의 표정이 그 말에 굳어졌다.

"처음 눈을 떴을 때 가장 먼저 한 말이 동생을 찾아야 한다는 말이었다."

"……."

송백은 말없이 찻잔을 응시했다. 곧 적소가 한숨을 내쉬며 고개를 저었다.

"지나간 이야기를 해서 무엇하랴. 내가 잠시 추억에 취했던 것 같구나. 결례를 범했네그려."

적소는 송백의 표정을 보곤 곧 미소 지으며 찻잔을 들었다. 몇 모금 마시던 담오는 송백에게 말했다.

"어떻게 살아왔느냐? 단지 그것이 궁금해서 보자고 한 것이다."

그 말에 송백은 잠시 동안 침묵했다. 어떻게 말해야 할지 몰랐기 때문이다. 거기다 눈앞에 있는 사람은 혈연으로 이어진 형의 스승이지 않은가. 송백은 곧 입을 열었다.

"군에 있었습니다."

송백의 대답에 담오와 연서린의 표정이 굳어졌다. 담오는 곧 고개를 끄덕이며 말했다.

"그랬었군……. 그래서 찾을 수가 없었던 것이었군……. 전쟁이라… 전쟁……."

담오는 잠시 그렇게 중얼거리다 송백을 바라보며 말했다.

"그래서 네 모습을 보는 순간 만인의 눈을 본 듯한 착각이 들었구
나."

순간적으로 송백의 눈동자가 미미하게 흔들렸다. 속을 읽힌 것 같은
느낌이 들었기 때문이다. 또다시 침묵이 흘렀다. 그것은 처음과는 다
른 무거운 침묵이었다.

"이만 가보겠습니다."

"그래, 그렇게 하게나."

송백은 더 이상 앉아 있기 어려운 자리라 여겼다. 더욱이 담오는 부
담이 되었다. 마치 심연을 보는 듯한 고요한 눈동자가 송백을 자극시
키고 있었기 때문이다.

"그럼."

송백은 가볍게 읍하며 신형을 돌렸다. 그 뒷모습을 담오는 깊은 눈
으로 바라보았다.

"어떤가요?"

연서린이 궁금한 듯 물어오자 담오는 씁쓸히 미소 지으며 수염을 쓰
다듬었다.

"생각보다 더하군. 령아의 이야기와는 전혀 딴판이야……. 형과는
반대되는 그릇이라고 할까……? 아니… 그릇으로 비유하기엔 너무 단
단할지도 모르지……."

담오의 말에 연서린은 고개를 끄덕였다. 자신도 어느 정도 느끼고
있었기 때문이다.

"군에 있었다면 사람 죽이는 일을 밥 먹듯이 했겠지……. 살기가 짙은 그에게 과연 무림이 어울릴 것 같은가?"

"글쎄요……. 어울릴지도 모른다는 생각이 드는 건 왜일까요?"

연서린이 기묘하게 미소 지으며 대답했다. 그런 연서린의 시선이 송백의 뒷모습을 향하고 있었다.

새벽이 밝아오자 송백은 어제의 약속을 상기하며 걸었다. 담오를 만난 일도 의외였지만 무엇보다 그 진중한 기도가 마음에 남았다. 스승님을 생각해 볼 때면 다른 기질의 인물이란 생각이 들었다. 문득 자신의 스승님이 어떤 인물인지 궁금하다는 생각도 했다.

슥!

송백이 예의 그 나무 밑으로 다가오자 기다리고 있던 기수령이 나무에 기대고 있던 몸을 세웠다. 송백을 바라보며 가볍게 미소 짓는데, 그 미소가 송백의 눈을 계속해서 어지럽혔다.

'리……'

송백은 지금 눈앞에 있는 사람이 동방리라면 어떨까 하는 생각까지 하게 되었다. 하지만 부질없는 생각이라 여기며 기수령의 앞에 다가섰다.

"오셨군요."

기수령이 살짝 고개를 숙이며 인사하자, 송백의 무심하던 눈동자가 흔들렸다.

"무슨 일이지?"

송백의 물음에 기수령은 준비한 듯 남색 보자기로 싼 보따리를 송백의 눈앞에 보였다.

“받으세요.”

“……?”

송백의 시선이 닿자 기수령은 양손으로 한 번 보자기를 들어 보였다.

“어서 받아요.”

송백은 묵묵히 그 보자기를 받아 들었다. 그 속에 무엇이 들었는지, 굉장히 가볍다는 생각이 들었다. 송백이 기수령을 바라보자 기수령은 웃으며 말했다. 굉장히 부끄러운 듯 붉은 기운까지 얼굴에 나타났다.

“풀어보세요.”

“무엇이기에?”

“풀어보면 알아요.”

기수령이 수줍은 듯 웃으며 보채자 송백은 보자기를 풀었다. 순간 백색의 새하얀 무복이 눈에 들어왔다. 놀라 기수령을 바라보자 기수령은 시선을 피하며 호수를 바라보았다.

“그거… 입어주세요. 그걸 입고 무림대회에서 우승하고 천하대회에 나가주세요. 그게 제 부탁이에요.”

기수령의 말에 송백은 옷을 바라보다 기수령을 다시 바라보았다.

“사연이라도 있나?”

송백은 그런 느낌이 들었다. 그러자 기수령은 고개를 숙이며 중얼거렸다.

“사실… 송 사형 주려고… 만든 옷이에요. 무림대회에 앞서 입으라고…….”

“…….”

송백은 잠시 백색 무복을 바라보았다. 기수령은 호수를 바라보며 입을 닫고 있었고, 송백은 무복을 바라보며 잠시 서 있었다. 얼마간의 침묵이 이어졌다.

"지금 입지."

송백은 무엇을 생각했는지 자신의 흑색 무복을 벗고는 깨끗한 백색 무복을 입기 시작했다. 그러자 놀란 기수령이 고개를 돌린 채 얼굴을 붉혔다.

슥! 슥!

옷 입는 소리가 조용히 울렸다. 기수령은 그저 고개만 숙이고 있었다. 잠시의 시간이 흘러 옷 입는 소리가 사라지자 기수령은 살며시 고개를 돌렸다. 순간 자신을 바라보는 백색 무복의 송백에게서 송영의 그림자가 어른거렸다. 기수령의 눈동자가 커졌다.

"송 사형."

기수령의 신형이 송백의 품에 안겼다. 그 갑작스러운 행동에 송백은 놀란 듯 자신의 품에 안긴 기수령을 바라보았다.

"송 사형……"

송백의 품 안에서 흔들리는 어깨의 울림이 피부로 전해져 왔다. 송백은 뿌리칠 수도 있었지만 차마 그럴 수가 없었다.

"나는… 송영이 아니다."

송백의 낮은 목소리에 기수령은 고개를 저었다.

"그만… 제발 부탁이에요. 잠시만… 잠시만 이대로 있어주세요."

그 말속에 담긴 염원과도 같은 간절함에 송백은 뿌리치려던 손을 내리며 호수를 바라보았다. 바람이 불어와 얼굴을 어루만지며 지나쳤지만 시간은 멈춘 듯했다.

꾸욱!

굳게 움켜쥔 주먹에는 떨림이 있었다. 전신이 떨려왔으며 마음속에 남은 분노는 차츰 머리를 차갑게 식혀갔다.

'송… 백……!'

남궁현은 구겨진 인상으로 몸을 돌렸다. 우연이었다. 그리고 그 우연이 남궁현의 마음에 비수를 박았다.

■제6장 ■

겹치는 순간

육십네 명이 남게 되기까지 삼 일이라는 시간이 지나야 했다. 그리
고 사일 째가 되었을 때 그 남은 사람들의 추첨이 있었다. 결국 패한
자는 단 하루도 쉬지 못한 채 다음을 맞이해야 했던 것이다. 승자와 패
자의 극명한 차이가 다시 나타나게 되었다. 이제부터 남는 자만이 위
로 올라갔으며, 쉴 시간은 본선 진출자가 결정될 때까지 없었다.

각 조마다 여덟 명이 남게 되는 그때까지 쉬지 않고 비무해야 했다.
그만큼 힘든 일이고 강자만이 남게 된다.

본선까지 세 번의 비무에서 승리해야만 했다. 그래야 한 달이라는
시간과 함께 천하인들이 보는 앞에서 비무할 수 있는 것이다. 그 차이
는 명백했다.

"이십이 번!"

송백의 번호를 받은 한무록이 외쳤다. 순간 주변의 웅성거림이 커졌

다. 송백 역시 주목받고 있기 때문이다. 송백의 상대는 이십일 번이었
다. 송백은 뒤로 물러나 자신의 상대가 누구인지 확인하기 위해 주시
했다.

얼마 지나지 않아 설산이 나와 번호를 뽑았다. 그의 번호가 한무록
의 손에서 위로 올라갔다.

"육십삼 번!"

다시 울리는 소란스러운 소리.

설산은 아쉬운 듯 고개를 저으며 뒤로 물러섰다. 곧 뒤에 놓인 커다
란 번호판의 육십삼 번에 설산이라는 이름이 적혔다.

뒤에 놓인 큰 번호판에는 총 여덟 개의 조가 나누어져 있었으며 일
번부터 팔 번까지 한조였고, 구 번부터 십육 번까지 한조였다. 그렇게
여덟 개의 조가 나누어져 있었으며 일 번과 이 번, 삼 번과 사 번의 승
자가 그 위로 올라가게 된다. 그렇게 각 조마다 한 명씩 본선 진출자가
결정되는 것이다.

송백은 삼조였다. 그리고 설산은 팔조였기에 본선에서 마주치게 된
것이다. 설산은 그것을 아쉬워하고 있었다.

송백은 자신이 속한 삼조를 바라보며 두 명의 이름을 보았다. 그때
한무록의 목소리가 귓가에 울렸다.

"이십일 번!"

그 외침에 모두의 시선이 송백과 번호를 뽑은 청년에게 향하였다.
청년은 곧 시선을 돌려 송백을 바라보았다. 손에 쥔 검과 청색의 무복
을 걸친 단정한 외모의 청년이었다. 송백은 그가 누구인지 기억했다.

"청성파의 여 소협과 송 소협의 대결이다."

누군가의 목소리에 송백은 그가 청성파의 여일군(呂一君)이라는 것

을 상기했다. 그리고 그 역시 화조의 우승 후보 중 한 명이었다. 처음으로 우승 후보끼리 붙게 된 것이다. 어떻게 보면 재수없는 일이었고, 또 어떻게 보면 다른 사람들에겐 재수 좋은 일이었다.

송백은 여일군을 바라보다 팔짱을 풀며 숙소로 향했다. 상대가 누구인지 알았다면 더 이상 볼 게 없기 때문이다. 비무는 내일부터다. 여일군 역시 송백의 뒤를 따라 소연무장을 나섰다. 그 역시 다음을 알 필요가 없기 때문이다. 중요한 것은 지금이었다. 이기고 나서야 다음이 있는 것이다. 둘 다 그것을 알고 있었다.

"송백이라……. 그와 붙게 되다니… 어려운 상대를 만났구나."

여일군은 청성파의 청성원에 들어와 앉아 있었다. 그 앞에 앉은 사람은 사십대의 장년인으로 청성파의 대표로 무림맹에 와 있는 비조검(飛鳥劍) 유장언(有長言)이었다. 그는 무림맹의 무단(武團) 총단주로 빼어난 검술 실력을 지닌 인물이다. 청성파의 장문인과 함께 청성파를 대표하는 인물이었다.

"그렇습니다. 하지만 자신있습니다. 청성의 벽검(擘劍)은 천하제일을 바라볼 수 있는 검법입니다. 낭인이 고수라 해도 쉽게 청성의 역사를 이기지는 못합니다. 그리고 송풍검법(松風劍法)은 벽검의 묘미를 잘 보여주는 검법입니다."

여일군의 말에 유장언은 고개를 끄덕였다.

"네 말이 맞다. 하지만 방심하지 말거라. 마정회주는 그리 쉽게 죽일 수 있는 인물이 아니다. 더욱이 송백은 죽은 송영의 친동생이라 하더구나. 송영은 기재였으며, 그 무공이 능히 구주십오객과 어깨를 나란히 할 수 있다고 했다. 그의 동생이니 조심해야 할 것이야."

걱정스러운 유장언의 말에 여일군은 미소 지었다.

"어차피 송영은 송영이고 동생은 동생입니다. 송백은 죽은 송영이 아닙니다. 그러니 너무 염려하지 마십시오. 저 역시 조심할 것이고, 송풍검법으로 청성의 위상을 세울 것입니다."

여일군의 자신있는 목소리에 유장언은 미소 지으며 여일군의 어깨를 두드려 주었다.

"네 사형도 본선에 오를 것이다. 청성삼수(菁城三秀)가 본선에 오르지 못한다면 말이 되겠느냐? 최선을 다하거라."

"명심하겠습니다."

여일군은 자신있는 어조로 강하게 대답했다.

"여일군이라면 그 청성삼수 중 두 번째를 말하는 것이군요."

방지호가 탁자에 앉아 말했다. 방지호는 송백의 방에 미리 와 있었다. 그녀는 할 일이 없었다. 이미 떨어졌기에 패자부활전도 포기한 것이다. 사실 할 생각도 없었다. 패했다고 해서 나가라고 하지 않으니 남을 수밖에 없었다.

방에 먼저 돌아온 것은 송백이었다. 방지호는 그런 그들의 주머니였다.

"청성삼수는 청성파에서 가장 기대하는 인물들이고 또한 앞으로의 청성을 받쳐 줄 사람들이에요. 그중 가장 무서운 자가 청성삼수의 첫째인 폭렬검(爆裂劍) 이무심(李武心)인데, 이무심은 천하대회에 나갈 가장 강력한 후보 중 한 명이라 불렸지요. 십파에서도 영호진과 더불어 쌍벽을 이룬다고 말해요. 다행스럽게도 그는 금조이니 저희와 마주칠 일은 없고, 송 소협은 그저 하던 만큼 하시면……."

방지호가 차근히 설명하며 어깨를 으쓱거렸다. 자신이 생각해도 머리는 좋다고 느껴졌다. 하지만 송백은 전혀 듣고 있지 않았다. 창밖을 바라보며 뒷짐만 지고 있을 뿐이다. 그러자 방지호는 인상을 찌푸렸다. 그러다 무언가 이상한 점을 발견하곤 눈을 빛냈다.

"백의네요? 늘 흑의만 입더니 무슨 바람이 불었기에……?"

송백은 그 말에 고개를 돌렸다. 방지호가 빤히 쳐다보자 곧 고개를 돌리며 말했다.

"기분 전환."

"아……."

방지호는 고개를 끄덕였다. 하지만 승복할 수 없는 말이었다. 자신이 분석한 송백의 성격을 볼 때 절대 그는 기분 전환 같은 고상한 생각을 지닌 인물이 아니었기 때문이다.

곧 발소리와 함께 능조운의 모습이 나타났다. 능조운은 약간 지친 듯한 얼굴이었다.

"아아, 힘들다… 힘들어."

"무슨 일이 있었나요?"

"아니, 그런 건 아니고, 내일부터 비무해야 한다고 생각하니 힘들어서."

능조운이 고개를 저으며 미소 지었다. 그 모습에 방지호가 눈을 빛냈다.

"별 중요한 사람이 없었나 보네요?"

"하하하하하! 본선 진출 확정이나 마찬가지야! 우리 조에는 대문파 녀석이 한 명도 없었으니까."

능조운이 대소하며 웃어 보였다. 그 모습에 방지호는 인상을 찌푸렸다.

"그러다 이름없는 사람에게 패해 눈물 흘리면 정말 보기 좋을 것 같은데."

"무슨 그런 악담을."

능조운의 표정이 굳어졌다. 곧 두 명의 발소리와 함께 두 명의 여인이 들어왔다.

"꼭 얄미운 말을 그렇게 크게 말해야 하겠어? 떨어지면 어쩌려구? 천하에 깔린 게 무림인이고, 그중에 의외의 고수가 숨어 있을지 어떻게 알아?"

"그건… 그렇지만……."

안희명이 인상을 찌푸리며 들어오자 차화서도 같이 인상을 찌푸렸다. 두 사람의 표정은 그리 밝지 않았다. 수조는 능조운이 속한 목조보다 강자가 많았기 때문이다. 하지만 그것은 표면적인 것이었다. 단지 보여지기에 이름있는 사람들이 수조에 많았을 뿐이다.

"냉유리를 피한 것은 잘 되었지만… 팽소련도 수조……. 거기다 육대세가의 인물 중 벽도까지 수조잖아. 소림승이 두 명이나 있고. 점창과 해남의 사람들이 빠졌다고 하지만 고수가 너무 많아. 내 조에도 모용세가의 어린 놈이 걸려 있어."

차화서가 투덜거리며 의자에 앉았다. 그 옆으로 안희명이 앉았다.

"내가 속한 조는 개방의 오미미가 속해 있단 말이야. 그녀가 본선 진출의 가장 고비일 것 같아."

그녀들의 투덜거림에 방지호가 미소 지었다.

"떨어질 것이라면 일찍 떨어지는 것이 더 좋아요. 본선에 올라 천하인들이 보는 앞에서 패하면 그것 역시 창피일 테니까요."

"말을 해도."

차화서가 인상을 찌푸리며 말했으나 그 말도 일리가 있었다. 그렇게 생각해 보니 남는 것은 걱정뿐이었다.

"천하대회는 진정 멀구나……."

능조운이 멍하니 허공을 바라보며 중얼거렸다.

작은 변화였다. 백의를 입었다는, 그런 변화는 어색함을 전해주었다. 문득 자신에게 옷을 주던 동방리의 모습이 떠올랐다. 흑색이 어울린다는 그 말이 아직까지도 마음에 남아 있었다. 그러하기에 늘 흑색을 입고 다녔다. 그러하기에 백색의 무복은 어색했던 것이다.

송백은 잠시만 입고 있을 생각이었다. 기수령의 바람을 그래도 들어줘야 할 것 같았기 때문이다.

창!

금속음이 송백의 귀에 들렸다. 비무를 하고 있는 사람들이 서로를 누르기 위해 검을 번뜩이고 있었다. 또다시 몇 번의 검광이 번뜩였고, 한 사람이 땅을 굴렀다. 그걸로 승패는 결정되었다. 다리를 다친 듯 다리를 절뚝거리며 일어서자 무사들이 다가와 어디론가 데리고 갔다. 아마도 의원이 있는 곳일 것이다.

송백이 앞으로 걸어나가자 반대편에서 여일관이 걸어나오고 있었다. 송백의 시선을 받고 있는 여일관 역시 군은 얼굴로 송백을 바라보고 있었다. 그렇게 서로를 바라보며 연무장의 중앙에 마주 섰다.

오늘은 사조까지 하는 날이다. 나머지 조에 속한 사람들은 올 필요가 없었지만 모두 나와 있었다. 비무를 보기 위함이다. 이것처럼 재미있고 흥미로운 일도 없기 때문이다. 그리고 가장 흥미로운 시합이 지금 시작되려 하고 있었다.

"시작."

짧은 한무록의 말이 끝나는 순간 여일관은 검날을 내리며 한 발 앞으로 나섰다. 나섰다고 생각되는 순간이었다.

쉬악!

바람 소리가 울리며 옷자락 소리와 함께 여일관의 신형이 바닥에 닿을 듯 낮게 가라앉아 들어왔다. 순간이었고 갑작스러운 행동이었다.

슈아아악!

공기를 뚫고 들어오는 바람 소리가 크게 울리며 연무장에 닿을 듯 가라앉은 검날이 사선으로 치고 올라왔다. 송풍검법의 살초인 강풍이탈(强風離脫)의 초식이었다.

송백의 표정이 굳어지며 뒤로 일 장 가까이 물러섰다.

슉!

바람이 가슴까지 가르며 위로 지나쳐 올라갔다.

후두둑!

몇 올의 머리카락이 그 바람을 이기지 못하고 떨어져 내렸다. 송백은 무심히 낮은 자세를 유지하고 있는 여일관을 바라보았다. 일 장 가까이 뒤로 물러섰지만 여일관의 검풍이 남긴 아픔이 안면을 자극했다.

슥!

자세를 바로 하며 검을 내린 여일관의 얼굴에는 자신감이 어려 있었다. 잠깐의 일초로 부족했던 자신감이 붙은 것이다. 상대가 물러선 것은 기세 싸움에서 승리했다는 뜻이었다. 여일관은 자신의 승리를 확신했다.

'앗!'

장화영은 시작과 동시에 여일관이 순식간에 송백의 허를 찌르며 낮게 날아들자 놀라 눈을 크게 떴다. 순간 강렬한 기운과 함께 사선으로 위로 올라가는 검날의 반짝임이 빠르게 들어왔다.

순간적으로 장화영의 눈동자가 크게 떠졌다. 하지만 어느새 뒤로 물러선 송백을 확인하곤 다시 원래의 신색으로 돌아왔다.

'내가… 왜 걱정하지……?'

장화영은 문득 자신이 송백을 걱정했다는 사실에 인상을 찌푸렸다. 꼭 여일관의 검에 베일 것 같았기 때문이다. 그런 현실이 눈앞에 보일 것 같은 생각이 들자 자신도 모르게 반응을 보인 것이다.

'단지… 내가 아니라서 그런가…….'

장화영은 애써 그런 생각을 벗어던지며 자신이 송백을 상대하지 못해 그런 것이라고 여겼다. 그렇게 생각했다.

획!

검으로 바닥에서 한 번 원을 그리던 여일관은 눈앞으로 검을 세웠다. 왼손은 검끝에 올려 검배에 닿게 했으며, 얼굴을 지나는 검날 사이로 그의 양 눈이 송백을 주시했다. 그 주변으로 강렬한 기운이 퍼져 나가기 시작했다. 보이지는 않지만 심상치 않은 모습이었다.

'최대한 빨리 끝내야 한다. 내일을 위해서.'

여일관은 주변의 눈을 의식해야 했다. 최대한 빨리 끝내야만 내일을 대비할 수 있고, 자신에 대해 최대한 숨길 수가 있었다.

"합!"

포효 소리가 울리며 여일관의 신형이 직선으로 날아들었다. 마치 화살이 활에서 튕겨 나가는 듯한 강렬함이었다.

'훗.'

송백의 입가에 가벼운 미소가 걸렸다. 물론 보이는 미소가 아니었다. 송백이 볼 때 여일관은 그저 풋내기였다. 아니, 경험이 없는 미숙한 인물이었다. 그럴 수밖에 없었다. 자신이 물러섰을 때 자신이라면 달려들어 끝장을 보았을 것이다. 상대에게 여유를 주는 것만큼 어리석은 일도 없기 때문이다.

물론 뒤로 피할 생각이 없었다. 하지만 비무였고, 살인은 할 수가 없었다. 이곳이 비무대가 아닌 다른 곳이었다면 물러서지 않고 도를 찔러 넣었을 것이다. 물론 자신도 상처 입을 것이다. 그만큼 쉬운 상대가 아니었다. 여일관이 이길 수 있는 기회는 그 처음이었다.

슥!

송백은 백옥도의 도신을 반쯤 뽑았다. 그 순간 여일관의 신형이 코 앞까지 날아들었다. 그리고 보이는 다섯 개의 검광.

오방을 점하고 전신을 찔러오는 그 다섯 개의 검광이 송백의 전신을 갈라 버릴 듯 보였다. 송풍검법의 절초인 오망살풍(五望殺風)이었다. 지금까지 이 오망살풍은 수많은 사파를 죽였던 초식이고 살초였다. 그리고 여일관은 승리를 확신했다. 이것에서 벗어날 수가 없기 때문이다.

슈슈슉!

공기를 가르는 검의 빠른 바람 소리와 함께 다섯 개의 그림자가 들어왔다. 순간 송백의 도가 도집에서 완전히 뽑혀 나왔다. 그 순간이었다. 다섯 개의 섬광이 피어난 것은, 아니, 그것은 번개였다.

번쩍!

따다다다당!

"큭!"

여일관의 신형이 뒤로 십여 걸음이나 밀려나며 신음을 토했다. 여일관이 왼손으로 오른 손목을 잡고는 인상을 찌푸리며 송백을 바라보았다.

주륵!

입가에서 핏물이 흘러내렸다. 충격 때문이다. 자신도 놀랐다. 눈앞에 번뜩이는 다섯 개의 번갯불을 본 순간, 손목이 떨어질 것 같은 충격과 온몸이 눌리는 압력을 느꼈기 때문이다. 그리고 눈앞에 송백의 그림자가 나타났다.

"흑!"

여일관은 놀라 검을 들었다. 순간 송백의 도가 앞으로 뻗으며 움직였다.

땅!

검날이 옆으로 튕겼다. 순간 여일관의 눈앞으로 도가 날아들었다. 놀란 여일관이 검을 세우며 막아갔다. 하지만 막는 그 순간 도가 사라지며 다시 우편에서 안면을 노리고 날아들었다.

"……!"

여일관은 놀라 뒤로 물러섰다. 송백은 그저 손을 앞으로 뻗은 자세 그대로 여일관의 앞에 붙었다.

따당!

여일관의 검이 날아드는 도를 막았다. 하지만 검은 솜을 친 듯 무언가 빨려가는 것 같은 느낌이 들었다. 그리고 빠르게 원을 그리며 도가 안면으로 날아들었다. 여일관은 굳은 표정으로 송백의 어깨를 바라보았다. 하지만 도를 앞으로 뻗은 송백의 어깨에선 움직임이 없었다.

"흡!"

여일관은 신음을 삼키며 검을 들어 내려쳐 오는 도를 막아 올렸다.

땅!

그 순간 여일관은 볼 수 있었다, 송백의 손목이 원을 그리며 도날이 뒤로 물러서는 모습을. 그리고 또다시 원이 멈추는 순간 도가 미간을 찔러왔다. 여일관의 눈동자에 살기가 어렸다. 검을 들어 막는 것이 아니라 고개를 숙이며 송백의 옆구리를 찔러갔다. 동귀어진의 수법이었다.

그 모습에 주변에서 보던 사람들의 얼굴이 굳어졌다. 고개 숙인 여일관의 입가에는 짙은 미소가 걸렸다. 그 미소가 송백의 눈에 들어오자 송백의 눈동자에 살기가 어렸다.

여일관은 자신있었다. 절대 자신을 치지 못할 것이다. 자신은 청성파의 제자였으며, 지금은 비무 중이었다. 그리고 자신을 벨 경우 생기게 될 큰 파장은 불을 보듯 뻔했다. 그것이 두려워서라도 멈출 것이 확실했다.

'이게 낭인과 대문파의 차이다.'

여일관은 짙은 미소를 보였다. 가장 마지막에 생각했던 수법이기 때문이다. 그리고 자신은 찌를 것이다. 자신이 찌른다 하여도 뭐라 할 사람은 없었다.

쉬악!

송백의 옆구리로 검날이 다가왔다. 송백의 도 역시 찌르는 것을 그만두며 여일관의 머리를 내려쳐 갔다. 그리고 여일관의 미소를 본 순간 송백의 손목이 빙글거리더니 도날이 위로 올라갔다. 순간 송백의 손이 안 보였다. 마치 안개 속으로 들어간 것 같은 착각처럼.

픽!

우직!

"컥!"

여일관의 입에서 핏방울이 튀어나오며 한쪽 무릎이 땅에 닿았다. 백옥도가 박힌 어깨가 움푹 들어가 있었다. 송백은 거꾸로 든 백옥도를 들어 올리며 도집에 넣었다.

땅!

검을 바닥에 박으며 겨우 신형을 추스린 여일관이 고개를 들었다. 그 속에 담긴 것은 원망과 분노였으며, 패배의 아픔이었다.

송백은 그저 차가운 눈으로 여일관을 바라볼 뿐이었다. 마지막 살기는 자신을 죽이려 했던 살기였다. 하지만 이곳은 무림맹이었고, 그가 죽게 되면 자신도 분명히 곱게 있지 못할 것이다. 결국 도날을 뒤집어 칠 수밖에 없었다.

어떻게 보면 여일관의 예상은 반만 맞았다고 볼 수 있다. 결국 베지는 못했기에.

"졌다."

여일관은 그저 그 한마디를 하고 싶었는지 곧 눈을 감았다. 곧 무사들이 다가와 여일관을 들것에 옮겨 들고 갔다. 곧 한무록이 승자를 말해 주며 송백은 사람들 틈으로 들어갔다.

"자유자재로 도를 구사하는군. 팽 소저가 저 모습을 본다면 경탄했을지도 몰라. 자네는 어떤가? 손목만으로 저 정도의 위력이 가능한 것인가?"

영호진이 설산을 바라보며 미소 지었다. 설산이나 영호진이 볼 때 그저 송백은 도를 앞으로 뻗어 움직이지도 않고 그저 손목만 이리저리 움직여 도를 휘둘렀을 뿐이었다. 화려함도 없었고, 그렇다고 특별한 것도 없었다. 하지만 여일관은 피하지도 못하고 막기만 하다가 패하고 말았다.

"수련만 한다면 불가능한 일은 없겠지. 하지만 내 앞에서 저렇게 했다면 백옥도가 견디었을까? 부러졌겠지."

설산은 굳은 표정으로 눈을 빛내며 말했다.

"거기다… 저 녀석은 도에 서툴러. 도법을 모르는 놈이야."

설산의 말에 영호진의 눈이 놀란 듯 굳어졌다.

"도법을 몰라……?"

자신이 볼 때는 분명히 도를 자유로이 구사했다. 그런데 설산은 도법을 모른다고 한다. 도대체 무엇이 송백에게 있는지 의문이었다. 하지만 설산은 더 이상 입을 열지 않았다.

설산의 이야기를 들은 장화영은 인상을 찌푸렸다. 설산도 송백에 대해 어느 정도 알고 있다는 생각이 들었기 때문이다.

'그러고 보니 기 언니가 송백과 이야기하는 모습을 본 적이 있어. 둘 사이에 친분이 있다면 설 소협이 모를 리 없겠지……. 그 녀석의 무공이 검법이란 것을.'

장화영은 생각하며 설산과 영호진을 바라보다 곧 비무하는 두 사람을 응시했다.

"화산파의 장 소저, 혼자 있다니 외롭지 않소?"

장화영은 들려오는 말소리에 생각을 접으며 시선을 돌렸다. 그러자 인상이 저절로 찌푸려졌다. 태정방의 임형신이었기 때문이다. 임형신은 삼조였고 장화영은 사조였다.

장화영이 대꾸없이 앞을 바라보자 옆으로 다가온 임형신은 미소 지으며 장화영을 바라보았다. 짧은 머리카락 때문에 약간 중성으로 보였지만, 의외로 어울렸기에 임형신은 장화영에게 관심을 가지고 있었다. 아니, 흑심이라고 해야 옳을 것이다.

"장 소저는 빼어난 미인인데…… 왜 머리카락을 자른 것이오? 혹시… 좋아하는 낭군에게 배신이라도 당한 것이오? 그렇다면 내가 위로하리다."

장화영은 그 말에 말없이 임형신의 옆을 지나 한쪽으로 걸어갔다. 그곳은 담장이 있는 곳이었고 몇몇이 담장의 그늘에 있었다. 그리고 송백 역시 담장에 등을 기댄 채 그곳에 있었다. 장화영은 송백의 옆으로 다가가 등을 벽에 기대며 송백처럼 팔짱을 끼었다.

고개를 돌려 장화영을 따라가던 임형신은 송백의 옆에 붙어 같은 모습으로 나란히 서 있는 그 모습에 다가가려다 인상을 찌푸리며 몸을 돌렸다.

송백은 별생각없이 말했다.

"아는 자인가?"

송백의 물음에 장화영은 사납게 대답했다.

"저런 썩을 놈을 내가 어떻게 알아."

장화영의 말은 좀 거칠었지만 송백은 개의치 않았다. 더욱이 장화영에게서 맴도는 매화 향은 송백에게는 싫은 향이 아니었다. 늘 생각하고 아직도 떨쳐 버리지 못한 한 사람의 향이었기 때문이다. 그렇기 때문에 장화영에 대해 싫은 감정을 가지고 있지 않은 것이다.

"생각해 보니 묻지 못했군. 어르신들은 잘 계시나?"

"흥! 잘도 그 말을 지금에서야 하는군. 모두 잘 계셔. 하지만… 대조모님은 건강이 걱정이야……. 가끔 심하게 기침을 하시면 나도 모르게 놀라니까……."

장화영이 걱정스러운 표정으로 말하자 송백은 고개를 끄덕였다. 한 번 가봐야 할 것 같다는 생각이 들었다.

"무림대회가 끝나면 화산에 가야겠어."

송백의 말에 장화영의 눈이 놀란 듯 커졌다. 하지만 송백이 왔을 때 자신이 당했던 일들을 생각하고는 다시 싸늘한 표정으로 변하였다.

"오든 말든. 흥."

장화영이 고개를 돌리자 송백은 장화영을 바라보며 다시 말했다.

"뭐 하나?"

"뭐 하긴, 네 알 바 아니잖아."

장화영은 자신에게 관심을 갖는 그 말에 콧방귀를 날리며 고개를 돌렸다. 그러자 송백은 다시 말했다.

"안 할 건가?"

"내가 하든 말든 뭐 상관인데. 신경 쓰지 마."

그 싸늘한 말에 송백은 짧게 숨을 내쉬며 장화영의 어깨를 손가락으로 두드렸다. 그제야 장화영이 고개를 돌려 바라보자 송백은 연무장 위에 서 있는 한무록을 손으로 가리켰다.

"비무."

"응?"

"장화영! 장화영 없어? 없으면 기권으로 처리한다!"

한무록의 외침이 아까부터 계속되고 있었던 것이다.

"어머!"

놀란 장화영이 빠르게 앞으로 뛰어나갔다.

냉유리는 검집을 들고 있었을 뿐이다. 하지만 냉유리를 맞이한 상대
는 움직이지 못하고 있었다. 냉유리의 시선 속에서 느낀 한기와 얼어
붙을 것 같은 싸늘한 기도는 전신을 굳게 만들기에 충분했다.

슥!

냉유리의 신형이 미끄러지듯 청년의 앞으로 다가섰다. 순간 냉유리
의 검집이 미간 쪽으로 뻗어나갔다. 청년의 손에 들린 검이 위로 쳐 올
라가며 막아내자 냉유리의 검집이 사라지듯 청년의 눈앞에서 사라졌
다. 순간 가슴을 뚫고 들어오는 강렬한 통증이 청년의 머리 속을 하얗
게 뒤집었다.

퍽!

쿵!

청년이 바닥에 거품을 물고 쓰러지자 냉유리는 신형을 돌렸다. 무림
관 제이연무장에서 시합하는 수조에서는 냉유리가 가장 유력한 후보였
다. 그 다음 후보는 같은 수조의 팽소련이다. 빙검과 화도(火刀)가 모
두 같은 조인 것이다. 모두의 관심은 그 둘에게 있었다.

무림관의 부관주인 조호서생(調號書生) 여관주(呂灌注)가 수조의 지
휘를 감찰하게 되어 단상 위에 앉아 있었다. 그리고 무림맹 제육무단
이 수조의 진행을 맡게 되어 사방에 무사들이 널려 있었다.

냉유리의 검에 정신을 잃은 청년이 들것에 실려 나가자, 곧 제육무
단의 단주인 조항일이 다음 비무를 진행했다.

냉유리는 걸어나오다 마주 서 있는 팽소련을 발견했다. 화도라는 별

호탕게 팽소련의 도는 붉은 도집이었고, 옆구리에 걸려 있었다. 팽소련은 냉유리와 눈이 마주치자 미소 지었다.

"그렇게 싸우다가 본선에 가서 진기라도 다 날아가면 어쩔 생각이지?"

팽소련은 천성이 털털해 처음 보는 사람과도 금방 친해진다. 냉유리역시 그런 팽소련의 성격을 알고 있었다.

팽소련은 농담 삼아 건넨 말이었으나 냉유리는 대답없이 팽소련의옆을 지나쳤다. 팽소련은 그 모습에 어깨를 한 번 으쓱하고는 고개를저었다. 빙검답다고 생각한 것이다. 팽소련의 옆에 서 있던 오미미 역시 냉유리의 반응에 한숨을 내쉬었다.

"너무 차가워요, 냉 언니는."

"놔둬. 저렇게 살다가 죽으라고 해. 어차피 남자 만나 눈에 콩깍지라도 쓰이면 살살 녹아내리는 미소를 보이면서 다닐 거야."

팽소련의 말에 오미미는 고개를 저었다.

"과연 그런 남자가 있을까요? 냉 언니의 마음에 들 만한 남자가. 적어도 냉 언니는 자신보다 강한 사람을 원할 텐데……. 과연… 그런 남자가… 있으려나……?"

"있지. 단 한 명."

"예?"

오미미가 팽소련의 말에 놀라 그녀를 바라보았다. 그러자 팽소련은미소 지으며 오미미의 귓가에 작게 속삭였다.

"장. 지. 명."

"어머!"

오미미의 안색이 붉게 달아올랐다. 자신도 모르게 양손으로 얼굴을가리며 고개를 숙인 오미미는 심장이 떨리는 느낌으로 잠시 정신을 차리지 못했다.

팽소련은 오래전부터 오미미가 장지명을 짝사랑하고 있다는 사실을 알고 있었다. 그러하기에 놀리듯이 말한 것이다.

"내가 아는 한 아마 젊은 층에선 그가 최고수야. 한번 겨루고 싶구나……. 으……."

팽소련은 작게 중얼거리며 전신을 미미하게 떨었다. 장지명과 대결할 것을 생각하면 긴장감으로 전신의 기운이 충만해졌기 때문이다. 그런 팽소련의 눈에 비무하기 위해 걸어나오는 여자가 들어왔다. 쌍도를 옆구리에 차고 있는 여자. 눈에 띄는 여자였다. 왜도를 그것도 두 개나 차고 있는 여자였기 때문이다.

양도문(兩刀門)은 호남성에서 꽤나 유명한 도문이었다. 그리고 안희명과 비무하기 위해 올라온 양정(羊玎) 역시 양도문 내에선 이름있는 고수였다.

"하아압!"

기합성과 함께 양정의 박도가 바람을 가르며 안희명의 어깨로 내려쳐 갔다. 순간 안희명의 왼손에 들린 도가 위로 올라갔다.

땅!

가볍게 막히자 양정은 재빠르게 박도를 빼며 옆구리를 베어가려 했다. 하지만 어느새 안희명의 오른손에 들린 도가 양정의 옆구리로 날아들었다.

픽!

칼등으로 옆구리를 베자 살이 울리는 소리가 요란하게 퍼져 나왔다.

"허억!"

양정의 입이 크게 벌어지며 침이 늘어나며 바닥에 떨어져 내렸다. 순간 눈을 부릅뜨고 안희명을 바라보는 양정의 이마로 안희명의 왼손에 들린 칼등이 내려쳐 갔다.

빡!

쿵!

양정의 신형이 앞으로 꼬꾸라지자 무사들이 재빠르게 달려와 양정을 들것에 실었다. 가볍게 이긴 안희명은 쌍도를 도집에 넣으며 몸을 돌렸다. 그러자 차화서가 손을 들었다. 안희명은 차화서의 앞으로 다가가 손을 들어 마주쳤다.

짝!

"잘했어."

"이 정도야 뭐."

차화서의 칭찬에 안희명은 기쁜지 웃으며 그 옆에 섰다. 그 모습을 보던 팽소련은 고개를 끄덕였다.

"까다로운 상대겠다."

"네, 맞아요."

오미미가 본선에 진출하려면 안희명과 비무를 해야 했기 때문에 팽소련이 말한 것이다. 곧 오미미가 불렸으며 오미미는 청색의 죽봉을 들고 걸어나갔다. 팽소련은 팔짱을 끼며 시선을 옆으로 돌려 안희명을 바라보았다.

'단점을 말해 줄까나……?'

팽소련은 순간적으로 보인 안희명의 단점을 파악한 듯 눈을 빛냈다.

송백은 장화영이 이기는 모습을 보곤 곧 숙소로 향했다. 본선까지 이제 그리 눈여겨볼 상대는 없었다. 그러하기에 본선에서 만날 상대를 생각해야 했던 것이다. 그리고 장화영은 의식해야 할 상대였다. 무엇보다 전과는 판이하게 다른 기운을 보이고 있었기 때문이다.

물론 설산과 영호진도 강한 상대였다. 하지만 그들의 비무를 지금 본다고 해서 무언가를 발견할 수 있는 것은 아니었다. 때가 되면 알게 된다. 한 번 본 것과 한 번도 안 본 것은 큰 차이가 있다. 그런 것을 볼 때 가장 어려운 상대는 영호진이 아니라 장화영이었고, 다음이 설산이었다.

그때와 지금은 현격한 차이가 있다. 그들 역시 마찬가지다. 그 차이가 어느 정도인지 알고 싶다는 생각이 들었다. 그리고 무림대회는 기회였다, 한 단계 더 앞으로 나갈 수 있는.

송백은 침상에 앉아 눈을 감았다. 이원공을 수련하기 위함이다. 이제 마음의 안정이 중요했다.

*　　　*　　　*

며칠이라는 시간은 금방 지나간다. 그리고 신교에서도 역시 신교대전의 막이 오르고 있었다. 신교는 중원과는 달린 예선이나 그러한 것이 없었다. 추천인이 그만큼 실력이 되는 자만 추천해 정예만이 남게 되어 비무하는 형식을 취한 것이다.

그리고 조를 추첨하는 날 철시린은 소화와 함께 진중원(珍重院)에 오게 되었다. 진중원은 신교의 고위들이 모이는 큰 대전이었다.

대전의 중앙에 오십여 명의 젊은이들이 서성이고 있었다. 처음 보는 사람이 대다수였고 서로 모르고 있을 것이다. 그 후미에 철시린은 소화와 함께 서 있었다.

"응?"

철시린의 옆을 지나쳐 가던 이십대 후반의 청년은 고개를 돌려 철시린을 바라보곤 미소를 그렸다. 흑의에 흑발을 늘어뜨린 청년은 남자다운 강인한 기도와 부드러운 눈매를 갖춘 인물이었다. 뛰어나 보이는 청년이었다.

청년의 발이 멈추더니 철시린에게 다가왔다.

"철 소저가 아닌가? 삼 년 전 처음 보고 지금 다시 보는군."

청년이 다가와 말하자 철시린은 입을 열었다.

"오랜만이네요."

"부교주님은 건강하시고?"

"정정하세요."

철시린의 담담한 대답이었다. 다른 감정은 보이지 않는 대답에 청년은 고개를 끄덕이며 그 옆에 섰다.

"오늘 시간이 된다면 나와 산책하지 않겠나?"

청년의 급작스러운 말에 철시린은 굳은 눈동자를 보였다. 그러자 청년은 미소 지으며 앞으로 걸어나갔다. 하지만 입술은 움직이고 있었다.

"교주님을 통해 우연히 알았는데 대정신공을 익혔다고 하더군. 물론 그 약점도 잘 알지. 하지만 그 약점을 없앨 방법이 있는데… 듣고 싶다면 저녁에 내 거처에서 기다리지."

순간적으로 청년이 사람들 틈으로 들어가자 철시린의 안색이 굳어졌다. 투명한 눈동자에 섬뜩한 섬광이 지나친 것도 그때였다. 그리고 그 모습을 옆에서 지켜보는 하나의 눈동자가 있었다.

자생전(自生殿)은 신교의 안쪽에 자리한 곳으로 신교의 교주와 그의 일가들이 사는 곳이었다. 그곳으로 철시린은 발을 옮기고 있었다.

'대정신공의 약점을 없앨 수가 있다고……'

철시린은 그 말이 거짓이라 하여도 들을 가치가 있었다. 그리고 그 말을 전한 사람은 교주의 제자이자 손자이며, 칠대제자 중 첫째인 천마전주(天魔殿主) 삼천마도(三千魔刀) 장무영(張無影)이었다. 장무영은 신교의 천마전주지만 신교보다 중원에서 많이 활동했다. 그리고 신교대전으로 돌아온 것이다.

자생전의 앞으로 다가오자 몇 명의 무사들이 철시린의 발을 막았으나 그녀가 부교주의 손녀라는 사실에 길을 열었다. 그리고 한적한 길을 따라 오르자 자생전의 정문이 보였고, 그 앞에 서 있는 장무영이 보였다.

"어서 오시게."

장무영은 철시린이 나타날 것이라고 확신했다. 그리고 교주가 대정신공을 철시린에게 준 이유도 장무영과의 관계 때문이다. 교주는 장무영과 철시린의 관계를 깊게 만들고 싶었던 것이다. 그런 내면을 모르는 철시린이기에 지금의 장무영이 대정신공을 안다는 것에 크게 동요하고 있었다.

"말해 주시죠."

철시린의 말에 장무영은 고개를 저으며 미소 지었다.

"이런, 이렇게 성격이 급해서야……. 일단 산책이라도 하는 것이 어떤가? 이곳의 산책로는 참으로 좋다네."

장무영이 그렇게 말하며 뒷짐 지곤 자생전의 정문에서 옆으로 난 길을 따라 걷기 시작했다. 철시린은 그 모습에 어쩔 수 없다는 것을 알고 따라가기 시작했다.

"교의 생활은 어때? 생활하기에 불편한 점은 없고? 아니, 무공의 진전은 어떻게 되었나? 자신있는 건가?"

장무영의 말에 철시린은 묵묵히 걸었다. 대답이 없자 장무영은 고개를 저으며 짧게 숨을 내쉬었다. 얼마 동안 그렇게 말없이 길을 걸으며 침묵만이 이어졌다. 얼마나 걸었을까? 장무영의 짙은 검미가 약간 움직였다.

"즐겁게 산책을 하고 싶었는데… 이렇게 싫어해서야… 어디 내 부인이 될 수 있겠나?"

"……!"

철시린의 발이 그 말에 멈춰 섰다. 주변은 어느새 한적한 산길이었고, 인적도 없었다. 그러자 장무영은 고개를 돌리며 미소 지었다.

"싫든 좋든 어차피 우리는 부부의 연으로 맺어지게 될 터. 대정신 공의 약점은 처녀의 상실. 난 대정신공을 없애고, 철 소저의 무공을 무(無)로 돌려줄 남자."

장무영의 말에 철시린의 눈동자가 굳어졌다. 곧 철시린이 신형을 돌렸다.

"그만 가보겠어요."

순간 철시린은 발을 움직이지 못하는 자신을 발견하곤 눈을 부릅떴다.

'아차!'

순간적으로 당한 것이다. 철시린의 눈동자가 미미하게 흔들렸다. 그런 철시린의 옆으로 장무영이 다가오며 정면에 섰다.

"우리가 부부로 맺어지는 길이 대정신공의 약점을 없앨 유일한 방법이오."

"……."

철시린의 무색 투명한 눈동자를 마주한 장무영은 미소 지으며 오른손을 뻗었다. 철시린의 신형이 미미하게 떨렸다. 곧 장무영의 오른손이 철시린의 면사 안으로 들어와 볼을 만졌다.

"따뜻하오. 난 아마 처음 철 소저를 본 순간 사랑을 하게 된지도 모르겠소."

장무영의 목소리가 철시린의 귓가를 때리는 순간 철시린의 전신에 살기가 어렸다. 그러자 장무영이 걱정하는 듯 고개를 저으며 오른손으로 입술을 쓰다듬었다.

"무리하게 혈을 풀 생각은 하지 마시오. 그러다 다치니까. 난 철 소저가 피 흘리는 모습을 보기 위해 오늘 이렇게 부른 것이 아니오."

순간적으로 철시린의 신형이 경직되었다. 장무영은 면사를 살짝 위로 올리며 입술만 보이게 했다.

"오늘은 그저 입술만이라도 훔치고 싶었소. 삼 년 만에 만난 기념으로……."

장무영의 얼굴이 서서히 철시린의 눈앞으로 다가오고 있었다. 철시린의 전신은 더욱 격렬하게 떨렸으며 눈동자에는 섬광이 번뜩이고 있었다. 그리고 장무영의 숨소리가 피부로 느껴지는 순간 철시린은 눈을 감았다.

슈아악!

순간이었다. 상무영의 입술이 막 철시린의 입술에 닿으려는 순간, 강렬한 기운이 폭발하듯 장무영과 철시린의 이마 사이로 날아든 것이다.

"응?"

장무영은 고개를 뒤로 빼며 시선을 돌렸다. 그런 장무영의 눈동자에 살기가 어렸다. 방해받았기 때문이다.

"그만 하시죠, 소교주님."

숲에서 목소리가 흘러나오며 한 명의 청년이 걸어나오자 장무영은 눈을 빛내며 청년을 바라보았다. 철시린 역시 시선을 돌려 그 청년을 발견하곤 눈을 빛냈다. 노호관이었던 것이다.

"누구지?"

"아가씨의……."

노호관은 말을 하다 약간 상기된 얼굴로 변하였으나 움직이지 못하는 철시린의 모습에 굳은 얼굴로 대답했다.

"위사입니다."

순간 장무영은 놀란 듯 노호관을 바라보다 곧 미소 지으며 웃음을 보였다.

"위사라……. 하하. 정말 재미있구나. 그런데 아가씨의 위사가 왜 이제야 나타나는 것이지? 아니, 이곳은 위사라 해도 함부로 들어올 수 없는 곳일 터……."

장무영의 싸늘한 말에 노호관은 굳은 얼굴로 인상을 찌푸렸다. 사실 그게 문제이기 때문이다.

철시린을 주시하고 있다 장무영과의 밀담으로 뭔가 이상함을 눈치채고 따라왔다. 그리고 장무영과 철시린의 모습을 목격하게 되었다. 하지만 이곳은 자생전이었다. 아무리 자신이라도 함부로 들어올 수 없는 곳이었다.

"그것보다 천하의 소교주님께서 아가씨를 희롱하려던 것이 더 문제가 된다고 생각합니다. 그 사실을 교주님이나 부교주님이 아신다면 저보다 소교주님이 더 문제가 되지 않겠습니까?'

노호관의 경직된 말에 장무영은 인상을 찌푸렸다. 그 말도 맞았다. 하지만 장무영의 눈동자에 비친 살기는 여전했다. 장무영은 미소 지으며 노호관에게 한 발 다가섰다.

"그 말도 일리가 있군. 하지만 자네는 이곳에서 살아갈 수 있다고 생각하나? 자네만 죽는다면 모든 것은 없던 것이 될 거야. 그리고 철 소저도 자네의 일을 말하지 못하겠지. 이곳에서 우리는 부부가 될 터이니."

장무영의 싸늘한 말에 노호관은 도를 꺼내 들었다. 장무영은 한 번 뱉은 말은 실천하기 때문이다. 순간 차가운 목소리가 장무영의 귓가를 때렸다.

"착각도 유분수군요."

장무영은 그 목소리에 놀라 고개를 돌렸다. 그리고 철시린을 바라보았다. 당연히 움직이지는 못했다. 하지만 말로 사람을 멍하게 만들 수 있는 법이다.

"훗. 착각이라……. 아직은 그럴 때가 아닌가 보군."

장무영은 미소 지으며 철시린의 정면으로 다가섰다. 정면으로 철시린의 눈을 마주한 장무영의 눈동자는 불타고 있었다. 하지만 철시린은 차가운 눈으로 바라볼 뿐이었다.

"내가 조금 성급했던 것은 인정하지……. 사실… 나도 좋은 놈이오. 삼 년 동안 중원을 돌아다니면서 철 소저만 생각했소. 처음 만난 순간을 잊지 못해 이렇게 결례를 범하게 되었으니 용서해 주게."

장무영은 쓰게 웃으며 곧 신형을 돌렸다. 그의 시선에 노호관이 들어왔다.

"이름은?"

"노호관이라 합니다."

노호관의 대답에 장무영은 고개를 끄덕였다.

"자네……."

장무영은 걸음을 옮기려다 곧 철시린을 향해 손을 움직였다. 훈풍이 순간적으로 불었다. 순간 철시린의 육체가 움직였다. 그 모습에 노호관은 등 뒤로 식은땀을 흘려야 했다. 격공타혈법이기 때문이다.

"철 소저를 잘 지키게. 내가 차지하기 전까지."

장무영은 곧 걸어 내려갔다. 노호관은 그 말에 인상을 찌푸리며 도를 도집에 넣었다. 사실 목숨을 걸 생각도 있었다.

"고마워요."

철시린의 대답에 노호관은 허리를 숙였다.

"아닙니다."

철시린은 천천히 앞으로 걸어 내려가기 시작했다. 그 뒤를 노호관이 따랐다.

"저도 신교대전에 출전합니다."

노호관의 대답에 철시린은 이미 아는 듯 고개를 끄덕였다.

"알아요. 삼조이지요?"

그 대답에 노호관의 경직된 얼굴이 풀리며 미소가 걸렸다. 자신에게 관심을 보인다는 증거이기 때문이다.

"삼조입니다. 최선을 다할 생각입니다. 천하대회에 아가씨와 함께 가고 싶습니다."

그 말에 철시린은 신형을 돌리며 눈가에 미소를 보였다.

"최선을 다해주세요, 노 위사."

"옙!"

노호관은 깊게 허리를 숙였다. 그리고 생애 최고의 응원을 오늘 들었다.

■제7장■

의외의 고수

　본선 진출자는 칠 일 정도 지나자 어느 정도 정해졌다. 하지만 가장 치열하다고 알려진 토(土)조와 그 다음으로 치열할 것 같은 수(水)조만 이 조금 늦어지고 있었다.

　토조는 제오연무장에서 비무를 하고 있었다. 무림관은 무림맹의 무원 무사들이 단체로 수련하는 장소이기도 했기에 연무장이 많았다. 그리고 토조는 십대문파와 육대세가의 인물들이 많았기에 무림관주인 제갈사랑이 직접 관여하고 있었으며 무림맹의 무단 중 제이무단이 진행하고 있었다.

　무림맹의 무단은 위로 갈수록 고수라 불릴 만큼 제이단은 일류고수들만 모인 곳이었다. 제이무단의 단주는 무당파의 청운 도장으로 삼십대 후반의 인물이었다.

　토조는 예선부터 치열했다. 이미 거대 방파의 인물들도 탈락을 많이 했으며, 본선에 진출한 자들은 모두 일류라는 소리가 들릴 정도로 유명한 사람들만 남게 되었다. 그리고 또다시 사람들의 이목이 집중되는 비무가 있었다.

"기수령! 무당파 청수!"

그 이름만으로도 이미 사람들은 시선을 집중했으며 제갈사랑 역시 자리에서 일어섰다. 자신의 애제자인 기수령이 나왔기 때문이다. 청운 도장은 청수를 부르며 미소 지었다. 자신의 막내사제이기 때문이다. 그리고 그의 무공이 어느 정도인지 잘 알기에 미소를 그린 것이다.

청수는 걸어나오며 제갈사랑과 청운 도장에게 허리를 숙였다. 그리곤 걸어나오는 기수령을 바라보았다. 기수령은 지금까지 검을 사용했다. 하지만 오늘은 손에 단소를 들고 있었다. 그것이 청수의 눈을 자극했다.

"누가 이길 것 같나?"

공동파의 전행이 옆에 서 있는 화산파의 종무진에게 물었다. 둘은 친한 관계로 오래전부터 형제처럼 지내고 있었다. 그리고 둘은 살아남았다.

"글쎄… 청수 도장의 실력이 오리무중이라…… 예상하기 힘든데……."

종무진이 고개를 저으며 말하자 전행은 미소 지으며 말했다.

"청수 도장은 어제 소림의 명우 스님을 이겼네. 명우 스님이 어디 보통 고수인가? 그가 이길 것이야."

전행의 확신에 찬 어조에 종무진은 고개를 저었다.

"하지만 기 소저도 자신의 본신무공을 보인 적이 없지 않나? 어제 기 소저는 모용세가의 모용혁을 이기지 않았나? 모용혁은 그리 만만한 인물이 아니네."

종무진의 말에 전행은 그도 그렇기에 고개를 끄덕였다.

"언니가 이겨요."

종무진과 전행은 갑자기 뒤에서 들리는 목소리에 고개를 돌렸다. 예쁘장한 얼굴의 허난영이 인상을 찌푸리며 노려보자 어색하게 웃음을 보였다.

"하하. 이거 허 소저가 아니오."

"반갑소, 허 소저."

"언니가 이겨요."

허난영은 다른 말은 안 하고 양손을 허리에 얹고는 인상을 찌푸렸다. 그 말에 종무진과 전행은 고개를 끄덕이며 동조했다.

"당연한 것이 아니오? 천하의 기 소저가 누구요? 강호사현의 공동 전인이 아니오? 분명히 기 소저가 이길 것이오. 안 그렇소, 종형?"

"물론이오. 기 소저는 인품과 미모. 거기다 무공까지 모두 갖춘 천하의 재녀이오. 그러니 분명히 이길 것이오."

"흥!"

둘의 말에 허난영은 팔짱을 끼며 둘 사이를 빠져나와 앞으로 다가섰다. 가까이 다가가 보기 위함이다.

"여자에게 약한 것은 어떻게 두 분이 똑같네요."

허난영의 뒤로 아미파의 곡비림이 지나갔다. 곡비림은 강혜금의 사매로 이십대 초반이었으며 귀여운 얼굴의 여자였다.

"흠……."

곡비림의 눈이 싸늘하게 종무진에게 향했다. 종무진은 어색한 듯 다른 곳을 바라보았다. 곧 곡비림이 허난영의 옆으로 다가섰다. 그녀들의 뒷모습을 바라보며 종무진과 전행은 고개를 저었다.

기수령과 청수는 서로를 바라보며 한참 동안 서 있었다. 섣불리 움직일 수 없었기 때문이다. 조금이라도 움직이면 무언가에 걸릴 것 같은 기분이었다. 청수는 반쯤 감은 눈으로 서 있었으나 손은 언제든지 등 뒤에 걸린 검을 뽑을 것처럼 긴장된 상태였다.

'기 소저는 분명히 강호사현 공동의 전인이다. 하지만 실제 무공을 제대로 익힌 것은 담 노선배의 무공.'

청수는 자신이 아는 한도 내에서 생각했다. 그리고 기수령의 손에 들린 소(簫)를 의식했다.

기수령은 소를 든 손을 늘어뜨린 채 청수를 바라보며 생각에 잠겼다.

'고요하구나……'

기수령은 청수의 기운이 고요하다 못해 잠길 것 같은 부드러운 훈풍 같다는 생각이 들었다. 그것이 기수령을 망설이게 하는 요소였다. 빈틈이 없는 것 같으면서도 허점투성이인 그의 모습은 벌집 같았다.

'음공을 펼칠 수는 없어. 전 일초만 펼친다 해도 주변의 피해는 상당할 것이다. 하지만 안 할 수도… 결국 이것뿐인가……'

기수령은 망설이며 소를 잡은 손에 힘을 주었다.

슥!

기수령의 발끝이 살짝 앞으로 나아갔다. 땅을 미끄러지듯 밀어내는 발로 인해 자세가 약간 낮아졌다. 손에 든 소가 앞을 향하자 지금까지와는 다른 강력한 기운이 기수령의 전신으로 퍼져 나갔다.

반쯤 감은 눈으로 기수령을 바라보다 청수의 눈이 떠지면서 눈동자에서 섬광이 피어났다.

팟!

순간 기수령의 발이 땅을 차 순식간에 일 장의 거리가 좁혀지며 소가 찔러갔다. 청수는 알고 있다는 듯 미끄러지듯 옆으로 피하며 검날을 들었다.

땅!

소와 검이 부딪치자 금속음이 울렸다. 순간 기수령의 소가 회전하며 옆구리를 쳐갔다.

휘아아악!

소에서 생긴 구멍을 통해 바람 소리가 강하게 찢어지듯 울렸다. 순간 청수의 인상이 굳어졌다. 귀를 자극하기 때문이다.

땅!

검이 재빠르게 옆으로 쳐가며 소를 튕겨내자 기수령의 상체가 비게 되었다. 그곳으로 청수는 가볍게 왼손을 들어 밀어냈다. 무당파의 절기인 심혼장(心魂掌)이었다. 왼팔에서 회오리치는 기운이 눈에 보일 만큼 강렬했다. 그것이 눈앞으로 날아들자 놀란 기수령이 소를 들어 상체를 막았다.

쾅!

"……!"

양팔을 교차하며 막았지만 기수령의 신형은 위로 떠오르며 뒤로 밀려났다. 양팔에서 느껴지는 찌릿한 통증이 전신을 긁고 있었다.

청수는 보기와는 달리 냉정한 인물이다. 그는 기수령이 밀려나자 그 틈을 파고들어 검을 찔러갔다.

무림관에 들어와 처음으로 반한 여자가 기수령이다. 그녀의 미소와 목소리를 들을 때면 언제나 어머니의 품에 안긴 듯한 그리움과 따사로움을 느꼈다. 그런 기수령이 오늘의 상대였다.

처음에는 어떻게 해야 할지 망설였다. 얼마 동안 고민한 끝에 최선을 다하자로 결정지었다. 그리고 기수령이 상대라 하더라도 검을 멈추지 않을 생각이었다.

쉐에엑!

바람을 날카롭게 잘라 가는 소성이 기수령의 귓가에 울렸다. 놀란 기수령의 눈동자가 부릅떠졌다. 소리만 듣고도 그 검에 실린 경기가 어느 정도인지 알 것 같았기 때문이다.

기수령의 표정이 싸늘하게 굳어지며 발이 '파팟!' 거리는 소리와 함께 번개처럼 뒤로 몸을 날렸다. 몸을 날리는 순간 기수령의 손에 들린 단소가 입가에 닿았다. 단소의 모든 구멍을 막고 있던 손가락 중 가장 후미의 세끼손가락만이 아주 미세하게 열려 있었다.

삑!

"큭!"

아주 짧게 울린 날카로운 소리가 청수의 고막을 파고들어 왔다. 순간 앞으로 뻗어나가던 청수의 신형이 비틀거리며 주춤거렸다. 일그러진 인상 속에 바람 소리가 잡혔다.

쉬아악!

그 틈을 놓치지 않고 기수령의 단소가 빠르게 회전하며 청수의 이마를 노리고 날아들었다.

"크… 으으… 윽!"

청수의 입에서 신음성이 흘러나오며 신형을 움직이기 위해 온몸에 힘을 주는 것처럼 보였다. 그뿐만이 아니라 가까이에 서서 구경하던 사람들도 귀를 막으며 오 장 이상이나 물러선 상태였다. 직격으로 받은 청수의 피해는 심각했다.

'이것이 담오의 절명곡(絶命曲)이란 말인가…….'

청수는 인상을 찌푸리며 오른손을 들어 올렸다. 순간 강렬한 기운이 회오리치며 검을 타고 흘러가기 시작했다. 그것을 본 기수령의 안색이 순간적으로 굳어졌다.

'검기!'

기수령은 신형을 세우며 몸을 낮추었다. 순간 바람 소리와 함께 청수의 검날이 기수령의 신형 위로 스치듯 지나쳤다. 기수령은 놀란 가슴을 진정시키며 청수의 복부를 향해 단소를 뻗었다. 상체를 숙이며 빠르게 행동한 것이다. 그 결단에 청수는 곧 신형을 한 번 회전하며 뒤로 물러섰고, 그 사이의 공간 속으로 오른손을 뻗어 검날을 흔들었다.

사사삭!

검날이 흔들리며 생긴 그림자가 복부를 가격하려던 기수령의 단소를 막았다.

따당!

기수령은 처음과는 달리 힘이 덜 실린 것 같은 느낌에 눈을 빛내며 단소로 원을 그리듯 검을 쳐내었다. 그 사이로 단소의 끝이 청수의 가슴을 파고들었다.

팍!

청수의 가슴에 닿는 순간 기수령은 허공을 쳤다는 사실을 알고 눈을 빛냈다.

탁!

어느새 물러선 청수가 이 장 가까이 거리를 두고 땅에 내려섰다. 한

순간에 뒤로 몸을 피한 것이다. 청수의 안색은 처음처럼 고요하게 가라앉아 있었다.

"소저의 무공은 가히 절륜하구려."

청수는 입가에 흐른 핏자국을 소매로 훔치며 중얼거렸다. 기수령은 내상을 입었다는 사실에 굳은 표정으로 손 안에 든 단소를 가볍게 손가락으로 돌렸다.

"도사의 무공도 상상 이상이에요."

"휴우……."

그 말에 청수는 깊게 숨을 내쉬며 시선을 들어 기수령을 바라보았다. 순간 기수령의 눈동자를 파고드는 강렬한 신광이 폭사되었다.

"……!"

기수령은 놀란 듯 몸이 굳어졌다.

"합!"

그 순간 청수의 검이 강렬한 회오리를 만드며 일곱 방위를 찍어 누르듯 검기를 뿌렸다. 그 모습에 기수령은 순간적으로 당황했다. 갑작스럽게 허를 찔렸기 때문이다.

"칠성검(七星劍)!"

기수령은 놀라 외치며 몸을 공중으로 날렸다. 그곳밖에 피할 곳이 없었기 때문이다.

파파팍!

기수령이 있던 자리에 검의 그림자가 공간을 찔렀다. 순간 청수가 고개를 들었다. 몸을 날리려던 청수는 기수령의 단소가 입에 물려 있다는 사실에 놀라 눈을 부릅뜨며 주변의 공기를 차단하려는 듯 부동자세를 취했다. 순간 기수령의 입에 힘이 들어갔다.

팡!

"엇!"

모두 앞으로 들릴 소리에 대비해 양손으로 귀를 막고 있었다. 하지만 기수령의 단소에서 나온 것은 소리가 아니라 손가락 같은 유형의 경기였다.

쐐아악!

마치 빗줄기 같은 소리를 발산하며 번개처럼 청수의 머리 위로 작은 원형의 물체가 떨어져 내렸다. 놀란 청수는 소리에 대비하려던 모든 기운을 검에 집중했다. 피하기에는 이미 늦은 것이다.

쾅!

강렬한 폭음과 먼지가 사방으로 퍼져 나가며 한순간 시야를 가렸다.

'소공탄(小功彈)……'

그 모습을 보던 제갈사랑은 고개를 끄덕이며 소공탄을 생각했다. 하지만 제갈사랑은 이미 승패를 알 수 있었다.

'소공탄을 안 쓰고 음공을 썼다면 네 승리였을 것이다.'

제갈사랑은 소공탄의 위력과 거기에 대한 내공과 체력의 소모에 대해 어느 정도 알고 있었기 때문이다. 그런 제갈사랑이 바라보는 먼지 구름 속에서 한줄기 백색 검기가 하늘로 솟구치는 모습이 보였다. 한순간에 먼지구름은 반으로 잘렸으며 회오리치듯 청수의 주변으로 퍼져 나갔다. 그 순간 청수의 신형이 먼지구름과 함께 기수령의 전면으로 날아들었다.

팟!

기수령의 이마는 땀으로 젖어 있었고, 호흡도 고르지 못하였다.

'심장이…… 아프다……'

기수령은 손으로 가슴을 만지며 인상을 찌푸리고 있었다. 결국 음공은 포기해야 했다.

쉬아악!

눈앞에 날아드는 청수의 검날이 시야를 가득 메웠으나 움직이기는 힘들었다. 청수의 도복은 이미 상의가 모두 날아간 상태였다. 그 위력이 어느 정도인지 청수의 안면은 어디에서 흘러나오는지 모를 피로 물들어 있었다. 양 어깨 역시 살이 터진 듯 피가 뒤로 날렸다.

"견디었군……."

비틀거리던 기수령의 시야에 검날 뒤로 무심히 바라보는 청수의 얼굴이 보였다. 순간 청수의 검이 기수령의 미간을 찔러갔다.

"앗!"

놀란 사람들의 외침이 터지는 순간 청수의 검이 사라지며 기수령이 비틀거리듯 앞으로 쓰러졌다. 그리고 빠르게 앞으로 뻗어 나오는 손그림자.

쉭!

털썩!

청수의 왼손이 어느 순간 앞으로 나갔는지 쓰러지는 기수령의 허리를 잡았다. 결국 정신을 잃은 것이다.

청수는 담오의 음공을 절명곡이라 불렀다. 대다수의 강호인들은 그리 불렀다. 왜냐하면 담오는 그 곡 하나로 백여 명을 죽인 적이 있기 때문이다. 그 이후 담오는 그 곡을 다시는 안 불렀으며 단소로 이루어진 무공을 연구했고, 단소팔법(短簫八法)과 소공탄(小功彈)을 만들게 되었다.

단소팔법과 소공탄을 만들자 담오는 음공이 아닌 단소로 사람들을 상대했으며, 소공탄을 발사해 제압했다. 그의 소공탄은 그만의 독자적인 무공으로, 기수령은 입으로 진기를 불어넣었지만 담오는 손가락으로 단소의 구멍에 살짝 튕겨 넣어 지공을 발사하는 것처럼 발사했다.

내공의 소모도 심했고, 그 순간의 집중 역시 대단했다. 기수령에게 전수해 주었으나 기수령이 아직까지 제대로 익히지 못한 비기인 것이다. 거기다 소공탄에 대한 이해가 부족한 상태였기에 기혈이 엉켜 기수령은 쓰러지고 말았다.

침상에 누워 있는 기수령의 상체는 벗겨져 있었으며 이십여 개의 침이 상체를 가득 매우며 박혀 있었다. 그 앞으로 한 명의 여인이 이마에 흐르는 땀을 닦아내며 숨을 크게 내쉬었다.

"휴……."

"어떤가요?"

허난영은 자신과 또래로 보이는 여자가 의원으로 있다는 것에 놀랐으나 지금은 그녀에게 기대하고 있을 수밖에 없었다. 그녀는 중원에서 가장 유명한 성수장의 소장주였기 때문이다.

"좋아요. 크게 무리는 없을 테니 걱정하지 마시고, 방 안에 아무도 못 들어오게 해주세요."

조서서의 말에 허난영은 재빠르게 고개를 끄덕이며 밖으로 나갔다. 방 안으로 사람의 접근을 막기 위함이다. 혹시라도 남자들이 불쑥 문을 열고 들어오면 낭패이기 때문이다.

일다경 정도의 시간이 지나자 문 여는 소리와 함께 조서서가 밖으로 나왔다. 허난영은 부상당한 사람들과 탕약 냄새에 마음을 진정시키며 청수를 떠올리고 있었다.

'내가 복수해 주겠어.'

허난영은 주먹을 쥐고 복수에 대한 생각에 빠져 있어 조서서가 나온 것도 모르고 있었다.

"이제 들어가 보셔도 되어요."

"아? 예, 고마워요."

"당연한 일인데요."

조서서가 미소 지으며 말하자 허난영은 웃으며 안으로 들어갔다.

조서서는 걸음을 옮기며 땀을 훔치고 있었다.

"언니."

"아! 아명이구나."

조서서는 다가오는 아명을 발견하곤 숨을 크게 내쉬었다.

"많이 힘든가요?"

"환자가 하루에 열 명 이상씩 나타나니 힘들지……. 그것보다 팔이 잘린 환자는 어땠어? 정신이 들었어?"

"예. 하지만……."

아명은 참담하고 고통스러워하던 사람들의 표정과 모습에 힘이 빠져 있었다. 마치 자신의 팔이 잘린 것 같은 느낌을 받은 것이다. 그런 감정을 알기에 조서서는 아명의 어깨를 두드려 주었다.

"일단 밥이라도 먹자."

"예."

아명은 초일을 모시면서 신분 또한 종에서 탈피했다. 초일이 무공을 전수해 주는 순간부터 조서서의 위사 겸 동생 겸 친한 친구로 바뀐 것이다. 그들은 어느새 언니, 동생하며 지내게 되었다. 그리고 무림대회로 인해 성수장에서 이곳까지 함께 오게 된 것이다.

지나가는 다른 의원들이 조서서를 발견하고는 고개를 숙이며 인사했다. 이곳의 총 책임자가 성수장주였으며, 그 대리로 조서서가 와 있었기 때문이다. 그녀가 지금은 성수원주를 하고 있는 것이다.

따다다닥!

쌍도의 갈등과 청색의 죽장이 수십 개의 그림자를 만들며 부딪쳐 갔다. 그 속에 안희명과 오미미의 신형도 빠르게 원을 그리며 서로의 빈틈을 노리고 있었다.

'안희명이라 했던가……?'

구경하던 팽소련은 팔짱을 끼며 안희명의 움직임을 관찰하고 있었다. 곧 안희명의 신형이 멈춰지며 쌍도가 좌우로 크게 벌려졌다. 그 순간 오미미의 죽봉이 명치를 향해 뻗어나갔다.

'저건 함정이잖아, 바보야!'

팽소련은 그 모습에 인상을 찌푸렸다. 그녀의 생각처럼 안희명의 쌍도가 교차되며 봉을 위로 쳐 올렸다.

"합!"

안희명의 입에서 기합성이 터져 나오며 왼손에 들린 도가 오미미의 복부로 찔러갔다. 오미미는 그 빠른 움직임에 놀라 봉을 뒤로 빼며 몸을 뒤로 반 바퀴 돌리더니 재차 앞으로 뻗어 나오며 봉을 찔러갔다. 두 번의 찌르기와 회전력이 담긴 봉에서 강렬한 경기가 뻗어나왔다.

구타방망(毆打房望)의 초식이었다.

찔러가던 안희명은 자신이 찌르는 속도보다 더욱 빠르게 봉이 눈앞에 날아들자 왼손의 도를 위로 치켜올렸다. 순간 허공을 치는 듯한 느낌에 눈을 부릅떴다. 그 사이로 다른 하나의 봉끝이 미간을 덮쳐 왔다. 허와 실이 교차되어 나타난 것이다.

빡!

"……."

강렬한 소리가 울리며 오미미의 손이 앞으로 뻗어 있었다. 그녀의 시선은 쌍도가 교차되어 봉끝을 막고 있는 곳이 아닌 그 너머에 존재하는 안희명의 싸늘한 눈초리를 향해 있었다. 안희명은 이마의 바로 앞에서 막을 수 있었다. 그만큼 빠른 공격이었다.

순간 오미미의 손이 돌아가며 봉끝이 회전하기 시작했다. 그 순간 오미미의 신형이 앞으로 나오며 봉으로 안희명을 밀기 시작했다.

"큭!"

상체의 중심이 약간 뒤로 가 있던 안희명은 그 힘을 이기지 못하고 뒤로 밀리기 시작했다.

츠츠츠!

뒤로 밀리는 안희명의 발에서 먼지가 피어났다.

오미미는 안희명을 밀며 순간 봉을 앞으로 치듯 짧게 강타했다.

쾅!

폭음 소리가 울리며 안희명의 신형이 그 힘을 이기지 못하고 뒤로 물러섰으며 양손은 허공으로 올라갔다. 양 눈은 감겨 있을 수밖에 없었다. 충격이 그 공간을 타고 안면에 전해진 것이다. 그 순간 오미미는 쾌재를 부르며 봉을 뒤로하고 허공으로 뛰어올랐다.

"아잣!"

횡!

기운찬 외침과 강렬한 바람, 그리고 힘있는 봉이 안희명의 머리로 내려쳐 왔다. 끝장을 보려는 생각이었다. 안희명은 무의식 중에 옆으로 몸을 틀었다. 순간 죽봉이 안희명의 옆을 내려쳤다.

쾅!

연무장의 바닥에 깔린 청석이 깨지며 사방으로 비산했다. 순간 오미미가 양손으로 봉을 들며 안희명의 복부로 봉을 틀어 휘둘렀다.

윙!

순간 안희명의 왼손에 들린 도가 위로 쳐가며 오른손에 들린 도는 아래를 쳐갔다. 위아래로 봉을 쳐간 것이다.

퍼퍽!

오미미의 안색이 굳어졌다. 위아래로 막은 검날에 봉이 걸린 것이다. 마치 거대한 가위로 잡은 것 같은 모습이었다. 오미미는 봉을 빼기 위해 양손을 흔들었다. 그 힘이 대단하여 안희명의 발이 들렸다. 놀란 안희명의 표정을 본 순간 오미미의 봉이 위로 떠올랐다. 안희명 역시 위로 뜨자 구경하던 사람들도 놀란 듯 눈을 크게 떴다.

"얍!"

오미미는 짧게 외치며 봉을 허공에 밀었다. 그 순간 안희명의 신형이 뒤로 밀려났다. 오미미는 재빠르게 안희명을 향해 달려들었다. 하지만 안희명도 가만히 있지 않은 듯 쌍도를 교차하며 오미미의 좌측 틈으로 날아들었다. 그 빠르기가 전보다 더하자 놀란 오미미는 제자리에 멈춰 서며 봉을 등 뒤로 회전하듯 돌려 등 뒤에서 앞으로 찔러 넣었다. 봉의 위치를 바꾼 것이다.

안희명은 오른손의 도로 봉끝을 친 후 몸을 회전하듯 봉 옆으로 미끄러졌다. 왼손의 도가 그 사이로 오미미의 다리를 잘라 갔다. 오미미의 봉이 재빠르게 밑으로 떨어지며 도를 막자 '딱!' 거리는 소리가

울렸다. 안희명은 드디어 근접에 들었다는 생각을 가지고 오른손을
들어 오미미의 목젖을 찔러갔다. 순간 오미미의 봉이 회전하며 도를
쳤다.

도가 밀려나자 '쉭!' 거리는 바람 소리가 울리며 왼손의 도가 허벅지
를 가격했다. '퍽!' 거리는 소리가 울리는 순간, 비명과 함께 오미미의
신형이 한쪽 무릎을 꿇었다. 순간 오른손의 도가 오미미의 목 옆에 놓
였다. 도날이 아닌 도의 등이었지만 그것으로 명확해졌다.

"허억! 허억!"

"하아……! 하아……!"

거친 숨소리를 울리는 안희명의 전신은 땀으로 젖어 있었으며 오미
미 역시 숨을 몰아쉬고 있었다. 둘 다 지친 듯 땀에 젖은 머리카락이
얼굴에 붙어 있었다. 승부는 결정난 듯 오미미의 표정은 어두웠다. 그
리고 안희명의 승리를 확인하는 목소리가 울리자 오미미는 승복한 듯
안희명을 바라보았다.

"잘하시네요."

오미미는 옅은 미소를 보이며 일어섰다. 그러자 안희명은 숨을 크게
몰아쉬었다.

"휴우… 힘들었어요."

"다음에 다시 부탁드릴게요."

오미미는 포권하며 신형을 돌렸다. 하지만 안희명은 오미미의 모습
에 멍하니 바라봐야 했다.

'눈물…….'

"아까웠어."

팽소련은 옆으로 다가온 오미미의 어깨를 두드렸다. 오미미는 고개를 숙이고 있었다. 곧 오미미가 팽소련을 지나 숙소로 빠르게 걸어나 갔다. 팽소련은 따라갈 생각을 하지 않았다. 이럴 때는 그저 혼자 두는 것이 좋기 때문이다.

이겼지만 그리 기쁘지가 않았다. 왜 그런 것일까? 백중지세여서? 아 니면 오미미의 여린 눈물을 보아서 그런 것일까?

"왜 그래? 이겼잖아."

차화서가 돌아오는 안희명을 바라보며 말하자 안희명은 애써 웃어 보이려 했다. 하지만 오미미의 그런 얼굴을 본 후라 차마 기쁘게 웃을 수는 없을 것 같았다.

"어차피 패하게 되면 다 그래. 나도 그럴 테니까. 억울하고 열받지. 그렇게 연습했는데 떨어진다고 생각해 봐? 당연한 것 아닐까?"

차화서는 안희명이 왜 그런지 알기에 조용히 말했다. 자신 역시 수 없이 겪어본 감정이기 때문이다. 얼마나 많은 비무를 했었고, 패배의 아픔을 가지고 있었던가? 그러하기에 패배를 당한다 하여도 차화서는 그 패배를 받아들일 자신이 있었다.

"결국 이겼으면 된 거야. 어차피 우리가 우승할 확률은 거의 희박해. 안 그래? 그냥 최선을 다해보자고, 과연 우리가 어디까지 갈 수 있는 지."

차화서는 그렇게 말하며 창을 들곤 앞으로 걸어나갔다.

"아……."

차화서의 비무가 시작된 것이다. 안희명은 곧 차화서를 향해 손을 들어 보였다.

"잘해!"

차화서는 한쪽 눈을 찡긋거리며 엄지손가락을 들어 보였다.

'이기면 되는 거야. 이기면······.'

안희명은 애써 미소 짓기 위해 노력했다.

송백은 이미 본선 진출을 확정한 상태이기에 여유가 있었다. 본선은 앞으로 일주일 뒤에 무림맹 대연무장에서 펼쳐진다. 그곳은 비무대를 만들기 위한 막바지 공사가 한창 진행 중이었다.

능조운 역시 본선을 통과했기에 기분 좋은 얼굴을 하고 있었다. 가장 널널하다는 목조에 걸린 것이 능조운에게는 행운이었다. 이렇다 할 강자가 없는 목조이기에 손쉽게 본선까지 오른 것이다. 하지만 본선부터는 그리 녹록하지 못할 것 같았다. 남궁세가의 자매와 태산파, 소림, 그리고 천하제일 사파라는 태정방의 인물이 한 명 있기 때문이다. 그 외에는 크게 신경 쓸 인물이 없는 듯 보였다.

"목조는 어떤가?"

"글쎄··· 크게 신경 쓸 인물이 없는 것 같은데······. 잘하면 천하대회에 나가는 게 아닐까?"

능조운의 자신에 찬 목소리에 송백은 고개를 끄덕였다.

"목조라고 해서 쉬운 조는 아니에요."

순간 목소리가 울리며 어느새 방지호가 들어와 있었다.

"놀라라······. 언제 온 거야?"

능조운이 고개를 돌리며 말하자 방지호는 의자에 앉으며 약간 피곤한 안색으로 입을 열었다.

"잠시 여기저기 돌아다녔을 뿐이에요."

방지호는 그저 돌아다녔다고 했지만 무림맹의 지도를 그리기 위해 분주히 움직였다. 하지만 아직 삼분의 일도 못 그리고 있었다. 그만큼 그 크기가 방대했기 때문이다. 거기다 아무리 방지호가 뛰어난 은신술로 움직인다 하여도 무림맹은 그리 쉽게 돌아다닐 곳이 못 되었다.

방지호는 더운 듯 손으로 얼굴을 부채질하며 늘어져 있었다.

"목조가 그래도 가장 쉬운 조라고 다들 말하지 않았나?"

능조운의 말에 방지호는 고개를 끄덕였다.

"물론이에요. 하지만 어디선가 본 듯한 인물이 목조에 섞여 있었어요. 그가 누구인지 기억이 잘 안 나는데…… 아무튼 조심하는 게 좋아요."

방지호는 어디선가 본 듯한 청년을 생각했다. 이십대 후반 정도로 보이는 청년은 꽤나 사이한 눈동자를 하고 있었다. 머리 속을 뒤집으며 찾으려 했지만 떠오르지 않았다.

"참, 토조에서 기 소저가 다쳤다네요. 물론 떨어졌구요."

방지호가 생각난 듯 말하자 송백은 의외인 듯 약간 놀라는 표정을 지었다. 자신이 볼 때 기수령은 충분히 본선에 진출하고도 남을 사람이었기 때문이다.

"상대는?"

"무당파 청수 도장."

방지호의 대답에 송백은 멀리서 봤던 청수의 모습을 떠올렸다.

성수원은 무림관과 무림맹의 사이에 존재했다. 무림관의 남문을 나와 내려가면 성수원이 나오고, 그곳을 지나면 무림맹의 시문이 존재한다.

송백은 그곳을 걷고 있었다. 기수령이 쓰러졌다면 상태를 봐주는 것도 예의라 여겼다. 그녀는 자신에게 많은 편의를 봐주었다. 그러니 한 번쯤 얼굴을 보일 필요가 있다고 생각했다.

성수원으로 들어서자 짙은 탕약 냄새가 코를 자극했다. 굉장히 그리운 향기 같다는 생각이 들었다. 그러고 보니 성수장과 성수원은 이름이 비슷하다는 생각이 들었다.

무림대회 때문에 환자들의 수는 굉장히 많았다. 부상자들은 모두 이곳으로 오기 때문이다. 송백은 성수원 안에 들어와 주변을 둘러보았다. 막상 오니 어디로 가야 할지 몰랐기 때문이다. 그런 송백의 눈에 낯익은 사람의 얼굴이 보였다. 허난영이었다.

"오랜만이군."

송백이 다가오자 탕을 들고 가던 허난영은 놀라 걸음을 멈추었다. 허난영은 몇 번 만난 적이 있지만 대화를 한 적은 거의 없기에 서먹한 상대라 여겼다. 사실 빼어난 미남이라면 말을 붙였을 것이다. 그러니 나오는 말도 그리 달갑지는 않았다.

"무슨 일로……?"

허난영이 눈을 가늘게 뜨며 바라보자 송백은 담담히 말했다.

"기 소저를 보고 싶은데……?"

송백의 말에 허난영은 신형을 틀며 빠르게 앞으로 나갔다.

"따라오세요."

허난영은 도대체 이 사람이 왜 기수령과 어울리는지 의문이 들었다. 그리고 기수령 역시 송백을 대하는 모습이 심상치 않았다.

'그리 잘나 보이지는 않는데……?'

허난영은 그렇게 생각하며 몇 개의 문을 지나 기수령이 누워 있는 별채로 들어왔다. 기수령의 신분상 별채에 머물게 된 것이다.

"별일이군."

문밖에 서 있던 장지명과 설산은 허난영을 발견하곤 미소를 그리다 그 뒤에 따라오는 송백을 보자 인상을 찌푸렸다. 장지명이야 군은 얼굴이었지만 설산은 노골적으로 경계했다.

"당신도 문병 왔나?"

설산의 목소리에 송백은 고개를 끄덕였다. 설산은 그 태도에 주먹을 부르르 떨었다. 대답도 없이 고개만 끄덕였기 때문이다. 사실 송백의 모든 게 다 싫었다. 그러니 그 모습도 거만하게 보인 것이다.

설산이 몸을 떨 때 그 뒤로 문이 열리며 두 명의 남자가 모습을 보였다.

"그럼 다음에… 쾌유를 빌겠소."

남궁현은 포권하며 문을 나섰다. 그런 남궁현은 신형을 돌리다 송백을 발견하고는 눈을 빛냈다. 그 옆에는 당익이 서 있었다.

남궁현은 순간적으로 두 눈에 살기를 담았다. 송백은 그 살기를 느꼈지만 모르는 척 남궁현을 바라보았다.

"흠……."

남궁현은 인상을 찌푸리며 송백을 노려보다 곧 앞으로 걸어나갔다. 그 기이한 분위기에 당익은 의문의 눈으로 송백과 남궁현을 바라보았다. 장지명과 설산도 기이하게 흘러가는 살기의 기운에 군은 표정으로 송백과 남궁현을 바라보았다.

"본선에 올라왔다고 하더군."

남궁현은 송백을 스치며 낮은 음성으로 속삭였다. 송백은 처음 대하는 사람이었고, 처음 듣는 말이 인사가 아닌 차가운 말이었다.

"내가 화조였다면 그리 쉽게 올라가지 못했을 것이야. 한번 겨루고 싶군."

남궁현은 싸늘하게 속삭이며 송백을 뒤로한 채 앞으로 걸어나갔다. 그 뒤로 당익이 따라가다 뒤돌아 송백을 보았다. 송백은 그저 서 있을 뿐이었다. 당익의 눈에 송백의 뒷모습만 보였다.

남궁현과 당익이 나가자 설산은 웃으며 팔짱을 끼었다.

"적이 많구만, 송형. 이거 본선에 올라가 싸우기도 전에 암살당하는 것은 아니오?"

농담처럼 설산이 말하자 송백은 흐릿한 미소를 그렸다.

"과연 누가 날 죽인단 말이지?"

"윽!"

송백은 낮게 중얼거리며 앞으로 걸었다. 설산은 인상을 찌푸리며 송백을 노려보았다. 설산의 전신이 미미하게 떨리고 있었다. 그러자 장지명이 다가와 설산의 어깨를 잡았다. 장지명은 눈을 빛내며 안으로 들어서려던 송백에게 말했다.

"그때는 솔직히 나의 패배일지도 모르오. 하지만 지금은 그리 쉽게 내 검을 받지 못할 것이오."

송백은 신형을 멈추며 문 앞에 서 있는 허난영을 바라보다 곧 고개를 돌려 장지명과 설산을 향해 싸늘한 미소를 보냈다.

"언제든지 덤비게. 난 항상 준비되어 있으니."

미소와 말이 떨어지며 보이는 강렬한 투기가 장지명과 설산의 전신을 압박했다. 그 차가움에 설산과 장지명은 강한 기운을 뿌리며 맞섰다. 곧 송백은 허난영의 놀라는 시선을 넘어 안으로 들어갔다.

"저 사람 강한가요?"

허난영이 장지명의 말과 설산의 이상한 반응에 궁금한 듯 물어오자 장지명은 고개를 끄덕였다.

"강하지요, 매우. 우리 둘이 덤벼서 겨우 동수를 이루었으니."

"그런 걸 왜 말해. 창피하게."

장지명이 말하자 설산이 크게 말하며 인상을 찌푸렸다.

"호오, 대단하네요. 설마 두 분이 연수해도 동수를 이룰 젊은 고수가 있다니……."

허난영은 매우 놀라고 있었다. 그리고 왜 기수령이 송백에게 살갑게 대하는지 그제야 알 것 같았다. 고수이기 때문이다. 무림의 여자라면 누구나 고수를 동경한다, 거기다 저렇게 젊다면… 두말하면 잔소리다. 허난영은 그렇게 생각했다.

'의외로 언니는 고수를 좋아하네…….'

"놀랐네요……."

기수령은 침상에 기대앉아 있었다. 안색은 그리 밝아 보이지 않았다.

"생각 밖인가?"

송백이 다가와 의자에 앉았다. 그러자 기수령은 옅은 미소를 보였다.

"예. 하지만… 반갑네요. 그리고 기뻐요."

송백은 그 말에 고개를 들어 바라보았다. 그러자 기수령은 애써 밝게 미소 지었다.

"절 걱정하신 걸 알았으니까요."

기수령의 말에 송백은 저도 모르게 고개를 돌렸다. 이상하게 가슴이 뛰는 기분이 든 것이다. 그리고 그것을 확인하고 싶었다. 왜 기수령이 자신에게 여자로 보이는 것일까? 송백은 곧 무심한 얼굴로 기수령을 바라보았다. 하지만 기수령은 그런 송백을 따뜻한 미소로 보고 있었다. 송백은 시선을 한순간 어디에 두어야 할지 망설였다.

"기 소저가 나를 통해 형의 그림자를 봤다면… 난 기 소저를 통해 누구의 그림자를 봤다고 생각하나?"

"예?"

의외의 말에 기수령이 송백을 바라보자 송백은 자리에서 일어나 기수령에게 다가갔다. 그 모습에 기수령은 놀라 송백을 올려다보았다.

"저… 송 소협……."

기수령이 약간 놀란 듯 당황하며 송백을 바라보자 송백은 기수령을 안았다. 순간 기수령의 눈동자가 부릅떠지며 커졌다. 막 뿌리치기 위해 손을 들려던 순간 송백의 입이 열렸다.

"사랑했던 사람… 아니, 사랑하는 사람……."

기수령은 그 말에 자신도 모르게 몸을 움찔거렸다. 온몸이 굳어진 것처럼 힘이 빠지며 저도 모르게 심장이 터질 듯 크게 울렸다. 기수령은 왜 자신이 이렇게 목석이 되었는지, 아니, 머리는 맑은데 육체에 힘이 들어가지 않는 이유를 알고 싶었다. 그리고 느껴지는 남자의 따뜻함.

"러……."

송백의 입에서 흘러나온 짤막한 말에 기수령은 순간적으로 정신을 차렸다. 급박하게 뛰던 심장도 점차 정상을 찾아갔으며 목석처럼 굳어 있던 손에도 조금씩 힘이 들어갔다. 하지만 기수령은 송백의 품에 얼굴을 묻었다.

"그 사람… 죽었군요."

기수령의 입이 열리며 흘러나온 속삭임 같은 조용한 말에 송백은 저도 모르게 미미하게 떨었다. 곧 송백은 기수령을 품에서 놓아주며 신형을 돌렸다. 기수령은 큰 눈으로 송백의 뒷모습을 바라보았다.

"죽은 사람은… 돌아오지 않아요."

기수령의 말이 송백의 폐부에 박혀 들어왔다. 물론 잘 알고 있는 사실이었다. 그리고 누구보다 먼저 인정해야 했다. 하지만 마음은 늘 인정하지 않았다. 이성은 인정하지만 감정은 살아 있다고 말해 주었다.

"미안… 오늘 있었던 일은 잊어주게."

송백은 짧은 말을 남기며 걸음을 옮겼다. 곧 송백의 모습이 기수령의 눈앞에서 사라졌다. 하지만 기수령의 심장은 왠지 모르게 크게 뛰고 있었다. 아직도 가슴에서 느껴지는 송백의 아늑함과 따뜻함은 그대로 남겨져 있었다.

"송… 백……."

기수령은 멍하니 중얼거렸다.

설산과 장지명, 허난영의 시선을 받으며 별채를 나온 송백은 뒤숭숭한 기분이었다. 기수령의 말이 귓가에 남아 있었기 때문이다. 그리고 왜 그때 자신이 기수령을 안았는지 그것조차 알 수 없었다. 그저 본능이 그렇게 시킨 듯 송백은 고개를 저으며 기수령을 떠올렸다. 순간 기수령과 함께 동방리의 모습이 교차되었다. 그때 귀에 익은 목소리가 들려왔다.

"송 가가!"

"……!"

송백은 놀라 들려온 곳으로 고개를 돌렸다. 순간 저 멀리서 뛰어오는 아명의 모습이 눈에 들어왔다. 송백은 그 모습에 저도 모르게 눈을 부릅떴다.

"명… 아……?"

송백은 저도 모르게 놀란 듯 다가오는 아명을 멍하니 바라보았다. 그 뒤로 조서서의 모습이 보였다. 그제야 왜 이곳이 성수원인지 알 것 같았다.

한적한 후원의 소나무 밑에 앉은 송백은 그 앞에 서 있는 아명을 바라보았다. 조서서는 일이 있었고 또 아명에게 배려해 준 것이다.

"무림대회에 나오신 건가요?"

아명은 전보다 밝아 보였다. 그 모습에 송백은 저도 모르게 미소 지었다.

"물론이지. 그것보다 스승님은 어떠하시냐?"

"여전히 정정하세요. 한 백 년은 더 사실 것 같은데요."

아명은 웃으며 미소 지었다. 그러다 생각난 듯 약간 우울한 얼굴로 아명이 다시 말했다.

"어르신께서 무공을 가르쳐 주셨지만 전 스승님이란 말을 못했어요……. 아마… 송 가가의 그늘 때문에 그런 것 같아요."

아명의 말에 송백은 고개를 끄덕였다.

"무슨 무공을 배웠느냐?"

"권법과 장법인데, 보실래요?"

그 말에 송백이 미소 지으며 고개를 끄덕이자 아명은 소매를 걷어 올리곤 곧 낮은 자세를 취하며 양손을 앞으로 내밀었다.

"패천권과 열화장법이에요. 둘 다 양을 기반으로 하는 것이라 여자인 제가 익히기에는 무리가 따른다고 했지만, 조 언니가 도와주고 어르신도 도와줘서 약간의 성취는 얻었어요."

아명은 자명환과 초일의 도움으로 임독양맥이 타통된 것을 돌려 말했다. 그 뜻을 알기에 송백은 고개만 끄덕였다. 그러자 아명이 곧 패천권을 시전하기 시작했다.

쉬쉭!

손과 발이 강하게 허공을 찌르며 몇 개의 그림자를 만들었다. 그 모습을 보던 송백은 곧 일어섰다.

"연성각(延性脚)!"

파콱!

외침과 함께 아명의 발이 허공에 떠올라 오른발과 왼발이 번갈아가며 하늘을 차 올렸다. 내려선 아명은 자세를 낮추며 양손을 앞으로 뻗더니 곧 자세를 세우며 십여 개의 권을 허공에 내질렀다.

"추홍권(追紅拳)! 탄자결(彈字訣) 심원권(心願拳)!"

허공을 지르던 권이 들어가며 아명의 신형이 원을 그리듯 회전했다. 그리고 앞으로 내지르는 권에 권풍이 실렸다.

붕!

콱!

권의 끝이 허공에 멈추자 공기의 파장이 사방으로 퍼져 나갔다. 그 기운이 강하다는 것에 송백은 눈을 빛내며 아명의 옆에 섰다.

"패천권을 보여봐라."

"예."

아명은 그 모습에 미소 지으며 자세를 잡았다. 곧 송백 역시 아명과 같은 자세를 잡았다. 순간 아명과 함께 송백의 모습이 쌍둥이처럼 함께 움직이기 시작했다. 이미 알고 있는 패천권이기에 송백과 아명은 하나의 호흡이 될 수 있었다. 그렇게 소나무 밑에서 공기의 파장 소리가 울리기 시작했다.

팡! 팡!

옷자락 소리와 주먹과 발이 허공을 차는 소리가 한참 동안 흐른 뒤 바람이 불어왔다.

"열화장은 전수받지 못하고 그저 열화이기신공만을 전수받았었다. 열화장 역시 패천권에 못지않은 절기라고 알고 있다. 한번 보여주겠니?"

송백은 열화장법을 배운 적이 없었다. 굳이 배울 필요가 없었기 때문이다. 초일은 송백에게 검법에 치중하라는 말을 했었다. 그리고 지금 아명을 통해 열화장을 보게 될 것이다. 송백은 저도 모르게 가슴이 뛰는 것을 느껴야 했다.

"물론이지요."

아명은 그 기대를 알기에 재빠르게 자세를 잡으며 양손을 앞으로 뻗었다.

"폭염장(暴炎掌)!"

쉬악!

아명의 신형이 그림자를 남기며 큰 원을 돌았다. 그런 아명의 손은 어느새 붉게 물들어 있었으며 그 손이 닿는 공간은 뜨거운 기운이 맴돌았다. 그런 원의 공기가 뜨겁게 아지랑이를 피워내자 아명의 그림자가 운무에 가려진 듯 보였다. 송백은 그 위력을 느낀 듯 고개를 끄덕였다.

"염명수(炎明手)!"

순간 아명의 손이 붉은 그림자를 만들며 허공을 가득 메웠다. 허공을 찍는 손 그림자에 남은 공기가 하얗게 타오르는 듯 안개를 만들었다. 그 순간 아명의 손이 송백을 향해 검지를 세웠다.

팟!

강렬한 붉은 섬광과 함께 붉은 지공이 송백을 향해 날아들었다. 순간 송백의 앞에서 번갯불이 피어났다.

땅!

"염화지(炎火指)라 불려요."

아명의 미소에 송백은 고개를 끄덕였다. 백옥도의 도집에 검은 자국이 생기며 그슬렸기 때문이다. 그곳에서 연기가 피어나고 있었다.

"또 염천장(炎天掌)과 극열장(極熱掌), 폭열장(爆裂掌)이 있어요. 그리고 가장 비기인 열화신장(熱火神掌)이 있는데, 그것은 시도도 못해봤어요. 너무 무서운 무공 같고 또 아직 제가 하기에는 어려워요."

아명은 혀를 내밀며 얼굴을 붉혔다. 송백의 앞에선 다 보여주고 싶었기 때문이다.

"이 정도만 되어도 훌륭하다고 볼 수 있다."

송백은 미소 지었다. 정말 많이 컸다는 느낌이 든 것이다. 그리고 좀더 성숙해진 듯했다. 아명도 이제 어른이 된 것이다.

"보여주고 싶었어요. 그래서… 열심히 수련했고… 또 노력했어요."

아명은 송백에게 다가와 고개를 숙이며 말했다.

"사실은… 송 가가도 보고 싶었어요."

아명은 그렇게 말하며 얼굴을 붉혔다. 송백은 진진한 미소를 입가에 담았다. 아명에 대한 감정은 다른 어떤 사람들보다 가까웠다. 초일과 함께 있었으며 그를 옆에서 보살펴 주었기 때문이다. 자신이 살아오면서 가장 따뜻했던 시간은 동방리와 함께한 잠깐의 시간과 초일과 함께했던 시간일 것이다. 그 시간에 아명은 옆에 있었다.

"이리 오겠니?"

"예?"

송백의 말에 아명은 약간 놀란 듯 송백을 바라보다 곧 가까이 다가갔다. 얼굴을 붉힌 아명은 송백의 품에 기대게 되자 눈을 감았다. 입가에는 미소가 걸려 있었으며 마음은 포근했다. 얼마나 기다렸던 사람인가? 누구보다 좋아하고 누구보다 걱정했다.

"많이 컸구나……."

송백은 아명의 머리를 쓰다듬으며 중얼거렸다. 아명은 고개를 끄덕였다. 이제는 자신도 성숙한 여인이기 때문이다. 그리고 알고 있었다, 송백에게 자신이 어떤 존재인지. 그 사실을 알면서도 좋아하는 자신을 탓하지 않았다. 이미 자신은 죽은 목숨이었다. 그런 자신을 이끈 사람이 송백이다.

"이제 좋은 남자만 만나면 되겠구나."

송백은 그런 아명의 마음을 모르는 듯 말했다. 그러자 아명은 눈을 뜨며 송백을 바라보았다. 하지만 따뜻한 시선에 아명은 다시 눈을 감으며 송백의 품에 깊이 안겨들었다.

"송 가가만큼 좋은 사람이라면요……."

아명의 목소리가 약간 가라앉은 것을 송백은 느끼지 못하였다.

본선 진출자가 모두 결정되자 무림맹에서 사람들이 찾아왔다. 그들은 진출자를 모두 축하해 주기 위해 온 것이다.

무림관의 본관에 모인 사십 명의 남녀 젊은 고수들은 가장 위에 앉아 있는 한 인물을 바라보고 있었다. 절대십객의 일 인이자 당대 가장 검법에 능한 인물이라 불리는 무림맹주가 앉아 있었기 때문이다. 십파와 일방, 그리고 전 중원의 군소방파 위에 군림하는 자의 모습은 모두에게 호기심이었고 부러움이었다.

남궁세가의 현 가주이자 전대 천하대회에서 승리했으며, 불과 서른 살의 나이로 무림맹주에 오른 남궁천이었다. 남궁천은 모든 젊은 무인들의 우상과도 같은 사람이었다. 젊은 나이에 천하대회에 나가 승리했으며 곧 무림맹주가 되었다. 그가 걸어온 삶은 젊은 무인들에게 꿈과도 같은 일이었다.

"내가 남궁천이네."

"와아아!"

사십여 명의 입에서 환호성이 터져 나오자 남궁천은 미소 지으며 손을 들어 보였다. 남궁천의 옆으로 총무단주인 청성파의 유장언이 서 있었다. 그리고 그 옆으로 무림관주인 제갈사랑과 소림사의 중년의 혜정 스님이 고요한 표정으로 서 있었다.

"앉지."

남궁천이 의자에 앉자 모두 의자에 앉았다. 남궁천의 좌측으로는 아미파의 하태희와 태산파의 장문인인 이막동이 앉아 있었다. 그 옆으로 몇 명의 중년인들이 보였으며, 모두 각파를 대표하는 중요 인사들이었다. 무림맹의 중요 인사들이 드디어 모습을 보인 것이다.

"본선에 오른 것을 축하하오. 여러분은 중원을 대표하는 무인으로 뽑힌 것이오. 이제 천하대회를 위한 마지막 결전이 남았소. 모두 각자 가진 바를 다해주길 바라오."

남궁천의 조용한 목소리가 본관 안을 가득 울렸다. 그 뒤로 여러 중요 인사들의 말소리가 본관 안을 울렸다.

반 시진이 넘는 시간 동안 많은 사람들이 연설을 하자 능조운은 지겨운 듯 입을 손으로 가리며 하품을 했다.

'지겹게 이런 말을 꼭 모아놓고 해야 하나……?'

능조운은 옆구리에 손을 얹고는 이리저리 흔들었다. 곧 능조운은 따가운 시선을 느껴야 했다. 한쪽에 서 있는 하태희의 시선을 느낀 능조운은 신형을 똑바로 세우며 굳은 듯 섰다. 그제야 따가운 시선이 사라진 것을 느낀 능조운은 인상을 찡그렸다.

'배고프다……. 이놈들아, 빨리 끝내라.'

"길군."

송백의 짧은 목소리에 능조운은 고개를 끄덕였다. 낮은 목소리이기에 들은 사람은 송백의 옆에 서 있는 능조운뿐이었다. 곧 모두의 인사말이 끝나자 남궁천이 일어서며 굳은 얼굴로 서 있는 사십 명의 젊은이를 바라보았다.

"결전은 십 일 후. 화조부터 시작한다. 천하의 모든 사람들이 보는 앞에서 하는 것이다. 이름을 날릴 수 있는 기회이며 자신을 영웅으로 만들 수 있는 절호의 기회인 것이다! 모두 준비는 되었느냐?"

"예!"

사십 명의 외침이 본관을 무너지게라도 할 듯 크게 울렸다. 그 목소리에 미소를 그린 남궁천은 고개를 끄덕이며 외쳤다.

"오늘 하루는 너희 마음대로 놀아도 된다. 오늘은 잔치를 열 것이고, 무림관의 젊은이들은 먹고 마시며 힘을 비축해라! 이것은 명령이다!"

남궁천의 외침이 끝나는 순간 모두 환호했다. 곧 남궁천이 밖으로 나가자 모두 그 뒤를 따라 빠져나갔다. 그제야 젊은이들은 밖으로 나가 잔치를 준비 중인 대식당으로 향하였다.

■제8장■

고요한 아침

　신교의 아침은 중원에 비해 조금 늦었다. 그리고 신교의 정문을 지나면 바로 나오는 거대한 대연무장 위에는 삼 척 정도 되는 높이에, 넓이는 삼십여 장이 될 것 같은 거대한 비무장이 만들어져 있었다. 바닥은 나무인 듯 비무장 아래는 나무 기둥이 열을 맞추어 서 있는 모습이 보였다.

　비무장을 중심으로 천여 명이 넘는 사람들이 둘러싸고 있었다. 북쪽으로 높은 단상 위에 이십여 명의 사람들이 의자에 앉아 있었으며, 가장 중앙에 신교의 교주 천산신패(天山神覇) 유천한이 앉아 있었다.

　그 아래로는 낮은 단상과 함께 비무를 하게 될 젊은 고수들이 열을 지어 앉아 있었다. 그리고 벌써 오 일째 비무에 접어들고 있었다. 이제 남은 사람은 불과 스무 명이었다. 이들 중 다섯 명을 뽑아야 하는 것이다.

"구류곡(九流谷) 염한월!"

비무대 위에 올라간 신성각(新星閣)의 부각주 조여동이 외치자 단상에 앉아 있던 붉은 머리의 청년이 뛰어올랐다.

"와아아!"

천여 명이 외치는 함성 소리가 울리며 붉은 그림자가 비무대 위로 올라서자 모두의 시선이 청년에게 향하였다. 붉은 머리카락과 붉은 옷이 너무도 잘 어울리는 청년이었다. 그가 천하 삼대신비라 불리는 구류곡의 소곡주인 염한월이었다. 구류곡 역시 신교의 일원이기에 신교대전에 참가한 것이다.

염한월은 이미 상대를 알고 있기에 긴장된 표정으로 상대를 기다렸다. 곧 조여동이 크게 외쳤다.

"호법원 제일급 위사 노호관!"

"우와아아아아!"

염한월의 이름이 불릴 때보다 더욱 큰 함성이 울렸다. 노호관의 인기가 그만큼 크다는 반증이었다. 노호관은 처음 비무에서 신교의 칠대제자 중 막내인 막소희를 꺾고 올라왔던 것이다. 그 일은 이미 신교에 퍼지고 퍼져 노호관이라는 이름을 모두 알게 되었다.

"잘 부탁하오."

염한월은 눈을 빛내며 포권했다. 노호관 역시 도를 뒤집으며 마주 고개를 숙였다. 곧 시작과 함께 거대한 북이 사방으로 울려 퍼졌다.

"와아아아!"

북소리와 함께 함성 소리도 크게 울렸다.

우두둑!

염한월의 손이 호랑이 발톱처럼 움직이며 뼈가 어긋나는 소리가 울렸다. 노호관은 한 번 봤기에 그의 무공이 화룡신공(火龍神功)에 바탕을 둔 용호권(龍虎拳)이라는 것을 알고 있었다. 화룡신공은 지금은 사라졌다고 알려진 열화이기신공과 함께 천하에 가장 뜨거운 신공이라 알려진 무공이었다.

뚜둑!

양손의 움직임이 호랑이의 발톱처럼 구부러지며 미미하게 팔이 떨리자 손가락에서부터 약간의 붉은 기운이 맴돌기 시작했다. 그 모습에 노호관은 도를 늘어뜨렸다.

'아가씨가 보는 앞에서 패할 수는 없다.'

노호관은 슬쩍 시선을 돌려 단상의 맨 끝에 앉아 있는 철시린을 바라보았다. 그 모습에 노호관은 저절로 힘이 넘치는 기분이 들었다.

'멋있어야 한다. 아가씨가 반할 정도로……'

노호관은 도를 늘어뜨린 오른손 뒤로 왼손을 잡아가며 자세를 더욱 낮게 낮추었다.

웅! 웅!

도가 미미하게 떨리며 가벼운 소리가 흘러나왔다.

"오……"

단상 위에 앉아 있는 신교의 중요 인물들이 그 모습에 눈을 빛내며 입을 모았다. 보기에도 심상치 않았기 때문이다. 하지만 염한월 역시 심상치 않았다. 그의 양손이 붉게 변했기 때문이다. 화룡신공이 손에 모인 것이다. 순간 바람이 불어와 둘의 머리카락을 휘날리게 만들었다. 그리고 머리카락이 노호관의 눈을 가리는 순간 가벼운 미풍과 함께 염한월의 신형이 순식간에 노호관의 앞면으로 덮쳐 왔다.

슈아악!

양손이 마치 독수리가 먹이를 노리는 모습처럼 펼쳐진 염한월이 노호관의 신형 앞으로 공간을 가르며 날아들었다. 그 모습에 노호관의 양손에서 아지랑이 같은 기운이 퍼져 나오며 순식간에 도를 감쌌다. 그리고 양손의 공간에서 약간 떨어진 도가 양손 안에서 회전하기 시작했다.

순간 도를 휘어 감은 거대한 회전의 기류가 노호관의 전신을 감쌌다. 그 앞으로 이미 전신을 붉은 기운으로 감싼 염한월의 양손이 내려쳐 왔다. 노호관의 도 역시 강렬한 경기를 사방으로 뿌리며 위로 쳐갔다. 그 모습에 단상 위에 있던 신교의 중요 인물들이 놀라 자리를 박차고 일어섰다.

"자전폭렬도법!"

콰쾅!

"크아악!"

비명성과 함께 거대한 경기가 사방으로 퍼져 나가며 회오리쳤다. 그 속에서 허공을 베고 있는 모습의 노호관이 비무대 위에 서 있었으며, 이십여 장이나 떨어진 곳에 상의가 다 뜯겨 나간 채 염한월이 누워 있었다. 모두의 눈이 부릅떠졌으며, 단상 위에 있던 많은 젊은 무인들 역시 단 일 초에 결판이 난 이 상황에 놀란 모습을 하고 있었다.

"와아아아아!"

단 일 초였다. 단 한 순간에 모든 것이 결정되었다.

"놀랍군……. 자전폭렬도법이라니……."

의자에 앉아 있던 칠대제자의 첫째인 장무심이 손으로 턱을 만지며

미소 지었다. 그의 말에 모두의 시선이 노호관에게 집중되었다. 자전
폭렬도법은 신교 제일의 도법이기 때문이다.

"호법원주, 이게 어떻게 된 일이오?"

멍하니 놀라 일어서 있던 많은 인사들의 시선이 앉아 있는 호법원주
유정신에게로 향하였다. 유정신은 그저 미소만을 담담히 그리고 있었
다.

"보는 바대로 제가 키운 제자입니다."

"허… 어떻게 그런……. 자네는 제자를 받을 때 장로원의 허락을 받
아야 한다는 사실을 잊었단 말인가?"

유정신을 향해 태상 장로인 지명법이 쏘아붙였다. 백발의 지명법은
날카로운 모습을 하고 있었으며, 인상을 쓰자 더욱 날카롭게 보였다.

"결과가 중요하지 과정이 중요합니까? 솔직히 저 녀석이 제대로 익
히지 못했다면 전 저 녀석을 죽였을 겁니다. 아니면 결승 상대가 태상
장로님의 친손자라 걱정하시는 겁니까? 어차피 천하대회에는 강자가
나가야 합니다. 천하대회에 나올 중원의 고수는 저희가 상상하는 이상
이 될지도 모릅니다. 그러하기에 저 역시 신교를 위해 저 아이에게 무
공을 전수한 것입니다."

"음… 네가… 말을 함부로 하는구나."

지명법의 표정이 날카롭게 변하자 유천한이 손을 들어 말했다.

"진정하시고 일단 이 문제는 차후에 의논하기로 합시다."

유한천의 말에 지명법은 표정을 바꾸며 자리에 앉았다. 그 모습을
지켜보던 철우경은 그저 담담히 미소만 그렸다. 이미 유정신이 정보를
흘려 철시린에게 피해를 입게 했다는 사실도 알고 있었다. 그것을 훈
계할 생각이었지만 신교대전으로 그냥 넘어갔다. 유정신의 성격을 어

느 정도 알기 때문이다. 그는 신교를 위해서라면 무슨 짓이든 할 인물이었다.

"놀랍군. 자전폭렬도법이라니."

단상에 올라와 의자에 앉으려 하자 옆에 앉은 지한패가 싸늘하게 눈을 빛내며 노호관에게 말했다. 노호관은 그저 묵묵히 의자에 앉았다.

"좋군. 뭘 그러나? 어차피 상대가 강자라면 더 환영해야 하는 것이 아닌가?"

지한패의 말에 칠대제자 중 이제자인 오조천이 웃으며 말했다. 그러자 지한패도 껄끄러운지 입을 닫았다. 오조천은 노호관의 뒤에 앉아 노호관의 귀에 속삭였다.

"그런데 자네도 대단하군. 이런 날에 그렇게 화려하게 상대를 보내 버리다니 말이야. 어디 잘 보이려는 사람이라도 있나?"

오조천은 가장 끝에 앉은 철시린을 의식하며 말했다. 노호관도 그 의미를 알기에 조용히 대답했다.

"그저 최선을 다했을 뿐입니다."

"싱겁기는……."

오조천은 그 대답에 웃으며 자신의 의자에 앉았다.

"노 위사의 무공이 호법원주의 무공이라니…… 의외군요."

"맞아요."

장추문의 말에 철시린은 고개를 끄덕였다. 장추문은 철시린의 옆에 앉아 있었다. 그녀도 면사를 하고 있었지만 그녀의 면사는 철시린과는 다른 의미의 면사였다. 그 뒤로 짧은 소매와 짧은 바지를 입고 요염한 미소를 그리고 있는 이십대 초반의 미녀가 앉아 있었다. 머리카락은 칠흑 같은 검은색이었으며 온몸에 장신구를 달고 있었다.

"노 위사가 이길까……? 아니면 지한패가 이길까……? 누구의 침실에 들어가야 나를 화끈하게 해줄 것 같아?"

철시린의 바로 뒤에 앉아 있는 그녀의 말에 철시린은 인상을 찌푸렸으며, 장추문은 눈을 빛내고 고개를 돌렸다.

"내 생각에는 지한패가 어떨까? 그러면 충분히 만족할 수 있을 텐데?"

장추문의 말에 운남에 위치한 음선궁(陰仙宮)의 소궁주인 종여주가 웃음을 보였다.

"호호……"

종여주는 손으로 입을 가리며 작게 웃다 곧 눈을 빛내며 조용히 속삭였다.

"그놈은 별로였어."

순간 장추문의 표정이 굳어졌으며 철시린은 더욱 싸늘하게 인상을 찌푸렸다. 이미 하룻밤을 보냈다는 말이었기 때문이다.

"뭐, 천하대회에 나가는 것이 내 목적이니 다음 상대를 이기면… 우리 부교주님의 손녀이신 철 아가씨가 상대인가?"

종여주가 미소 지으며 자리에서 일었다. 그녀의 이름이 불렸기 때문이다. 순간 종여주의 신형이 소리없이 비무대 위로 올라섰다. 그 모습에 철시린이 눈을 빛냈다.

"왠지… 상대하기가 싫군요."

철시린의 목소리에 장추문도 고개를 끄덕였다. 왠지 그녀는 상대하기가 어려웠다. 좀 다른 세계의 사람 같았기 때문이다.

＊　　　＊　　　＊

악양의 중심가에서 약간 떨어진 곳에 위치한 호천보 악양지부의 저택은 꽤 컸다. 그 후원에 위치한 조용한 실내에는 밀담을 나누는 두 인물이 있었다.

"무림맹의 지도는 어느 정도 완성되었느냐?"

염동서는 더운지 섭선을 부치며 물었다. 곧 방지호가 두꺼운 종이를 꺼내더니 탁자 위에 펼치기 시작했다. 그러자 큰 지도가 되어 탁자를 가득 메웠다.

"아직 삼 할 정도밖에 완성시키지 못했습니다. 무림맹은 쉽게 돌아다닐 수 없는 곳이기 때문에 이 정도에 일단 만족해야 할 것 같습니다."

방지호는 그렇게 말하며 그동안 무림맹을 돌아다니면서 얼마나 많이 가슴을 졸였는지 상기했다. 그리고 몇 번이고 들어가려 했지만 그곳을 지키는 무사들의 기도에 눌려 발을 돌렸던 장소도 떠올렸다.

"삼 할이라……. 뭐, 일단 이 정도에 만족해야겠지……. 신교의 지도도 아직 이 할 정도만 완성되었으니…… 신교는 무림맹보다 더한 곳이니 어쩔 수 없다지만…… 아쉽구나."

염동서가 입맛을 다시며 중얼거리자 방지호는 굳은 표정으로 말했다.

"아직 시간은 많으니 천천히 완성하겠습니다."

"아니다. 일단 이 정도에 만족하고 다른 일을 하거라."

방지호가 고개를 들어 염동서를 바라보자 염동서가 미소 지었다.

"맹에 침투되어 있는 신교의 인물을 적발해라. 일단 의심 가는 사람이 세 명 있는데, 그들을 중심으로 감시하다 보면 뭔가 국물이라도 나오겠지."

그렇게 말한 염동서는 소매에서 무언가 적힌 종이를 꺼내 방지호의 앞으로 밀었다.

"이름은 그 안에 있다."

방지호는 그 말에 호기심 어린 표정으로 종이를 펼쳐 보았다. 순간 방지호의 안색이 급격하게 변하며 미미하게 전신을 떨기 시작했다.

"사실… 입니까?"

방지호는 매우 놀란 듯 염동서를 바라보며 물었다. 종이에 적힌 이름이 주는 충격이 방지호의 상상을 넘었기 때문이다. 좀처럼 놀라지 않는 방지호였으나 이번만큼은 기절할 정도의 충격이 뒤통수를 때렸다.

"물론이다. 신교에 잠입한 녀석의 조사를 근거로 작성한 명단이다."

"……."

방지호는 어쩌면 이 일에 목숨을 걸어야 할지도 모른다는 생각이 들었다.

"죽지 마라."

그 마음을 읽었을까? 염동서가 차분히 말하며 섭선을 접었다. 곧 방지호의 표정이 굳어졌다.

"가보겠습니다."

방지호는 가볍게 허리를 숙이며 흐릿한 그림자를 남기고 사라졌다. 그녀가 사라지자 방 안에 홀로 남게 된 염동서가 섭선을 다시 펴며 얼굴에 부채질을 시작했다.

"덥군, 더워. 정말."

무림맹의 입구는 아침부터 사람들로 붐볐다. 모두 무림대회를 보기 위해 천하의 각지에서 몰려온 구경꾼들이었다. 그들을 일일이 통제하며 명단을 작성하는 무림맹 제십일단과 십이단은 숨을 돌리지도 못하고 사람들을 인도했다.

무림맹의 거대한 객청에 앉은 여덟 명은 긴장한 표정이었다. 오늘은 무림대회의 첫날로 화조의 예선전이 시작되기 때문이다. 내일은 수조였으며, 가장 마지막 토조는 오 일 후였다. 그리고 다시 화조부터 토조까지 삼 일 후에 다시 열린다. 그렇게 장기간에 걸쳐 이루어지는 대회였다. 이제부터 모든 것이 중요했다.

"번호를 뽑겠다. 이 상자에는 여덟 개의 종이가 들어 있다. 일 번부터 팔 번까지. 어떤 번호를 뽑든 그것은 자신의 운명이 걸린 번호다. 일 번부터 사 번까지 중에 한 명이 남을 것이고, 오 번부터 팔 번 중에 한 명이 남을 것이다. 원해도 상대를 만나고 원하지 않아도 상대를 만나게 되며 오직 한 명만이 남는다. 그 운명이 걸린 번호이니 모두 신중히 집도록 해라."

객청의 한쪽에는 거대한 대회판이 세워져 있었으며, 맨 위에 화조라는 글귀가 적혀 있었다. 그 밑으로 일 번부터 팔 번까지 번호가 적혀 있었다.

여덟 명의 젊은이가 한무록의 말을 경청하며 긴장한 표정을 지었다. 곧 탁자 위에 올려진 상자가 모두의 시선을 잡았고, 그 옆에 선 한무록이 이름을 불렀다.

"무당과 영호진."

영호진은 자신이 불리자 천천히 걸어나가 상자에 손을 넣어 번호를 뽑았다. 운이란 존재하는 것일까? 영호진은 일 번을 뽑았다.

"일 번."

한무록의 말에 거대한 대전판에 영호진의 이름이 일 번 밑에 적혔다.

"화산파 장화영."

장화영의 이름이 불리자 장화영은 긴장한 얼굴로 상자의 번호를 뽑았다.

"사 번."

장화영은 사 번의 번호를 뽑곤 인상을 찌푸렸다. 불길한 숫자이기 때문이다. 장화영이 자신의 자리로 돌아가자 모두의 긴장감을 읽을 수 있었다. 그리고 한 번만 이기면 영호진과 비무하게 될 가능성이 높았다. 장화영의 시선이 앉아 있는 영호진에게 닿자 영호진도 장화영을 보고 있는 듯 눈을 빛냈다.

"개방 한주문."

한주문이 앞으로 나가자 모두 의외인 듯 그를 바라보았다. 전과는 달리 깨끗했기 때문이다. 어제 목욕을 한 것이다. 더 이상 냄새로 할 필요가 없기 때문이다. 더욱이 천하인들이 보는 앞에서 무공이 아닌 다른 것으로 상대를 이기고 싶지 않았다. 그것은 그의 결정이었다.

"오 번."

한주문의 이름이 오 번 밑에 적혔다.

"설산."

한무록이 이름을 부르자 설산이 앞으로 나섰다. 설산은 별달리 긴장하는 표정이 없었다. 가볍게 번호를 들어 올리자 한무록이 말했다.

"육 번."

"오……."

"아……."

처음으로 대전 상대를 알게 된 번호였기 때문에 모두의 시선이 설산
과 한주문에게 향하였다. 육 번 밑에 설산의 이름이 적히자 한주문은
인상을 찌푸렸다.

"하필이면 우승 후보가 상대냐."

한주문이 투덜거리듯 말하자 설산은 미소 지으며 자리에 앉았다.

"솔직히 나도 네놈은 상대하기 싫다."

"젠장."

설산의 말에 한주문이 고개를 뒤로 돌리며 인상을 찌푸렸다. 가장
상대하기 싫은 인물을 꼽으라면 영호진과 설산이었다. 이 둘만 아니면
할 만하다고 여겼는데 바로 붙게 된 것이다. 저절로 욕이 나올 수밖에
없었다.

"언가장 언기학."

"예."

화조에서 가장 덩치가 큰 언기학이 일어나 앞으로 나갔다. 모두 그
의 손에 들린 번호를 바라보았다.

"이 번."

모두의 시선이 영호진에게로 향하였다. 영호진은 그저 담담히 미소
만 그리고 있었다. 언기학은 인상을 찌푸리며 자리에 돌아와 앉았다.

"가장 먼저 영호진과 언기학이 비무하게 되었군."

한무록은 그렇게 말하며 다시 이름을 불렀다.

"모용세가 모용진."

모용진의 이름이 불리자 이십대 중반으로 보이는 백의청년이 일어나 앞으로 나갔다. 모용진은 모용세가의 인물이지만 다른 세가의 사람들과 어울리지 않았으며, 무림대회가 가까워지자 무림관에 들어온 인물이었다. 모용세가의 차남으로, 장남은 병석에 누워 있기에 다음 대의 모용세가주가 그라는 말이 나돌았다. 하지만 무공이 어느 정도인지는 알려진 것이 없었다. 그저 미남이라는 말만 돌았다.

남은 번호표는 세 장이었다. 그중에 한 장을 뽑게 되는 것이다. 모용진은 어느 번호를 뽑든지 관심이 없었다. 아버지의 등살에 못 이겨 나온 대회였기 때문이다. 그는 무공에 관심이 없었다. 단지 시켜서 배울 뿐이었다.

"삼 번."

모용진이 번호를 뽑자 자연스럽게 장화영과 눈이 마주쳤다. 모용진은 가볍게 미소 지었다.

"잘 부탁하오, 장 소저."

"저야말로."

장화영의 말에 모용진은 자리에 돌아가 앉았다.

"남은 두 장은 칠팔 번이겠군. 그럼 남은 두 사람이 상대이니 서로 얼굴을 보도록. 그래도 공정성을 위해 번호는 뽑아야겠지? 이곳에 종이가 여덟 장이 아니라 아홉 장이면 자네들도 화가 날 것이 아닌가?"

한무록은 그렇게 말하며 이름을 불렀다.

"태정방 임형신."

"후후. 상대도 아는데 굳이 뽑아야 하겠습니까?"

임형신은 말을 하며 앉아 있는 송백을 응시하다 번호를 뽑았다. 그의 손에는 두 장의 종이가 들려 있었다.

"이 안에 있는 모든 종이를 뽑은 것입니다. 아무렇게나 적어주십시오. 어차피 제가 이길 테니."

"그러지."

임형신은 기괴하게 웃으며 송백을 바라보았다. 한무록은 그런 임형신의 말에 그저 미소만 보였다. 젊은 혈기라 여겼기 때문이다.

"자네는?"

"상관없소."

송백의 대답에 한무록은 고개를 끄덕이며 수하에게 말했다.

"칠 번은 임형신이다. 그리고 팔 번은 송백."

곧 칠 번 밑에 임형신이라는 이름이 적혔으며, 팔 번 밑에 송백의 이름이 적혔다.

"자, 이것으로 모든 추첨은 끝났다. 대기실로 향하도록."

곧 몇 명의 무사들이 다가와 안내하기 시작했다. 그들이 모두 나가자 한무록은 번호판을 바라보며 손으로 턱을 만졌다.

"누가 남을 것인가……? 이봐, 누구에게 가장 돈이 많이 걸렸지?"

옆에 있는 수하에게 한무록이 물어오자 수하는 일 번을 손으로 만지며 대답했다.

"역시 무당의 영 소협에게 돈이 많이 걸렸습니다."

"음……. 난 설산에게 걸지."

한무록은 품에서 금원보를 하나 꺼내 수하에게 던져 주었다.

"어서 걸고 오게."

"알겠습니다."

수하가 사라지자 한무록은 의미심장한 눈으로 삼 번을 바라보았다.

"아무래도 모용진이 마음에 걸려……. 육대세가의 인물 중 유일하게 알려지지 않은 인물이지 않은가……. 예상이 맞다면 뒷 조보다 앞 조가 힘들다. 결국 설산이 남을 가능성이 가장 높겠지."

한무록은 가만히 중얼거리며 대전판을 응시했다.

"우와아아아아!"

거대한 함성이 무림맹의 대연무장 안을 울리고 있었다. 수천에 달하는 사람들이 비무대를 중심으로 개미 떼처럼 몰려들었으며, 무림맹의 담장 위에도 사람들이 북새통을 이루고 있었다. 비무대는 연무장의 중심에 있었으며 신교의 비무대처럼 나무로 만들어졌다.

삼 척 정도 높이에 만들어진 비무대는 좌우로 삼십여 장이나 되는 거대한 크기였다. 비무대를 중심으로 십 장 정도 떨어진 곳에 낮은 담을 만들어 사람들의 접근을 막았다. 그 담을 중심으로 대의사청이 보이는 동편을 제외하고는 사람들이 가득 메우고 있었던 것이다.

사람들은 매우 흥분한 듯 서편의 문에서 여덟 명의 젊은이가 나오자 일제히 환호성을 질렀다. 무인의 꿈이 무엇인가? 강호인들의 희망이 무엇이던가? 그들의 꿈은 비무였고 천하제일인이 되는 것이 희망일 것이다.

수많은 사람들이 이 비무대 위에 올라가는 것을 원했다. 그리고 지금 선택된 여덟 명이 나타난 것이다.

거대한 대의사청의 앞에는 큰 천막이 쳐져 있었으며, 그 안에 수십 개의 의자가 놓여 있었다. 그리고 약간 높은 중앙의 의자에 무림맹주인 남궁천이 앉아 있었다. 이미 모든 인사들이 끝난 무림맹주의 주변으로 비중있는 사람들이 앉아 있었다. 그중에는 은거한 고수도 있었으며, 강호사현 중 한현의 모습과 제갈사랑의 모습도 보였다. 곧 비무대 위로 한 명의 중년인이 올라갔다. 그는 무림맹의 총무단주인 청성파 유장언이었다.

"저는 무림맹의 무단을 맡고 있는 총단주 청성파의 유장언입니다."

"와아아아!"

유장언의 목소리가 크게 사방으로 퍼져 나가자 그의 명성과 그의 무공을 알고 있다는 듯 사람들이 일제히 소리쳤다. 유장언의 명성은 굉장하기에 그가 나타나자 모두 기뻐하는 것이다. 오늘이 아니면 언제 강호에서 이름을 날리고 있는 전설 같은 사람들을 볼 수 있을까? 사람들의 흥분감이 커져 가고 있었다.

"오늘이 무슨 날입니까?"

"무림대회!"

유장언의 물음에 거대한 함성이 몰아쳐 왔다. 유장언은 그 소리에 미소 지으며 소리쳤다.

"무림대회를 시작하겠습니다."

둥! 둥!

"와아아아아!"

거대한 북소리와 어우러진 사람들의 함성 소리가 다시 한 번 크게 울렸다. 곧 유장언은 손을 들어 올리며 사람들의 입을 막더니 외쳤다.

"무당파 영호진, 언가장 언기학!"

유장언이 외치며 뒤를 돌아보자 영호진과 언기학이 동편에 쳐진 천막 밑에서 천천히 걸어나왔다. 두 사람이 나오자 사람들의 함성이 커져 갔다.

둥! 둥! 둥!

곧 북소리를 크게 울리며 비무의 시작을 알리자 함성 소리가 무림맹의 전체를 뒤흔들듯 사방으로 퍼져 나갔다.

"누가 이길 것 같나?"

"당연히 영형 아니겠나? 화조는 영형과 설형의 경합이 가장 볼 만할걸세."

사람들 틈에 섞여 있는 백리후의 물음에 옆에 있던 당익이 당연하다는 듯 말했다. 대다수의 사람들이 그렇게 예상하고 있었다. 그 옆으로 능조운이 있었으나 그는 그들의 말소리를 들으며 비웃고 있었다.

'웃기는군. 네놈들은 모를 거다, 저 괴물 같은 녀석을.'

능조운의 시선이 천막 안에 앉아 있는 송백에게 향하였다. 여유있어 보이는 표정이었다.

쉬악!

바람 소리가 맹렬하게 일어나며 언기학의 주먹이 앞으로 뻗어나갔다. 큰 덩치와 어울리지 않게 쾌속한 움직임이었다. 영호진은 늘 여유있는 표정이었다. 그리고 주먹이 눈앞으로 다가오자 가볍게 발을 놀렸다. 마치 주먹의 주변으로 갈라지는 공기의 흐름처럼 그렇게 밀려났다.

'유운보(流雲步)!'

언기학은 마치 허공에 떠다니는 종이 같은 그의 움직임에 인상을 찌푸리며 다가섰다.

휙!

공간을 가르는 거대한 경기가 영호진의 앞으로 날아들자 영호진의 신형이 옆으로 틀어졌다. 가슴 앞을 스치며 경기가 바람과 함께 스쳐 지나치자 영호진의 검날이 언기학의 어깨를 찔러갔다. 가벼운 일검이었다. 순간 언기학의 주먹이 검끝으로 날아들었다.

깡!

손에 낀 쇠 장갑과 검끝이 마주치자 그 충격으로 검이 흔들렸다. 언기학 역시 뒤로 이십여 걸음이나 물러섰다.

"와아아아!"

그 모습에 여기저기서 함성 소리가 울렸다. 짧은 순간의 접전이었지만 그들이 보기에도 너무도 빠른 움직임이었고 대결이었다.

"흐음……."

언기학은 인상을 찌푸리며 자신의 기운을 끌어올렸다. 영호진은 여유있는 얼굴로 검을 늘어뜨리며 언기학을 바라보았다.

"저기……."

송백은 자신의 옆에 앉아 있는 장화영이 조용히 말하자 시선을 돌렸다.

"그때 했던 약속…… 기억나?"

장화영의 말에 송백은 오래전 했던 약속이 떠오른 듯 고개를 끄덕였다.

"물론 기억하지."

"그 약속… 취소하고 싶은 생각은 없어?"

장화영의 말에 송백은 별 반응 없는 얼굴로 비무대를 응시했다.

"이유라도 있나? 아니면 자신이 없는 건가?"

그 말에 장화영은 짧게 숨을 내쉬며 인상을 찌푸렸다.

"자신이 없는 건 아니야. 단지 넌 내 손을 잡아줄 사람이 아닌 것 같으니까……."

장화영의 말에 송백이 시선을 돌리며 장화영을 바라보자 눈이 마주쳤다.

"와아아아!"

순간 거대한 함성 소리가 둘의 귓가에 울려 퍼졌다.

언기학은 자신이 밀리고 있다는 것을 알고 있었다. 벌써 수십 번 접근했고 공격했지만 옷자락조차 건드리지 못하고 있었다. 더욱이 간간이 찔러오는 영호진의 검은 얄미울 정도로 빨랐고, 정확히 허점을 노리고 들어왔다. 그것에 화가 났다.

땅!

팔뚝으로 검날을 쳐낸 언기학은 자유로이 몸을 피하는 영호진을 향해 앞으로 달려들었다. 마치 거대한 소가 달려드는 것처럼 강렬한 살기를 뿌렸다. 영호진의 표정이 굳어졌다. 전과는 달리 양손이 허리에 올려져 있었기 때문이다. 무언가를 발하려는 모습이었다.

'유성권(流星拳)이다. 어디 막아보려면 막아보거라!'

쉬아아악!

왼손이 앞으로 뻗어 나오며 수십 개의 권 그림자가 영호진의 전신을 먹어갔다. 그 모습에 사람들의 입에서 탄성이 흘러나왔다. 순간 영호진의 신형이 좌우로 흔들리듯 움직이며 권 그림자를 피해가기 시작했다. 마치 낙엽이 바람에 떨어지듯 좌우로 흔들리는 그 모습이 사람들의 시선을 잡았다.

순간 언기학은 기다렸다는 듯이 흔들리는 영호진의 그림자를 향해 오른손을 날렸다.

슈아아악!

오십여 개의 권 그림자가 모두 강렬한 기운을 뿜으며 왼손의 주먹을 피하는 영호진의 신형을 향해 날아간 것이다. 본래의 유성권이라면 왼손 하나로 다 통했다. 하지만 영호진에게는 통하지 않자 오른손까지 가세한 것이다.

여유있던 영호진의 표정 역시 눈에 띄게 굳어졌다. 일 권 일 권에 실린 권력이 강했기 때문이다. 더욱이 몸을 피하고 있는 자신의 안면으로 날아들지 않는가? 영호진의 안색이 싸늘하게 변하였다.

창!

영호진의 검날이 연검처럼 휘어지며 들어 올려졌다. 순간 검끝이 권의 중심으로 빛살처럼 움직이기 시작했다. 왼손의 권을 피하며 오른손의 권을 검으로 찔러간 것이다. 그 움직임과 빛나는 검의 그림자에 사람들 모두의 표정이 크게 변하였다.

따다다다당!

놀란 것은 언기학도 마찬가지다. 설마 하니 이렇게까지 자유롭게 정(精), 기(氣), 신(神)을 하나 되게 하는 것은 처음 보았기 때문이다.

마지막 일권이 영호진의 검끝과 부딪쳤다. 권의 중지가 검끝과 마주친 것이다.

팍!

언기학의 손에 긴 쇠 장갑에 균열이 일어난 것도 부딪친 순간이었다.

"……!"

언기학의 두 눈이 부릅떠졌다. 지금까지 살아오면서 이런 경험은 처음이기 때문이다.

쩌저적!

쇠의 균열이 크게 일어나더니 가죽과 함께 조각처럼 비무대 위로 떨어져 내렸다. 언기학의 멍한 시선이 영호진을 바라보고 있었다. 영호진은 굳은 표정을 풀며 부드럽게 미소 지었다.

"실로 무서운 권이었소."

"……."

언기학은 그 말이 들리지 않은 듯 멍하니 바닥을 바라보았다. 미미하게 떨리는 왼손이 순간 바닥을 향해 내려쳐 갔다.

쾅!

나뭇조각과 먼지가 사방으로 비산했다. 그 분노와 자기 자신에 대한 책망과 좌절감이 주먹에 담긴 것이다. 그것을 모를 영호진이 아니었다.

"졌다."

짧은 대답. 언기학의 모든 정열이 담긴 말이었다.

"우와아아아!"

거대한 함성이 순간 사방에서 터져 나왔다.

함성을 들으며 장화영이 일어서려 했다. 이제 자신의 차례이기 때문이다. 순간 장화영은 자신의 손을 잡은 따뜻한 느낌에 놀라 고개를 돌렸다. 송백이 손을 잡은 것이다.

"왜……?"

장화영이 놀라 눈을 부릅뜨며 송백을 바라보자 송백의 강렬한 시선이 장화영의 눈에 들어왔다.

"이겨라."

"……."

단 한 마디였다. 장화영은 자신도 모르게 고개를 돌리며 손을 뺐다. 하지만 저도 모르게 가슴이 뛰는 것을 느껴야 했다. 어쩌면 스스로 알고 있었던 것인지도 모른다. 이미 처음 그와 비무했을 때 느꼈던 감정. 지금 그의 말을 듣자 부정하고 싶다는 생각이 들었다. 하지만 왜일까? 가장 듣고 싶었던 말을 들어서일까? 장화영의 전신에서 강렬한 예기가 퍼져 나가기 시작했다.

"걱정하지 마. 이길 테니."

장화영은 짧게 말하며 비무대를 향해 걸어갔다. 모두의 시선은 영호진과 언기학에게 향하고 있었기 때문에 그들 사이에 일어난 일을 볼 수 없었다. 극히 순간적으로 일어난 일이었다. 그리고 장화영은 심장이 뛰는 강렬한 긴장감에 몸을 맡겼다.

"……."

송백은 비무대 위로 올라가는 장화영을 바라보다 곧 장화영의 손을 잡은 오른손을 펴서 바라보았다. 생각보다 장화영의 손이 작다고 여겨졌다. 문득 그런 작은 손에서 느껴지는 예기는 어울리지 않는다고 생각했다. 송백은 시선을 돌려 비무대 위에 서 있는 장화영을 바라보았다. 자신의 앞에 서 있을 때 보였던 불같은 열정은 보이지 않았지만 가라앉은 예기가 느껴졌다. 변한 것이다.

머리카락을 자른 만큼 장화영은 어느새 무(武)라는 존재에 가까이 다가갔던 것이다.

'손을 잡아달라고 했으니…… 이기겠지.'

송백은 가벼운 미소를 입가에 그리며 상대를 바라보았다. 상대로 올라온 미청년은 예선 때 본 적이 있는 모용진이었다. 그리고 그가 남을 것이라고 송백도 예상하고 있었다. 모용세가에서 유일하게 본선까지 올라온 인물이 그였다.

'고전할지도 모르겠군.'

송백은 미소를 거두며 눈을 빛냈다.

"화산파는 두 명이 모두 본선에 올랐다면서?"

아미파의 하태희가 옆에 앉은 화산파의 여고수 황정에게 말했다. 그녀와 황정은 꽤 친한 사이로 알려져 있었다. 황정은 화산파에서 가장 알려진 여고수였고 아직 남편은 없었다. 하태희보다 젊은 서른 후반이었다. 겉모습 역시 하태희보다 더 젊은 이십대 후반으로 보였다.

"다행스럽게도 그렇네요. 아미파는 세 명이 나갔는데 한 명이 올라갔다면서요? 대진운이 나빴나 봐요?"

황정의 물음에 하태희는 아미를 찌푸렸다.

"대진운이 나빴다고 봐야겠지……. 혜금이를 제외하곤 모두 떨어졌으니……. 토조에 속한 것이 잘못이었어. 뭐, 우리만 그런 것이 아니라 다른 문파들도 비슷한 상황이니 별로 창피한 일도 아닌 것 같아."

하태희의 말에 황정은 고개를 끄덕였다. 십대문파와 육대세가의 인물들 중 두 명이 본선에 오른 문파는 오직 소림과 무당, 화산, 그리고 육대세가의 머리라 할 수 있는 남궁세가뿐이었다.

"의외의 고수들이 많이 등장했으니……."

황정은 말을 하며 장화영을 바라보았다. 황성은 송백을 의식했다. 이미 송백에 대해서는 장문인을 통해 귀에 딱지가 앉도록 들었다. 그러하기에 잘 알고 있었던 것이다. 단지 장화영과 같은 조라는 것이 마음에 걸렸다.

"화영은 이길 것 같아? 모용세가주가 모용진에 대해 입에 침이 마르도록 칭찬을 아끼지 않는 것 같은데……?"

하태희가 약간 자존심이 상한 듯 물어왔다. 다른 게 아니라 화산파보다 아미파가 더 우세하다고 여겼는데, 화산파는 모두 올라갔고 아미파는 강혜금만 남았기 때문이다. 자존심이 상할 수밖에 없었다. 더욱이 옆에 앉은 황정은 젊었을 때부터 호적수로 불리던 인물이었다.

"화영은 본산에서 환골탈퇴를 했다고 해야 하나……?"

황정은 그렇게 말하며 의미있는 미소를 그렸다. 누가 알 것인가, 그녀가 구룡검법을 익혔다는 사실을. 그리고 그녀를 가르친 사람은 자신도 하늘로 모시는 초령이었다.

"두 분은 여전히 친하시군요."

황정과 하태희는 옆에서 들리는 말에 고개를 돌렸다. 어느새 다가왔는지 백화원주인 연서린이 다가왔다. 그녀 역시 이들과 친한 관계였다. 그녀가 다가와 의자에 앉자 하태희와 황정, 그리고 연서린의 담소가 이어지기 시작했다. 셋의 공통점은 모두 미혼이라는 것이었다. 그것 하나만으로도 그녀들은 친했다. 그리고 무림맹에서는 그녀들의 모임을 따로 불렀다. 노처녀 모임이라고.

따당!

모용후의 검과 장화영의 검이 부딪치며 둘의 신형이 각각 뒤로 일장 가까이 물러섰다. 의외로 날카로운 모용진의 검에 장화영은 약간 놀라고 있었다.

모용진은 검을 이리저리 흔들며 미소 지었다. 사실 비무에 크게 관심을 가지지 않고 있었기 때문이다. 무공 또한 이 정도면 충분하다고 여겼다. 남들에게 뒤지지 않을 만큼 익히면 그만이라 여긴 것이다. 그리고 유명한 화산파의 장화영조차 자신에게는 그리 어려운 상대처럼 보이지 않았다.

"손속에 인정을 두어 제가 좀 편한 것 같습니다."

모용진은 미소 지으며 검을 늘어뜨렸다. 장화영은 오른손의 소매가 약간 잘려 나가자 인상을 찌푸리며 모용진을 바라보았다.

"비무가 아닌 실전에서… 만났다면 손목이 잘렸을지도 모릅니다."

모용진은 다시 말하며 검을 들었다. 그러자 장화영의 전신에서 날카로운 기운이 흘러나오기 시작했다. 지금까지와는 전혀 다른 기운이었다. 그것은 송백을 만나 그와 비무하며 그가 자신에게 보여주었던 그런 강렬함이었다. 그것을 몸으로 느꼈기에 자연스럽게 발출하는 것이었다.

"……."

그 모습에 모용진은 입을 닫았다.

"역시 모든 건 쉽게 이루어질 수 없다는 말이 맞았어요."

장화영은 작은 목소리로 말하며 검을 늘어뜨렸다. 지금까지는 그저 가벼운 마음으로 검을 든 것이다. 하지만 지금은 명예를 위해 검을 들어야 했다. 그 사실을 인지한 것이다.

"제 어깨에 화산이 있다는 사실을 잠시 잊었네요. 잘 부탁드릴게요."

장화영은 가볍게 미소 지으며 검날을 한 바퀴 돌리더니 모용진의 미간으로 찔러 넣었다.

팡!

가벼운 바람 소리가 일어나며 아지랑이 같은 경기가 모용진의 이마로 날아들었다. 그 뒤로 장화영의 신형이 땅을 차 오르며 모용진을 향해 날아왔다.

"헙!"

모용진의 표정이 크게 흔들리며 미간을 향한 검기를 피해 몸을 뒤로 숙였다. 순간 바람 소리가 귓가를 스치며 일그러진 공기의 흐름이 눈에 들어왔다.

'검풍… 인가……?'

모용진의 머리 속에 번개 같은 생각이 지나치는 순간 수십 개의 꽃잎이 바람에 날리는 것처럼 모용진의 전신으로 날아들었다.

"역시 명불허전!"

모용진은 크게 소리치며 검날을 좌우로 크게 움직였다.

따다다당!

순간 수십 개의 꽃잎이 모용진의 검날에 잘리며 조각났다. 매화검법의 매화망망(梅花茫茫)이라는 절초였다. 마치 사람을 꽃잎으로 가득 메우듯 수십 번의 검을 뿌린 것이다. 그 꽃잎 사이로 빛살 같은 검끝이 모용진의 눈에 들어왔다.

"합!"

모용진은 기합성을 토하며 검을 옆으로 틀어 올렸다. 그가 익힌 일절검법(一切劍法)의 역천산(逆天山)이라는 강한 초식이었다. 그 강렬한 기운이 검기처럼 섬광을 발산하며 쳐온 것이다.

쾅!

강렬한 폭음성과 함께 장화영의 신형이 충격을 이기지 못하고 뒤로 밀려났다. 모용진 역시 뒤로 한 걸음 물러섰지만 안색은 굳어 있었다. 그리고 모용진은 이 기회를 놓칠 생각이 없었다. 이왕 나왔다면 우승해야 한다는 것이 그의 생각이었기 때문이다.

"미안하오!"

모용진은 소리치며 비무대를 차며 뒤로 밀려난 장화영을 향해 검을 찔러갔다.

쐐에에엑!

바람을 가르는 날카로운 소성과 순간적인 빠름이 장화영의 두 눈 속으로 확산되어 들어왔다. 순간 장화영의 눈동자가 퍼렇게 빛나며 등 뒤에 걸린 흰 천으로 감은 물건을 잡았다.

팟!

순간 흰 천이 조각나며 모용진에게서 불어오는 경기에 날려 허공을 날았다.

'구룡검법 제일초 묵룡강천(墨龍强天)!'

쉉!

강렬한 바람 소리가 일어나며 검날이 뽑혔다. 순간 사방으로 화려한 백색의 섬광이 눈이 부실 만큼 강렬하게 빛을 발산했다.

"앗!"

사람들이 저마다 그 강렬한 섬광에 눈을 감았고 고개를 돌렸다.

쿠아악!

달려드는 모용진의 눈은 승리를 확신했다. 하지만 허리를 숙인 장화영의 주변으로 피어나는 아지랑이와 등 뒤에 걸린 물건에 손이 닿는 순간, 두 눈을 가득 메우는 한 마리의 용이 눈에 들어왔다. 마치 모든 것이 빨려들어 갈 것 같은 착각이 모용진의 눈동자를 부릅뜨게 만들었다.

땅!

금속음이 울리는 순간 백색의 섬광이 사라지며 두 눈을 부릅뜬 모용진은 멍하니 장화영을 바라보았다. 어느새 검을 등 뒤에 걸린 검집에 넣었는지 장화영은 신광을 발하며 서 있었다.

휘리리릭!

하늘로 올라간 반쪽의 검날이 원을 그리며 비무대 위로 떨어져 내렸다.

퍽!

비무대에 박혀 들어간 부러진 검날이 사람들의 시선에 들어왔다.

"……."

모용진은 멍하니 검을 앞으로 내민 채 장화영을 바라보고 있었다. 아직도 정신을 차리지 못한 것이다. 그리고 자신의 검이 반 토막난 사실조차 모르는 듯 두 눈을 부릅뜨고 있었다.

"이럴 수가……."

무림맹의 원로들도 자리에서 일어났으며, 주변 사람들도 모두 놀란 듯 일어섰다. 그리고 그들의 시선에 장화영이 들어왔다. 지금 보여준 모습을 제대로 본 사람이 몇이나 되겠는가? 모두 그저 놀라는 얼굴로 장화영을 바라보고 서 있었다.

"놀랍구나……."

설산과 영호진도 놀라 일어섰다. 송백은 예상했기에 그저 담담히 미소를 그렸다. 구룡검법의 위력을 실감하자 왠지 모르게 전신이 긴장되는 기분이 들었다. 팽팽하게 근육이 움직였다.

"이럴 수가……."

모용진은 자신이 무공도 제대로 펼치지 못한 채 검이 부러진 사실에
그저 놀라고 있었다. 부러진 것이 아니라 잘린 것을 그는 모르고 있었
다.

"무, 무엇이오?"

모용진은 굳은 얼굴로 부러진 검을 들어 바라보다 장화영을 바라보
았다. 장화영은 그저 담담한 얼굴로 모용진을 바라보고 있었다.

"무공이에요."

장화영의 당연하다는 듯한 대답에 모용진은 눈을 부릅뜨며 정신을
차렸다. 순간 수많은 사람들도 정신을 차린 듯 환호성을 질렀다.

"와아아아아!"

사람들의 함성이 거대하게 울려 퍼졌다.

곧 모용진의 코끝에 청량한 향기가 맴돌았다. 그것은 검공을 펼친
후 남은 장화영의 기운이 주변을 맴돌았기 때문이다. 그것이 향기가
되어 사방으로 퍼져 나갔다. 모용진은 멍하니 장화영을 바라보고만 있
었다.

"대단하군. 화산에도 저런 검공이 존재했었나요?"

연서린은 검법이라는 사실을 잘 알고 있었다. 그리고 장화영이 순간
적으로 보여준 검에 실린 예기가 심상치 않음을 알았다.

"물론이에요. 단지 실전되려 했던 것을 복원한 것뿐. 저도 자세히는
몰라요. 그저 어르신들이 하던 이야기를 들었으니……."

황정이 대답하자 연서린은 고개를 끄덕였다. 아미파의 하태희도 고
개를 끄덕였다.

"역시 명문은 명문이군. 화영을 저렇게까지 키울 수 있다니……. 검법의 이름은?"

"그건…… 비밀이에요. 호호."

황정이 자랑스러운 듯 손으로 입을 가리며 미소 지었다. 그 모습에 연서린과 하태희가 아미를 찌푸렸다.

"이렇게 되면 화조도 격전이 예상되는군."

하태희가 조용히 중얼거렸다. 그 말처럼 절대 장화영은 영호진의 밑이 아니었다.

■제9장■

충격은 사람을 흔든다

■ 충격은 사람을 흔든다

장화영이 자리에 앉자 벌써 나가 있는 설산과 한주문의 대결이 시작되었다.

"이겼군."

송백의 말에 장화영은 고개를 끄덕였다.

"다음은 네 차례야."

장화영의 말에 송백은 대답하지 않았다. 굳이 대답할 이유가 없었다. 보여주면 되기 때문이다.

"장 소저."

장화영의 옆으로 모용진이 다가와 앉으며 불렀다. 모용진은 얼굴을 붉힌 채 장화영을 빤히 쳐다보았다. 장화영이 고개를 돌리자 모용진은 진지한 표정으로 말했다.

"나와 사귀지 않겠소? 반했소."

"예?"

장화영은 놀라 눈을 부릅뜨며 모용진을 바라보았다. 모용진은 거짓말이 아닌 진심 어린 눈동자로 장화영을 바라보았다.

"장 소저의 무공을 견식하고 나니 '아! 이 사람이다!' 라는 감을 얻었소. 나와 교제해 주시오. 제발 부탁드리오."

모용진의 진지한 말에 장화영은 어이가 없는 듯 고개를 돌렸다. 그런 장화영의 시선이 옆에 앉은 송백에게 향하였다. 장화영은 저도 모르게 입가에 미소를 그렸다. 그리고 송백이 들으라는 듯 말했다.

"허락해야 하나… 말아야 하나……."

장화영은 말을 하며 실눈으로 송백을 바라보았지만 송백은 그저 비무대를 응시하고 있었다. 그리고 설산과 한주문의 그림자가 가득 차며 도와 봉의 그림자가 송백의 눈을 어지럽혔다. 그 모습에 장화영은 인상을 찌푸리며 팔짱을 끼었다. 그런 장화영의 표정을 읽지 못한 모용진이 좀 전보다 더욱 목소리를 낮추며 말했다.

"장 소저를 위해서라면 무엇이라도 해줄 것이오. 그러니 교제를 허락해 주시오."

장화영은 곁눈질로 다시 송백을 바라보다 관심없는 듯한 그 모습에 인상을 더욱 찡그렸다.

"미안해요."

장화영은 그렇게 말하며 입을 닫았다. 싸늘한 목소리였다. 모용진은 거절당하자 놀란 듯 다시 눈을 부릅떴다. 하지만 신광을 발하며 다시 말했다.

"전 포기하지 않습니다, 장 소저. 당신의 아름다움을 아는 사람은 오직 저뿐일 테니까요."

모용진은 그렇게 말하며 일어나 비무장을 벗어나기 시작했다. 그 모습을 장화영이 바라보았다.

"허락하지 그랬나? 진정 원하는 것 같던데."

송백이 고개를 돌리며 멀어지는 모용진을 바라보다 장화영의 구겨진 얼굴을 응시하며 미소 지었다. 순간 장화영의 안면에 살기가 맴돌았다.

"시끄러. 으… 바보."

장화영은 주먹을 부르르 떨며 이빨을 깨물었다. 울화가 치밀었던 것이다.

'기필코 종으로 만들겠어. 으… 분해! 분해! 분해! 왜 내가 이렇게 분해야 하는데! 나쁜 새끼. 일 년이 뭐야. 십 년 동안 묶어서 개처럼 끌고 다닐 테다!'

장화영은 속으로 외치며 마음속에서 일어나는 열기를 식혀야 했다.

송백은 가볍게 웃으며 비무장으로 시선을 던졌다. 이들 중 이기는 자가 자신의 다음 상대가 되기 때문이다. 한쪽에서는 임형신이 주먹을 꼼지락거리며 장화영과 송백의 모습을 살폈다. 그러다 시선을 돌려 비무장을 응시했다.

'죽여주지. 후후……'

임형신의 입 꼬리가 말려 올라갔다.

"개방도 본선에 올라온 자가 소방주뿐인데 어려운 상대를 만났소."

이막동이 옆에 앉은 개방의 강동 총 분타주인 묘취신개(妙取神丐) 장팔(長八)에게 말했다. 이막동과 장팔은 서로 이웃에 살고 있기에 자주 만나는 친우였다. 물론 이막동의 친우는 옆에 앉은 산동악가의 가주

무지불섬(無地不閃) 악군위(岳君爲)도 있었다. 이렇게 세 명은 산동성의 최고 무인들로 그 명성이 대단했기에 자주 만났다.

"태산파라고 어디 다른가? 뭐, 그래도 가장 널널할 것 같은 목조이니 다행이기도 하겠지. 하지만 어디 만만한 조가 있겠나?"

"하하. 천하대회에는 나가지 못한다 하더라도 결승까지는 자신있소."

"그런 자신감이라도 있어야지."

장팔이 웃으며 고개를 끄덕였다.

쾅!

봉과 도면이 부딪치자 한주문과 설산의 신형이 서로를 멀리하며 밀려났다. 주변의 공기가 파장을 만들며 퍼져 나갔다. 그만큼 강한 기운이 서로를 노리고 있었다.

한주문은 역시 상대하기 어렵다고 생각했다. 더욱이 그의 무공은 초식이 거의 없다고 전해지는 섬광삼도(閃光三刀)였다. 자신이 알기로도 그저 베고 자르고의 반복이었다. 그런데 그런 초식들로 자신의 봉이 막혀 있는 것이다.

휭! 휭!

양손으로 묵봉을 머리 위로 들어 원을 그렸다.

설산은 앞발을 앞으로 내밀며 도를 어깨에 걸쳤다. 그 자세야말로 그가 가장 빠르게 도를 움직일 수 있는 자세였기 때문이다. 그런 설산의 시선이 한주문의 봉으로 향하였다.

'천하제일의 봉법은 타구봉법이다. 하지만 그것은 봉법을 말할 뿐 사람을 말하는 것이 아니다. 그리고 나의 도는 천하제일! 당할 자가 없다!

설산은 도를 잡은 손에 힘을 주었다.

"합!"

쉬앙!

강렬한 기합성이 울리며 한주문을 향해 날아들었다. 머리 위에서 봉을 돌리던 한주문은 인상을 굳히며 자세를 낮추고, 돌리던 봉을 왼손으로 옮기며 오른손을 앞으로 내밀었다. 그리고 상체의 뒤로 뺀 봉을 왼손만으로 돌렸다.

'기세에 밀리면 안 된다.'

한주문은 설산에게서 퍼져 나오는 강렬한 기세에 눈을 부릅뜨며 앞으로 뻗어 나왔다.

쉬아악!

순간 회전하던 봉이 원심의 힘과 함께 회오리바람처럼 설산의 우측 옆구리를 쳐왔다. 찰나 설산의 신형이 살짝 허공에 떠오르며 몸을 옆으로 돌렸다. 아슬하게 설산의 신형을 스치듯 지나친 강풍에 설산의 신형이 흔들렸다. 그 순간 강렬한 섬광이 설산의 어깨에서 피어났다. 한주문의 어깨를 노린 것이다.

팍!

순간 강렬한 소리와 함께 한주문의 봉이 설산의 도를 막았다. 재빠르게 봉으로 원을 그려 막은 것이다. 생각보다 한주문의 봉에서 나오는 경기가 강력하여 설산은 제대로 도를 뻗지 못했다. 공중에서 흔들렸기 때문이다. 순간 설산의 도가 뒤로 번개처럼 빠지며 다시 가슴을 베어갔다. 그것을 눈으로 확인한 순간 한주문의 봉이 바로 앞에서 원을 그렸다.

따당!

도가 봉에 튕겨 뒤로 빠졌다. 충격 때문이다. 한주문은 순간 설산의 가슴이 나타나자 재빠르게 봉을 꺾으며 찔러갔다.

쉬악!

그 모습에 설산의 오른손이 재빠르게 내려와 도면을 들었다. 하지만 설산의 눈동자에 기광이 서리며 안면을 막던 도면을 앞으로 꺾으며 도날을 보였다. 도의 등을 사이에 두고 봉과 그 뒤에 서 있는 한주문의 신형이 확연하게 눈에 들어왔다. 그리고 날아드는 봉 속에서 밝은 태양을 볼 수 있었다.

"섬광은 모든 것을 자른다. 설령 그것이 하늘이라도."

호삼곡의 말소리가 설산의 귓가에 들려왔다. 그리고 하늘을 향해 도를 휘두르던 무지하던 자신의 모습이 떠올랐다. 왜일까? 지금 이 순간 설산의 입에 미소가 걸렸다. 순간 설산의 도에 강렬한 기운이 맴돌았다.

번쩍!

섬광이 피어나며 도날이 봉의 중심에 닿았다.

팍!

"……!"

봉과 도날이 닿는 순간 한주문의 눈동자가 부릅떠졌다. 도날이 봉끝에 박혔기 때문이다. 하지만 거기서 끝난 것이 아니다. 빛 무리와 함께 도가 봉을 자르며 앞으로 뻗어 나오기 시작했다.

"으아아압!"

거대한 외침이 터져 나오며 설산의 도가 한주문의 육체로 도를 가르며 달려들었다. 순간 한주문의 눈동자가 흔들렸다.

"에잇!"

한주문은 크게 외치며 봉을 놓으면서 자세를 낮추어 설산의 옆구리로 파고들었다. 그의 오른손에 깃든 기운은 굉천장(宏天掌)이었다. 한 대라도 격중되면 뼈를 으스러뜨리는 파괴력의 장력인 것이다. 그리고 짧은 순간에 일어난 일이다. 순간 설산의 도날이 밑으로 꺾였다.

팍!

봉이 조각나며 도날이 한주문의 어깨로 떨어져 내렸다. 한주문의 장 역시 설산의 옆구리를 향하고 있었다. 그리고 도가 막 어깨에 닿으려는 순간 한주문의 장 역시 옆구리에 닿으려 했다.

"……!"

설산의 안면이 일그러졌으며 한주문의 얼굴에서 살기가 피어났다. 순간 설산의 도가 꺾이며 신형이 옆으로 틀어졌다.

팍!

공기를 가르며 한주문의 장력이 허공을 격타했다. 그리고 목에서 느껴지는 섬뜩한 차가움.

"……."

한주문은 싸늘한 눈으로 자신의 우측에 서 있는 설산을 응시했다. 설산의 도가 한주문의 목에 닿아 있었던 것이다.

"봉을 버리는 순간 승부를 포기했다고 여겼지."

설산의 목소리에 한주문은 쓰게 웃었다.

"자네 같으면 포기할 것 같나?"

당연한 대답이었다. 설산은 인상을 굳히며 한주문을 바라보았다. 만약 그 상태에서 멈추지 않았다면 둘 중 한 명은 죽었을 것이다. 아니, 둘 다 죽었을지도 모른다. 그만큼 강렬한 일격들이었다.

　"포기한다는 것 자체가 웃긴 일이겠지."

　설산은 입맛을 다시며 도를 거두었다. 이미 승부는 봉을 던지는 순간 결정되었다. 하지만 한주문은 마지막까지 포기하지 않은 것이다. 그 차이였다. 그것뿐이라고 설산은 생각했다.

　"다음에 붙게 된다면 목숨을 걸어야 하겠군."

　"당연히 그래야겠지."

　설산의 말에 한주문은 싸늘하게 대답했다. 설산은 고개를 끄덕이며 도를 도집에 넣었다. 승부는 결정되었다.

　"와아아아아!"

　설산의 승리를 부르자 사람들의 함성 소리가 사방으로 울렸다. 설산이 누구의 제자인지 알기에 사람들은 그의 승리를 당연한 것처럼 여겼다. 그리고 한주문은 단지 재수가 없었을 뿐이라고 말했다.

　"운이 나빴군."

　장팔이 코를 후비며 중얼거리자 이막동도 고개를 끄덕였다.

　"호 노선배의 제자이니… 마지막은 아마도 무리를 한 듯싶은데 아쉽겠어."

　이막동의 말에 장팔은 인상을 찌푸렸다.

　"사내자식이 졌으면 그냥 승복하지 뭘 그렇게 매달리려 하는지 원. 쯧쯧."

　장팔은 한주문의 행동에 혀를 찼다. 자신이 보기에도 봉을 던지는 순간 승부는 결정되었기 때문이다. 그리고 설산이 한 수 위라는 것은 초식을 전개하는 모습을 보면서도 알 수 있었다.

"내 차례군."

송백이 자리에서 일어서자 장화영의 시선이 따라갔다.

"올라오겠지?"

장화영의 군은 목소리에 송백은 희미한 미소를 그렸다.

"운이 좋다면."

송백은 가볍게 대답하며 비무대를 향해 걸어나가기 시작했다.

"송가장 송백."

송백의 이름이 불리자 사람들의 웅성거리는 소리가 잠시 동안 울렸다. 마정회주를 죽였다는 소문이 돌았기 때문이다. 요행일 거라는 사람들도 적지 않게 있었다.

"태정방 임형신."

"와아아!"

태정방이라는 이름이 울리자 사람들의 입에서 환호성이 나왔다. 태정방의 힘이 얼마나 큰지 보여주는 모습이었다. 사파라고 불리는 태정방이지만 그들이 가지고 있는 부와 힘은 지대했다. 그런 태정방의 소방주가 나온 것이다.

"제대로 해봅시다, 송형."

포권하며 임형신이 말하자 송백은 예의를 지키기 위해 포권했다.

"물론."

송백을 바라보는 임형신의 눈에 살기가 비친 것도 그 순간이었다. 송백은 그 짧은 살기를 눈치챘다.

'……'

"저 아이가 송영의 동생이란 말이지?"

"그렇습니다."

한현의 물음에 제갈사랑이 대답했다. 그러자 한현은 고개를 끄덕이며 송백의 모습을 살폈다. 그에게서 느껴지는 기운이 조금은 낯이 익다는 느낌이 들었다. 꼭 누구를 닮은 것 같은 기분이 든 것이다. 과거어디선가 만난 것 같은 기분.

"령아가 입에 침이 마르도록 칭찬한 아이이니 어디 한번 구경해 보자. 과연 그리 잘난 녀석인지 말이다. 후후."

한현은 생각을 접으며 중얼거렸다. 그리고 낯이 익다는 것은 그의형인 송영 탓이라고 여겼다.

"그의 무공이 어디에서 나온 것인지 아직도 의문입니다. 하지만 실력만큼은 대단하다고 들었습니다. 저 아이 때문에 지명과 산아가 폐관수련까지 감행했으니까요."

"그래서 지금의 그 아이들이 있는 게 아닌가? 하하. 산아가 걱정이지만 곧 호 동생이 올 테니 그리 걱정하지는 말게."

제갈사랑의 말에 한현은 웃으며 수염을 쓰다듬었다. 그들의 말소리를 조용히 경청하는 사람은 남궁천이었다. 무림맹주인 자신도 한현에게는 말을 붙이기가 어려웠다. 그만큼 힘든 인물이었고, 중원의 전설중 한 명이었다.

'송백이라……. 송영의 동생이란 사실은 이미 들어서 알고 있다. 하지만 그가 천하대회에 나갈 수 있을까……?'

그런 생각을 하던 남궁천의 시선이 송백의 등에 걸린 검은 상자로 향했다. 곧 남궁천의 입가에 미소가 걸렸다.

'재미있군.'

남궁천은 무엇이 재미있었던 것일까? 그저 본인만이 알 것이다. 남궁천은 그렇게 담담히 미소 지었다.

"송영의 동생이라 해서 꽃미남일 것이라 생각했는데… 기대를 너무 한 듯하네요. 정말 형제가 맞는 건가요? 흘러나오는 기도는 송영과 딴판인 듯한데……."

송백을 살핀 황정이 연서린을 향해 물었다. 그러자 연서린은 미소 지으며 고개를 끄덕였다.

"사내다운 모습은 형과는 달리 좀 더 사납지. 그리고 뭐랄까……? 홀로 사냥하는 늑대 같다고 할까? 꼭 그런 눈을 하고 있었어."

"아… 그렇군요."

황정은 그 말에 고개를 끄덕였다. 개인적으론 송영이 더 마음에 들었다. 사실 그를 보았을 때 나이 차이를 잠시 생각 못했던 적이 있었기 때문이다. 그렇기 때문에 이렇듯 관심을 보인 것이다. 그것은 연서린도 마찬가지였다. 소년에서 청년으로 성장하는 모습을 곁에서 지켜보았기에 연서린에게 송백은 특별했다.

임형신은 뚜둑거리는 소리를 울리며 손가락을 움직였다. 그런 임형신은 왼손에 전에는 보인 적이 없던 날카로운 조(爪)를 장갑처럼 끼고 있었다. 금속으로 이루어진 손톱 부분은 마치 매의 발톱처럼 날카롭게 빛나고 있었다. 그 모습이 언뜻 사이하게 보이기도 했지만 송백은 그저 담담히 바라보았다.

"마음에 안 들어."

임형신은 그랬다. 자신이 비무를 끝내고 내려설 때 바라보는 송백의 시선이 싫었던 것이다. 비웃는 것 같았기 때문이다. 더욱이 자신이 마음에 들어했던 장화영이 송백의 옆에 붙어 있었다. 그것 역시 마음에 안 들었다.

"네 눈을 파주고 싶다."

임형신은 조용히 속삭이듯 말하며 한 걸음 앞으로 나섰다. 곧 송백의 도가 햇살에 반사되며 나타나기 시작했다.

"백옥도다!"

누군가의 외침이 터져 나오는 순간 사람들의 입에서 찬탄의 목소리가 흘러나왔다. 백옥도의 깨끗한 백색의 도신이 사람들의 눈을 잡았기 때문이다. 누가 보더라도 보도였다. 그리고 그것을 쥐고 있는 송백은 이제 보통의 송백이 아닌, 이름있는 송백이었다.

송백은 임형신에 대해 별다른 감정이 없었다. 단지 그는 괴롭히는 것을 즐기는 인물이라 여겼을 뿐이다. 그는 처음 비무 때 살인을 했고, 두 번째는 팔을 부러뜨렸다. 그리고 세 번째는 팔다리를 부러뜨렸다. 물론 그럴 필요까지는 없었다. 단지 임형신은 그저 자신의 쾌락을 위해 사람을 패는 것이었다. 그것뿐이었다.

임형신은 그렇게 비무를 해왔기에 정파의 사람들이 대다수인 무림관에서 욕을 먹는 인물이었다. 하지만 정파의 사람들이 그를 욕해도 송백은 그렇게 하지 않았다. 왜냐하면 자신 역시 살인을 해왔기 때문이다. 어떤 말로 미화시킨다 하여도 살인은 살인이다. 송백은 그렇게 생각했다.

"시작하지."

송백은 도를 늘어뜨리며 조용히 입을 열었다. 그 말속에 담긴 살기가 임형신의 전신을 따갑게 자극했다.

스슥!

임형신은 발을 약간 앞으로 움직이며 인상을 찌푸렸다. 송백이 입을 열자 자신도 모르게 위축되는 기분이 들었던 것이다. 왜일까? 갑자기 느끼는 감정이었다. 그저 본능이 몸을 움츠리게 만든 듯 송백의 모습이 전보다 더 크게 보였다. 긴장감이 전신에 흐르기 시작했다.

'후후. 뭘 그렇게 망설이나.'

임형신은 자신을 타이르듯 말하며 온몸의 신경을 팽팽하게 만들었다. 순간 송백의 발이 한 발 앞으로 나섰다.

"안 오면 내가 가지."

쉬악!

순간 송백의 그림자가 삽시간에 임형신의 눈앞에 나타났다.

"헉!"

임형신은 저도 모르게 눈을 부릅떴다. 그리고 보이는 새하얀 광채.

팟!

고개를 뒤로 빼며 본능적으로 몸을 옆으로 피하자 싸늘한 한기가 등줄기를 타고 흘러갔다. 어느새 일도가 눈앞을 스쳤기 때문이다.

"오오오!"

사람들의 입에서 감탄성이 흘러나왔다. 한순간 송백의 그림자가 사라진 듯 보였기 때문이다. 임형신은 마음을 놓을 수 없었다. 다시 송백의 신형이 임형신의 앞에 나타났기 때문이다.

파팟!

이도가 번뜩이며 임형신의 목과 명치를 노리고 찔러왔다. 임형신은 급작스러운 그의 공격에 당황할 수밖에 없었다. 지금까지 한 비무에서는 자신이 선공을 잡았고 흐름을 이끌었기 때문이다. 하지만 지금은 자신의 흐름이 깨진 것이다. 당황할 수밖에 없었다.

따당!

왼손의 조가 움직이며 두 개의 도를 막자 송백은 신형을 낮추며 백옥도로 임형신의 옆구리를 베어갔다.

쉬악!

강렬한 바람 소리가 도와 함께 동반되어 임형신의 귓가를 때렸다. 임형신의 얼굴이 일그러지며 땅을 발로 찼다.

팍!

바람 소리와 함께 임형신의 발밑으로 도가 지나치자 임형신은 그 기회를 놓치지 않기 위해 왼손의 조를 송백의 머리 위로 내려쳤다. 그것을 본 송백은 도를 위로 올렸다. 순간 땅거리는 소리가 울리며 조가 백옥도를 움켜잡았다. 그리고 보이는 임형신의 미소. 드디어 흐름을 자신에게 가지고 온 것이다.

바람 소리가 일어나며 임형신의 신형이 밑으로 내려오며 앞발이 송백의 앞면으로 날아들었다. 이미 백옥도를 잡았기에 마음 놓고 날린 발차기였다. 송백은 복부를 지나쳐 올라오는 임형신의 발을 주시하며 왼팔을 뻗었다. 순간 왼 손바닥과 임형신의 발이 부딪쳤다.

팍!

임형신의 신형이 발차기를 하며 한 바퀴 돌아 내렸다. 송백의 신형은 뒤로 한 걸음 물러선 상태였다. 그리고 임형신의 발이 땅에 닿는 순간 임형신의 오른손이 새의 발톱처럼 변하며 송백의 안면으로 짓쳐들어왔다.

"태정방주의 흑오조(黑烏爪)다!"

그 모습에 누군가가 소리쳤다. 송백의 눈동자가 그 말에 눈을 빛내며 날아드는 임형신의 오른손을 응시했다. 세 손가락이 구부러져 있었으며 손톱은 검게 그을려 있었다. 순간 송백의 신형이 옆으로 몸을 틀었다.

팟!

바람을 가르는 소리가 울리며 송백의 가슴을 스치듯 지나쳤다. 스치는 바람 소리만 듣고도 그 위력을 실감할 수 있었다. 순간 임형신의 신형이 멈추며 재빠르게 왼손이 앞으로 뻗어 나왔다. 송백의 눈동자가 굳어졌다. 예상치 못한 행동이기 때문이다. 송백은 다시 한 바퀴 몸을 돌리며 옆으로 신형을 이동했다. 그 움직임이 번개처럼 빨랐다. 순간 임형신은 몸을 돌리며 기다렸다는 듯이 왼손의 조를 날렸다.

퍽!

"……!"

송백의 눈동자가 굳어졌다.

"아앗!"

사람들의 입에서 놀람에 찬 목소리가 흘러나왔다. 송백 역시 예상치 못한 공격이었기에 놀란 눈으로 임형신을 바라보았다. 어느새 송백의 신형은 반 장 가까이 뒤로 물러선 상태였다. 송백의 시선이 자신의 팔뚝에 박힌 다섯 개의 쇠 손을 바라보았다. 그리고 그곳에 연결된 가느다란 연사가 임형신의 왼손에 묶여 있었다. 임형신의 입 꼬리가 위로 올라갔다.

스륵!

미소를 그리던 임형신의 상의가 좌우로 벌어지며 두 줄기의 혈선이 가슴에 나타나자 사람들의 입에서 놀람에 찬 함성이 흘러나왔다. 어느 새 임형신의 가슴에 이도가 스친 것이다.

"이 녀석……."

임형신의 인상이 굳어졌다.

"과연……."

송백은 자신도 예상치 못한 공격에 임형신을 칭찬했다. 그 역시 이 대회를 위해 많은 준비를 한 것이다. 송백은 자연스럽게 도를 들어 자신의 팔에 박힌 비조의 연사를 잘라내었다. 곧 손에 박힌 비조가 바닥에 떨어져 내렸다.

금속음이 울리자 송백은 굳은 얼굴로 오른손으로 어깨를 잡았다. 그리고 팔에서 느껴지는 고통이 독(毒)이라는 것을 알게 해주었다.

"아직도 할 생각이 있나?"

임형신은 그렇게 말하며 미소 지었다. 그런 임형신의 입이 미미하게 움직였다.

"지금 당장 성수원에 가지 않는다면 죽을 텐데? 무공을 펼친다면 독은 더욱 빨리 퍼지겠지."

임형신의 목소리가 귓가에 울리자 송백은 왼팔을 늘어뜨리며 미소를 그렸다. 그 미소를 발견한 임형신의 얼굴이 일그러졌다. 무엇이 저렇게 여유있다는 말인가? 임형신은 살기를 피웠다.

"나를 원망하지 말거라!"

쉬아악!

임형신의 양손이 좌우로 펼쳐지며 송백을 덮쳐 왔다. 그 강렬한 모습에 사람들의 눈이 커졌다. 순간 송백의 오른손에 들린 백옥도가 아래에서 위로 가볍게 올라갔다. 그 순간 강렬한 유형의 바람이 임형신의 눈 속으로 파고들었다. 아니, 정확하게 임형신의 왼 어깨를 스치듯 지나쳤다.

퍽!

"……!"

"앗!"

"헛!"

임형신의 두 눈동자가 부릅떠졌으며 사람들의 입이 크게 벌어졌다. 그리고 허공에 임형신의 오른팔이 떠오르고 있었다.

쏴아아!

피비가 허공에 뿌려진 것도 임형신의 팔이 뒤로 날아가는 그 순간이었다. 송백의 손이 그저 아래에서 위로 올라갔을 뿐이었다. 그 짧은 순간 임형신의 팔이 날아간 것이다. 그것은 충격이었다. 임형신은 멍하니 송백을 바라보다 무언가 허전하다는 것을 느끼고는 고개를 돌렸다. 그리고 자신의 어깨에서 뿌려지는 핏물을 보고서야 온몸에 느껴지는 고통을 알았다.

"크아아아악!"

임형신의 입에서 그제야 비명성이 터져 나오며 바닥에 무릎을 꿇었다.

툭!

임형신의 왼팔이 비무대의 밖에 떨어져 내렸다. 그 잔인한 모습에 사람들은 그저 충격을 받은 듯 송백을 바라보았다. 순간에 일어난 일이었다.

벌떡!

한현은 두 눈을 부릅뜨며 자리를 박차고 일어났다. 그의 두 눈은 미미하게 떨리고 있었다.

"설마……."

한현의 입에서 흘러나온 말에 제갈사랑을 비롯한 사람들의 시선이 한순간 한현에게 향하였다. 한현은 그 시선을 느낀 듯 곧 안색을 고치며 자리에 앉았다. 하지만 그의 표정은 여전히 굳어 있었다.

"으아아악!"

몇 번의 비명을 지르며 바닥에 쓰러진 임형신은 그렇게 온몸을 떨고 있었다. 그 심적인 충격이 큰 듯 보였다. 무사들이 다가와 지혈하고 운반하기 위해 들것을 들고 올라왔다. 하지만 임형신의 육체는 몇 번의 경련을 일으키더니 그의 눈이 뒤집어졌다.

"죽었습니다."

무사의 말에 총단주를 맡고 있는 유장언이 인상을 찌푸렸다. 자신의 팔이 떨어져 나간 충격을 이기지 못하고 죽은 것이다. 과다 출혈보다 심적인 충격이 큰 작용을 한 듯 보였다.

유장언은 송백을 바라보며 굳은 얼굴을 하였다.

"살인에 대한 책임은 져야 할 걸세."

유장언의 말에 송백은 자신의 왼 소매를 찢었다. 그리곤 담담히 말했다.

"규정에 어긋나는 일은 독이 아니오?"

송백의 말에 유장언을 비롯한 무림맹의 인사들이 송백의 왼팔로 시선을 돌렸다.

"허……."

사람들의 입에서 놀람에 찬 음성이 터져 나왔다. 송백의 왼팔은 팔뚝까지 퍼렇게 변해 있었다. 임형신의 일 때문에 그것을 이제까지 파악하지 못한 것이다.

유장언은 재빠르게 비무대의 바닥에 떨어져 있는 비조를 주어 들었다. 곧 고개를 돌려 남궁천을 바라보자 남궁천이 고개를 끄덕였다. 그러자 유장언은 재빠르게 단상 위에 올라 비조를 남궁천 앞에 보였다. 그러자 당가의 당묵이 다가왔다.

"독이 확실한가?"

당묵은 당가주의 동생으로 독공의 달인이었다. 당묵은 조의 끝에 있는 푸르스름한 변색을 바라보다 냄새를 맡아보았다.

"청살독(靑殺毒)입니다. 광동 지방에서 살고 있는 미청사라는 아주 예쁜 뱀의 독입니다."

당묵의 말에 남궁천은 고개를 끄덕였다. 이렇게 된다면 문제가 달라지기 때문이다. 남궁천의 시선이 유장언을 향하자 유장언은 곧 송백에게 입을 열었다.

"자네의 승리네."

"와아아아!"

순간 사람들의 함성 소리가 사방에서 울려 퍼졌다. 강렬한 인상의 송백이 그들의 머리에 남았기 때문이다. 마지막에 보여준 그 일격과 팔이 날아가는 모습은 사람들에게 충격을 주었다. 그렇게 화조의 경기가 모두 끝나게 되었다.

작은 실내에 앉아 있는 송백의 앞에 소서서가 앉아 붕대를 손에 감아주고 있었다.

"앞으로 일주일은 손을 움직이기 힘들 거예요. 다음 비무는 오 일 후인데 걱정이군요."

조서서의 말에 송백은 변화없는 얼굴로 고개만 끄덕였다. 그 옆에 서 있던 아명이 걱정스러운 눈으로 송백의 옆에 다가와 섰다.

"독술이라니……. 비무대회에 독술은 금지되어 있을 텐데, 태정방은 도대체 무엇을 가르치는지 모르겠네요. 더욱이 대회에 앞서 철저히 조사했을 텐데 독을 반입하다니……."

"아마 맹 안에서 구했을 거야."

조서서는 그 말에 자신의 생각을 바로 말했다. 그럴 가능성이 가장 높았기 때문이다. 곧 붕대를 다 감은 조서서가 일어섰다.

"다 되었어요. 해독약을 먹었다고 하지만 피를 다 뺀 상태이니 머리가 조금 아플 거예요. 거기다 혹시 모를 후유증을 생각해서 쉬시구요."

"그러지."

송백은 고개를 끄덕이며 대답했다. 사실 머리가 아팠던 것이다. 조금은 눕고 싶다는 생각이 들었다.

"시장하시죠? 제가 죽이라도 끓여올게요."

아명은 그렇게 말하며 밖으로 나갔다. 곧 그 뒤로 조서서가 나갔다. 송백은 머리를 만지며 침상에 몸을 눕혔다. 저절로 눈이 감겼다.

방 안에는 아무도 없었고 송백의 숨소리만이 고요하게 흘러가고 있었다. 해독약에는 수면제가 들어 있어 송백은 잠들 수밖에 없었다. 얼마나 시간이 흘렀을까? 조서서가 나간 지 그리 긴 시간이 흐르지 않았을 때였다.

천장의 어둠 속에서 거대한 물방울이 바닥으로 떨어져 내렸다. 소리도 없었으며, 마치 거대한 기름이 고인 듯 그렇게 떨어진 물방울은 사람의 형상으로 변하였다. 그리고 나타난 검은 복면의 인물은 두 눈만이 반짝이고 있었다.

"훗."

누워 있는 송백을 바라보며 눈가에 잔주름이 잡혔다. 웃고 있는 것이다. 살기도 없었으며 주변의 공기가 흘러가는 대로 자연스럽게 손을 든 흑의 복면인은 주먹 쥔 손을 폈다. 순간 백색의 비수가 손에 들렸다.

"원망 말거라……. 이대로 돌아간다면 내가 죽을 테니……. 네 명이라도 따가야 내가 살 수 있다."

가만히 중얼거린 복면인은 차갑게 비수를 송백의 목 언저리로 가지고 갔다. 그 사실을 모르는 듯 송백은 고른 숨소리만을 내고 있었다. 비수의 차가움이 목에 막 닿았다.

"뭐 하는 짓인가요?"

"……!"

놀란 복면인이 뒤로 돌았다. 순간 복면인의 눈을 가득 메우며 김이 피어나는 하나의 그릇이 날아들었다. '쌩!' 거리는 바람 소리에 놀란 복면인의 신형이 천장으로 올라갔다. 그 순간 죽이 담긴 그릇을 잡은 흐릿한 그림자가 복면인의 눈에 어른거렸다. 아명이었다. 복면인을 발견하자 죽 그릇을 날리고 또 달려와 죽 그릇을 잡으며 천장을 향해 고개를 들었다.

복면인은 굉장히 놀라고 있었다. 성수원을 몇 번이나 조사했었다. 하지만 아명이 고수라고는 꿈에도 생각지 못한 것이다. 전혀 뜻하지 않은 인물에게 방해를 받은 것이다. 그러니 놀랄 수밖에 없었다.

순간 아명의 손바닥이 가볍게 위로 올라갔다.

"숨는다고 다 되는 건 아니에요."

쉬악!

붉은 장영이 복면인의 얼굴을 향해 날아들자 놀란 복면인의 신형이 천장의 어둠 속으로 숨어들었다.

쾅!

천장에 거대한 구멍이 생기며 사방으로 나무 조각들이 비산했다. 하지만 사람의 모습은 어디에도 보이지 않았다.

"……."

아명은 인상을 찌푸리며 죽이 담긴 그릇을 송백의 머리 옆에 놓았다. 그리곤 천장을 통해 위로 올라갔다. 사방을 살폈지만 지나가는 그림자의 흔적은 보이지 않았다. 아명은 고개를 저으며 다시 바닥으로 내려섰다. 곧 사람들이 모여드는 소리가 들려왔다. 아명은 인상을 찌푸렸다.

"도대체… 누가……."

아명의 머리가 회전하고 있었지만 결론이 나오지 않았다.

"글쎄……."

"어머! 송 가가!"

들려온 말에 화들짝 놀란 아명이 어느새 일어나 앉아 있는 송백을 바라보았다. 송백은 쓰게 웃으며 아명을 바라보았다. 자신은 이미 복면인의 존재를 알고 있었다. 그렇기 때문에 그를 기다린 것이다. 그런데 아명이 방해한 꼴이 되어버렸다. 아쉬울 수밖에 없었다.

"알고 계셨어요?"

아명의 말에 송백은 씁쓸히 웃으며 고개를 끄덕였다. 방해했다고 하지만 어쩌겠는가? 아명은 자신을 걱정해서 숨기고 있던 무공도 보였다.

"이 일은 우리 둘의 비밀로 하자. 너와의 관계도 일단은 비밀이다. 천장을 뚫은 것은 내가 한 일이고……. 입을 닫고 있어. 알겠니? 그것보다 죽이나 먹자. 네가 끓인 죽을 먹은 것도 오래전 일이구나."

"예, 명심할게요."

송백은 죽 그릇을 들어 탁자에 가지고 가 앉았다. 그 앞에 아명이 앉았다. 아명은 그 말에 아쉬운 듯 조용히 속삭였다.

"제가 늘 옆에 있어야 하는데……."

"스승님의 곁에 있는 게 더 중요하다."

"…예."

아명은 힘없이 대답했다. 곧 사람들이 방 안으로 들어오기 시작했다.

"뭐야? 위에 뚫린 구멍은? 공기가 안 좋아서 환기라도 시킬 생각이었어?"

능조운이 방에 들어오다 천장에 생긴 구멍을 발견하곤 눈을 크게 떴다. 그러다 잠시 뚫린 구멍을 통해 하늘을 바라보던 능조운은 송백에게 말했다.

"보기는 좋네."

아명은 일어나 자리를 비켜주었다. 아직까지 사람들과 대화하는 것이 익숙지 않기에 피한 것이다. 그리고 송백과의 관계도 숨겨야 했다. 아명이 나가자 교차되듯 안희명과 차화서가 들어왔다. 그녀들이 들어오자 방 안은 금세 북새통이 되었다. 곧 차화서가 심각한 표정으로 죽을 먹고 있는 송백에게 다가와 말했다.

"승리는 축하하지만 걱정이네요. 상대가 태정방의 임형신이었으
니……. 임형신은 태정방주가 가장 좋아하는 손자예요. 이제 어떻게
할 건가요? 태정방이 절대 가만두지 않을 텐데……."

송백은 그 말을 들으며 죽 그릇을 내려놓았다. 어느새 다 먹은 것이
다.

"피할 수 없다면 즐겨라."

송백은 가만히 말하며 차화서를 바라보았다.

"군에서는 이런 말을 주로 하지. 어려움이 닥치면 그 상황을 즐기라
고 말이야."

송백의 대답에 차화서는 인상을 찌푸렸다. 말도 안 되는 대답이기
때문이다. 태정방이 자신을 노리고 있고 목숨이 달린 일인데 어떻게
즐길 수 있다는 말인가? 이해가 안 되었다.

"어떻게 생각할지 모르지만 절대 가볍게 생각해서는 안 돼요. 걱정
하기에 하는 말이에요."

차화서의 심각한 말에 안희명의 안색도 변하였다. 차화서는 그리 심
각하게 말을 하는 인물이 아니기 때문이다. 평소의 차화서가 아니기에
일의 심각성을 느낀 것이다. 능조운도 태정방에 대한 소문을 알기에
걱정하는 마음은 마찬가지였다.

"혹시 모르지… 실수를 보낼지도……."

능조운이 천장을 바라보며 가만히 중얼거리자 차화서의 시선이 천
장으로 향하였다. 순간 차화서의 눈동자가 빛났다.

"벌써 왔군요."

"물론."

송백의 대답에 차화서는 인상을 찌푸렸다.

"무림맹에도 침투해 있다니…… 놀랍군요."

차화서가 그렇게 말하자 곧 두 명의 그림자가 방 안에 나타났다.

"천하에서 가장 허술하면서도 완벽한 곳이 무림맹이에요."

모두의 시선이 문 쪽으로 향하자 기수령과 허난영이 서 있었다. 기수령은 이곳으로 오면서 좀 전의 소란을 들은 상태였다. 문밖으로 설산과 장지명의 모습이 언뜻 보였다. 좁은 방 안에 그녀들까지 들어오자 방이 더욱 좁게 느껴졌다.

"태정방주의 핏줄을 죽였으니 각오는 하고 있었던 것이 아닌가요?"

기수령의 말에 송백은 미소를 보였다.

"사람이 죽으면 언제나 그에 따른 책임이 따른다."

송백의 대답에 기수령은 굳은 얼굴로 천장을 바라보았다. 그녀가 들어오자 실내는 약간 무겁게 가라앉았다. 그녀의 방문은 의외였기 때문이다. 허난영은 쪼르르 능조운의 뒤로 다가가 섰다.

"능 소협, 또 만났네요."

"허 소저, 반갑소."

"본선에 든 것 축하드려요."

"허 소저야말로 축하드리오."

둘의 대화는 다른 세상의 이야기를 하는 듯 보였다.

기수령은 송백의 앞에 앉으며 입을 열었다.

"독은 모두 없앤 듯하군요."

기수령의 대답에 송백은 고개를 끄덕였다. 어떻게 알았을까? 기수령은 눈치가 빠른 사람이라 여겼다. 곧 기수령이 다시 말했다.

"살수는 어디에도 존재해요. 적이 많다면. 하지만 태정빙의 손을 피할 수 있는 방법이 하나 있어요."

"그게 무엇이오?"

능조운이 관심있는 표정으로 물어왔다. 그러자 기수령은 송백을 응시했다. 송백과 시선이 마주하자 기수령은 곧 입을 열었다.

"천하대회에 나가는 방법이에요. 간단하지요? 그렇게 한다면 일 년동안 무림맹이 송 소협을 구할 것이에요. 하지만 태정방의 손은 그 이후에도 계속되겠지요. 물론 송 소협이야 신경을 안 쓰다고 하지만 매일같이 살수들이 찾아온다면 그것만큼 짜증스러운 일도 없을 거예요. 그 방법을 영원히 피하는 방법은 하나에요."

"뭔가?"

송백의 물음에 기수령이 미소 지었다.

"무림맹에 가입하는 것."

■제10장 ■

동질감

신교의 거대한 비무대 위에는 신교에서 가장 관심을 가지는 인물이
올라가 있었다.

"와아아아!"

거대한 함성 소리가 울렸으며 사람들의 시선은 백의 면사녀에게 향
하고 있었다. 그녀의 눈매만이 보였고, 그녀의 짙은 흑색의 머리카락
이 바람에 길게 날리고 있었다. 그녀가 그렇게 서 있자 높은 단상에 앉
은 신교의 교주 유천한이 옆에 앉은 철우경을 바라보며 입을 열었다.

"과연 천하제일미라 불릴 손녀일세. 서 있기만 해도 빨려들 것 같으
니 말일세. 허허."

교주의 말에 철우경은 미소 지었다. 자신이 봐도 철시린은 너무도
빼어났다. 문득 자랑스럽다는 생각이 들었다.

"그것보다 요즘 매파가 하도 들어와 난감하네."

철우경이 담담히 미소 지으며 말하자 유천한은 눈을 크게 뜨며 놀란 듯 말했다.

"아니, 나도 아직 안 보냈는데 누가 감히 나보다 먼저 보냈다는 말인가?"

순간 유천한의 주변에 있던 신교의 중요 인물들의 얼굴이 경직되었다. 대다수가 보냈기 때문이다. 그것을 모르는지 유천한은 웃으며 다시 말했다.

"어디의 누구인지는 모르지만 자네 설마 받아들인 것은 아니겠지? 어떤 놈들인지 나에게 말해 보게, 내가 달려가서 아작을 내줄 테니."

뚜둑!

유천한의 전신에서 뼈가 어긋나는 소리가 잔잔히 흘러나왔다. 순간 주변의 중요 인물들이 안색이 누렇게 뜨기 시작했다. 그들의 시선은 철우경에게 향하였다. 그의 대답에 달려 있기 때문이다.

"아직 허락하지 않았네. 그리고 아쉽겠지만 내 손녀는 이미 마음에 담고 있는 사람이 있네."

"헉!"

"엇!"

순간 교주를 비롯한 주변의 중요 인물들의 입에서 헛바람 소리가 흘러나왔다. 모두 놀란 것이다. 유천한도 의외인 듯 눈을 부릅떴다. 철우경은 그저 담담히 미소만 그렸다.

'도대체 어떤 놈이야?'

유천한은 굳은 얼굴로 비무대를 바라보았다. 아니, 철시린을 응시하고 있었다. 그리고 비무가 시작되었다.

철시린은 검을 늘어뜨린 채 마주 보고 있는 음선궁의 소궁주 종여주를 바라보았다. 그녀의 눈매가 가늘게 떠지며 매혹적인 미소가 입가에 그려졌다. 결국 그녀가 남은 것이다. 그리고 천하대회에 나갈 사람을 뽑는 두 번째 비무였다.

"아가씨의 얼굴에 칼이라도 대고 싶지만… 그랬다가는 이곳을 나가기도 전에 죽을 것 같고…… 걱정이네요."

종여주는 자신보다 예쁘다는 생각에 말한 것이다. 웃으며 말했지만 진담이었다. 그저 면사 너머 두 눈만이 보였을 뿐인데 마음속에서 질투가 났다. 무엇보다 투명하다 못해 빨려들 것 같은 두 눈동자는 종여주의 마음을 흔들고 있었다.

'누구라도 그녀의 눈을 마주 본다면 반할 것이다. 같은 여자라도.'

종여주는 곧 미소를 거두며 왼팔에 감긴 뱀을 풀었다. 그녀의 독문병기인 비사체(飛巳締)였다. 오른손의 팔목에는 다섯 개의 금팔찌가 걸려 있었는데, 그것 역시 그녀의 무기였다.

비사체는 마치 뱀의 가죽처럼 사람의 손가락 한마디 정도의 길이로 된 쇠가 길게 연결되어 있었다. 손에 쥐자 마치 뱀이 좌우로 움직이는 것 같은 율동을 보이기 시작했다. 그것은 쇠가 좌우로 움직이는 모양이었다. 비사체는 뱀의 뼈를 보고 만든 기문병기였다. 지금까지 그녀는 그 비사체로 두 명을 죽였다.

비사체의 끝에 있는 비수로 죽인 것이다. 그리고 그 비수가 이제는 철시린에게 향하고 있었다.

철시린은 그녀의 무공을 몇 번 견식했다. 하지만 보는 것과 마주하는 것은 상당히 다른 것이다. 종여주의 전신에서 흐르는 기운이 사이하기에 그 느낌이 마음에 들지 않았다. 그리고 그녀는 오늘 아침에도 지한패의 거처에서 나왔다는 소문이 돌았다. 신교대전을 어지럽힌다고 생각했다. 그것이 마음에 들지 않았다.

"존경하는 부교주님의 손녀라 하여도 어차피 부교주님의 명성. 아가씨의 무공이 어느 정도인지 진정으로 궁금하군요."

슥!

앞으로 한 발 나선 종여주는 곧 비사체를 옆으로 늘어뜨리며 자세를 낮추었다. 순간 '팽!' 하는 바람 가르는 소리가 들리며 종여주의 발이 땅을 박차며 날아들었다.

쉬아악!

순식간에 삼 장이라는 거리를 좁혀 들어온 것이다. 무인에게, 그것도 종여주나 철시린 같은 고수에게 삼 장은 반 보의 넓이 정도밖에 안 되는 거리였다.

쐐엑!

비사체의 바람 가르는 소리가 날카롭게 들렸다. 철시린의 안색이 굳어졌다. 자신의 미간으로 찔러 들어오는 비수가 보였기 때문이다. 순간 철시린이 신형을 옆으로 틀었다. 그 순간 비사체의 비수가 옆으로 마치 뱀이 몸을 틀듯 꺾어지며 미간으로 따라붙었다. 그것이 비사체의 묘였다. 순간 철시린의 발이 땅을 차며 회전했다.

쐐액! 쐐액!

마치 뱀이 소리를 내듯 공기의 소리가 울렸으며 비사체의 그림자가 철시린의 그림자를 따라가기 시작했다.

곽!

어깨를 스치는 비사체의 비수를 응시한 철시린의 검이 그제야 움직이기 시작했다. 옆으로 꺾이는 비사체의 움직임을 읽으며 종여주의 오른 어깨로 검을 찔러 넣은 것이다. 종여주는 일 장이라는 거리를 순식간에 좁히며 검이 날아들자 놀라 오른손을 들었다.

깡!

"큭!"

종여주의 신형이 뒤로 한 걸음 물러섰다. 그리고 고개를 들자 종여주의 표정이 굳어졌다. 일 장이라는 거리에 철시린은 그대로 서 있었기 때문이다. 달려와 찌른 것이 아니라 검이 찌른 것이다. 순간적으로 유형의 기운이 날아든 것이다. 그것을 종여주는 실물로 착각했다.

'검기……!'

종여주는 놀란 얼굴로 곧 눈을 가늘게 떴다. 무엇보다 종여주를 놀라게 한 것은 검기를 유형으로 발산했다는 것보다 그저 검을 들고 서 있는 지금의 모습 때문이다. 일순간 검기를 발출하고 거두어들인 것이다. 그만큼 자유자재로 검과 기를 제어할 수 있다는 뜻이었다.

'심검합일(心劍合一)의 경지인가……?'

종여주는 속으로 생각하며 곧 오른손을 들어 올렸다. 아무리 검기를 발출한다 해도 자신의 오른팔에 있는 금황환(金凰環)을 누르기는 힘들다고 여겼다.

철시린은 검을 늘어뜨리며 종여주를 바라보았다. 그녀의 눈에는 오직 종여주만 들어왔다. 주변의 환성도, 사람들의 시선도 들리지도 보이지도 않았다. 오직 종여주만 바라보았다. 그리고 검을 들었다.

"조심하세요."

철시린은 입을 열며 검을 찔러 넣었다. 순간 십여 개의 검끝이 종여주의 전신으로 쏟아져 갔다.

"큭!"

종여주의 인상이 구겨지며 오른팔이 앞으로 뻗어나갔다. 순간 금색의 빛 무리가 오른손을 떠나 다섯 개의 원이 크게 그려지며 종여주를 감쌌다.

따다다다당!

수십 번의 금속음이 요란하게 울리며 종여주의 신형이 뒤로 밀려났다. 그런 종여주의 앞 바닥에 다섯 개의 금황환이 떨어져 있었다. 순간 철시린의 신형이 앞으로 뻗어 나오며 검을 찔러 넣었다. 그러자 검 그림자가 아까보다 더 많이 늘어났다. 순간 바닥에 떨어진 금황환이 거짓말처럼 위로 올라가며 철시린의 검기 속을 헤집고 들어왔다.

종여주의 신형은 옆으로 피했으나 금황환만이 검기 속을 지나치고 있었다. 그리고 두 개의 금황환이 검기를 뚫고 철시린의 양 어깨로 날아들었다. 그것은 찰나에 일어난 일이다.

순간 철시린의 검이 좌우로 원을 그렸다. 원과 함께 나타난 백색의 고리와 금황환이 부딪쳤다.

콰쾅!

"⋯⋯!"

"검환(劍環)!"

"와아아아아!"

거대한 함성이 메아리치며 사방으로 울렸다. 누군가의 외침도 거대했으며, 모두 놀란 눈으로 철시린을 응시하고 있었다.

종여주는 두 눈을 부릅뜬 채 철시린을 바라보았다. 자신의 금황환 두 개는 이미 검환에 부딪쳐 조각으로 변해 사방에 흩어졌다.

종여주는 그제야 철시린의 눈동자에 비친 투명함의 존재를 알게 되었다. 그리고 그녀의 귀밑머리가 바람에 날리자 몇 올의 흰머리도 눈에 들어왔다. 종여주의 눈동자가 미미하게 떨렸다.

"검환이라니……."

종여주는 곧 손가락을 움직여 세 개의 금황환을 회수했다. 그제야 철시린은 연사에 연결된 금황환을 볼 수 있었다.

"제가 졌어요."

종여주는 짧게 숨을 내쉬더니 양손으로 허리를 잡으며 인상을 찌푸리다 입을 열었다.

"두 개의 금황환 값은 지불해 주세요. 비싼 물건이니……."

그녀의 말에 철시린은 고개를 끄덕였다. 물건에 대한 값은 치러주겠다는 말이었다. 사실 철시린은 미안한 마음도 들었다. 늘 그렇지만 자신과 비무한 사람들의 뒷모습은 마음을 아프게 하고 있었다. 그래도 자신은 천하대회에 나가야 했다. 그럴 이유가 있었다.

"와아아아!"

철시린의 진출을 알리는 함성 소리가 사방에서 울렸으며 종여주는 빠르게 비무장에서 사라져 갔다.

"대단하군. 저 나이에 검환이라니…… 도대체 어떻게 가르친 건가?"

유천한은 놀란 눈으로 철우경을 바라보았다. 그러자 철우경은 미소 지으며 짧게 대답했다.

"잘 가르쳤지."

그 말에 유천한은 인상을 찌푸렸다. 누가 그런 소리를 못할까? 유천한은 고개를 저으며 다음 비무를 보기 위해 시선을 돌렸다.

"이번 천하대회는 우리의 승리가 확실하겠군."

유천한은 기분이 좋은지 수염을 쓰다듬으며 만족한 표정을 지었다.

*　　　*　　　*

임형신의 팔이 날아가는 순간 장화영도 자리를 박차고 일어섰다. 놀랐기 때문이다. 설마 하니 송백이 천하인들이 보는 앞에서 저렇게 과감하게 행동할 줄은 몰랐기 때문이다.

"저 녀석……."

장화영은 주먹을 쥐었다. 왠지 송백에게 화가 났다. 저렇게까지 할 필요는 없었기 때문이다. 그리고 독이라는 말이 나올 때 장화영은 다시 자리에 앉았다.

"백아의 검은 살검. 살검은 피를 뿌리지. 하지만 네 검은 강검이다. 강검은 사람을 단단하게 만든다."

초령이 하던 말이 떠오르자 장화영은 주먹을 움켜쥐었다. 왠지 모르지만 송백의 모습을 보고 있으려니 혈기가 끓어오르기 시작했다. 이런 흥분감이 장화영의 마음을 긴장 속으로 몰아넣었다.

"흥!"

장화영은 신형을 돌리며 그 자리에서 걸어나갔다. 수련을 하기 위해서이다.

은림원의 정원을 걷고 있는 한현은 무기를 방 안에 두고 왔는지 빈

몸이었다. 마음이 그리 안정되지 않은 듯 표정은 굳어 있었다.

"한 할아버지."

한현은 목소리에 굳은 안색을 풀며 고개를 돌렸다.

"령아로구나."

한현의 말에 기수령과 장지명, 설산이 다가왔다. 장지명과 설산은 한현이 어렵기에 약간 경직된 표정이었고, 기수령만이 그래도 부드러운 얼굴을 하고 있었다. 사실 한현은 장지명과 설산에게 인상을 써도 기수령에게만큼은 인상을 쓰지 않았다. 다른 이유는 없었다. 둘은 남자였고 자신도 남자였으며 기수령은 여자였다. 더욱이 기수령은 젊었을 때 자신이 마음속으로 그리던 여인과 너무도 닮았다.

"오늘 비무대회는 어땠어요?"

기수령의 물음에 한현은 잠시 인상을 쓰며 설산을 바라보았다. 그러자 설산은 고개를 숙이며 저도 모르게 뒤로 물러섰다.

"저놈만 빼면 다 만족이다."

"하하……."

설산은 뒷머리를 긁적이며 신형을 돌렸다.

"어디 가?"

장지명의 물음에 설산은 한숨을 크게 내쉬었다.

"수련하러."

설산은 아무래도 수련동에서 나오면 안 될 것 같은 기분이 든 것이다.

"내일 호 동생이 온다. 그때 수련동에 같이 가든 마음대로 해라. 일단 오늘은 푹 쉬거라."

한현의 말에 설산의 표정은 더욱 어둡게 변하였다. 호삼곡이 온다는 말은 그에게 날벼락이기 때문이다.

"알겠습니다."

설산은 속으로 한숨을 길게 내쉬며 허리를 숙였다. 그러자 장지명도 웃음을 보이며 설산의 뒤를 따라가려 했다. 그러자 한현의 목소리가 들려왔다.

"지명은 오늘 밤 잠잘 생각은 버리고 마지막 대비를 하거라."

"예……."

장지명의 목소리에 힘이 없었다. 하지만 거역할 수 없는 말이기에 장지명은 기수령을 바라보다 곧 신형을 돌렸다.

'누님이 부럽군. 이럴 줄 알았다면 떨어질 걸 그랬나…….'

장지명은 기수령이 일부러 떨어졌다고 굳게 믿고 있었다.

한현은 장지명과 설산이 멀어지자 혀를 차며 고개를 저었다.

"쯧쯧. 사내자식들이 저렇게 숫기가 없어서야……."

"그래도 저들만큼 만족스러운 동생들도 없어요."

기수령의 말에 한현은 옅은 미소를 그렸다. 정이 넘치는 애들이었기 때문이다.

"그것보다 송백이라는 아이 말이다……."

한현은 곧 본론을 이야기하기 시작했다. 기수령은 송백을 벌써 몇 번이나 만났다고 들었다. 이미 오래전부터 기수령이 송영을 마음에 담고 있다는 사실을 알고 있었다. 천하대회가 끝나면 둘을 맺어줄 생각까지도 하고 있었다. 하지만 그 일은 이제 불가능한 일이었다. 그런 기수령이기에 송백에게 관심을 갖는 것도 이해할 수 있었다.

"어떠하더냐?"

"예?"

기수령은 갑작스러운 질문에 잠시 눈을 크게 떴다. 의도를 모르겠기 때문이다. 곧 한현은 하늘을 바라보며 뒷짐을 지었다.

"그 아이의 스승이 누구인지 아느냐?"

"아… 그건 듣지 못했어요. 묻는다는 걸 깜박 잊은 듯하네요. 왜요? 아는 분의 제자 같나요?"

기수령은 한현이 무공에 대해 얼마나 해박한지, 또 무공에 대한 집착이 높다는 것도 알고 있었다. 기수령은 한현을 무광(武狂)이라 생각했다. 그러하기에 혹시나 하는 마음으로 물은 것이다.

곧 한현은 잠시 동안 허공을 바라보며 인상을 찡그리다 고개를 저었다. 허공에 기억나는 인물의 뒷모습이 보였기 때문이다.

"아니다……. 잠시 누구와 닮은 것 같다는 생각이 들어서 한 말이다."

"그런가요?"

기수령은 곧 미소 지으며 다시 말했다.

"좀 사납고 거칠어요. 송 사형과는 다르게……. 전혀 닮지도 않았는데 왜 형제라는 사실을 인정해야 할까요……."

한현은 그 말에 미소 지었다.

"내가 잠시 송백이라는 아이를 보니 그 아이는 송영처럼 의지가 굳은 아이더구나. 자신이 하고자 하는 일은 기필코 이루겠다는 의지. 그 의지가 둘이 형제라는 것을 알려주었다."

"아……."

기수령은 그 말에 눈을 크게 떴다. 곧 한현은 굳은 얼굴로 다시 말했다.

"호 동생에게는 미안한 말이지만 산아는 아마 천하대회에 나가지 못할 것이다. 송백이라는 아이가 만약 내가 아는 사람의 그림자라면 앞으로의 천하는 그가 짊어지게 될 것이다."

"……!"

한현의 말에 기수령은 눈을 부릅떴다. 한현은 절대 아무런 근거 없이 말을 할 사람이 아니었다. 더욱이 중원의 최고수라 불리는 무적의 고수가 한현이다. 그의 단 한 마디면 천하가 들썩인다. 무림맹주조차 그에게 고개를 숙인다. 그런 한현이 한 말이니 기수령은 놀랄 수밖에 없었다.

"송 소협의 스승이 누구인지 갑자기 궁금하네요. 물어봐야겠어요."

기수령은 곧 빠른 걸음으로 정원을 벗어나기 시작했다. 그 모습을 보던 한현은 가볍게 미소 지었다.

'그 아이가 만약 그분의 제자라면 네가 그 아이가 쉴 그늘이 되어야 한다.'

한현은 무심히 중얼거렸다.

무림관의 정원을 걷던 송백은 아명에게 구결을 듣고 전수받은 열화이기신공으로 손에 물든 독기를 태우고 있었다. 그의 주변으로 매캐한 냄새가 퍼지고 있었다. 얼마간 시간이 흐르자 송백은 붕대를 풀어 바닥에 떨구었다.

팔뚝에 난 다섯 개의 구멍이 보기 흉했지만 이런 상처는 수도 없이 당한 상처에 비하면 작은 것이었다. 송백은 곧 소매를 내렸다.

'태정방의 살수일까……?'

송백은 문득 자신이 잠든 사이에 들어온 살수를 생각하며 고개를 저었다. 태정방의 살수라고 단정 짓는 분위기였기에 아무 말도 안 했지만 그렇게 단정 지을 이유는 없다고 여겼다. 무림맹의 살수일 수도 있고, 또 다른 삼자일 수도 있었다.

다른 사람들은 무림맹에 대해 신뢰하고 있었다. 유일하게 그런 것이 없는 자가 송백이었다. 그러하기에 그런 생각을 하게 된 것이다. 그는 무림에 몸을 담은 지 얼마 안 된 인물이었고, 몸을 담갔다곤 하지만 무림맹에 대해 아는 것이 적었다. 단지 무림대회에 나왔을 뿐이다.

송백은 곧 산책로를 걷기 시작했다. 자신이 자주 이용하는 길로, 옆에는 거대한 호수가 보였고 좌우의 길가에는 은행나무가 늘어서 있었다. 그리고 호수 주변으로 큰 버드나무가 늘어서 있었다.

한참을 걷던 송백은 호수를 바라보며 서 있는 백의 인영을 발견했다. 길에 내려온 버드나무 사이에 홀로 서 있는 그녀의 긴 머리카락이 바람에 서서히 흔들리고 있었다. 참으로 운치있는 모습이라고 생각되었다.

순간 무엇을 발견한 것일까? 그녀의 시선이 뒤로 돌아 송백을 바라보았다. 차갑게 가라앉은 얼음 같은 투명한 눈동자가 송백과 마주했다. 송백은 무심히 그 얼굴을 바라보았다. 몇 번 마주친 냉유리였다. 그녀는 다른 사람들과는 달리 차가운 기운을 가지고 있었다. 그것은 살기의 다른 모습이었으며 몸에 배인 기도였다. 송백의 걸음이 멈춰섰다.

쏴아아아!

버드나뭇가지가 바람에 휘날리며 시원한 소리를 주변에 선사했다. 그 가운데 서 있는 냉유리와 송백은 잠시 동안 그렇게 마주 보고 서 있었다. 마치 시간이 멈춘 듯한 침묵이 이어졌다. 그리고 불어오는 바람이 다시 한 번 둘의 머리카락을 휘날리게 해주었다.

냉유리는 바람에 날리는 머리카락을 뒤로 넘기며 조용히 입을 열었다.

"살인자……."

송백의 눈동자가 굳어졌다. 순간 냉유리의 시선에 살기가 맴돌았다. 그리고 미미하게 움직이는 어깨의 모습이 송백의 눈에 잡히는 순간 검 끝이 눈에 들어왔다. 그것은 순간이었다.

팍!

검집을 위로 튕기며 송백의 오른손에 들린 백옥도가 위로 올라가 있었다. 냉유리의 신형은 어느새 송백의 일 장 앞에 서 있었으며 검집째 가슴 위로 들고 있었다. 냉유리는 오른손이 아닌 왼손으로 일격을 가한 것이고 송백은 그것을 막은 것이다.

냉유리의 냉막한 시선이 송백의 손에 들린 백옥도를 바라보다 어깨를 지나 송백의 얼굴로 향하였다. 순간 냉유리는 송백의 전신에서 퍼져 나오는 위압감을 느낄 수 있었다. 처음으로 느껴보는 위압감이었다. 냉유리의 눈이 빛났다.

스릉!

왼손에 들린 검집을 가슴 앞으로 들어 올리며 오른손을 들어 검을 뽑기 시작했다. 그 모습이 송백의 시선을 잡았다. 그리고 그녀의 전신에서 퍼져 나오는 살기가 얼어버릴 듯 차갑다는 것도 알았다. 송백은 잠시 동안 눈앞에 서 있는 냉유리가 자신과 비슷한 사람일지도 모른다고 느껴졌다. 왜 그런 생각이 든 것일까? 송백은 굳은 얼굴로 도집째 가슴 앞으로 들었다.

창!

검의 밝은 소리가 울리며 검집에서 검이 완전히 모습을 드러냈다.

햇살에 반사된 검광이 주변을 밝게 해주었다. 하지만 그 밝음과는 다르게 주변의 기운은 차가웠다.

바람이 불었다. 호수에서 불어오는 바람은 냉유리와 송백의 주변으로 다가오다 그곳에서 막힌 듯 좌우로 퍼져 뒤로 날아갔다. 냉유리의 눈동자에 빛이 어른거리며 조용한 음성이 흘러나왔다.

"당신… 강한가요?"

팍!

순간 냉유리의 검에서 유형의 기운이 뻗어 나왔다.

『송백』 6권으로 이어집니다